Wild Awakening

野性觉醒体

点击查询检

姓名：
身高：

觉醒科

姓名：王野   年龄：2

身高：190cm   体重：6

觉醒科属：东北虎

检查询系统

定

查结果……

林雾
185cm

年龄：20 岁
体重：60kg

斗属：丛林狼

0 岁
4kg

大雾

Wild Awakening

颜凉雨

著

CTS 湖南文艺出版社　　博集天卷

目 录
Contents

第一卷

觉醒

第一章　**起雾** /002

第二章　**雾散** /033

第三章　**变异** /063

第四章　**夜游** /092

第五章　**体检** /124

第二卷

冬日

第六章　**放假** /158

第七章　**新年** /195

第八章　**深山** /224

第九章　**开学** /251

夜游的碎片时间 /313

全球掀起变异风暴……

多国科学家研究发现，引起身体异常的基因为人体内最古老、最原始的一部分基因片段，在人类还没有出现时，这些基因片段就已经普遍存在在各种动物身上……

异常者出现的身体和行为变化，均呈现某一类甚至是某一种特定的动物性，专家称这可能和被激活的基因片段差异有关……

心里的伤口会结成锋利的冰，有的人拿它刺伤所有靠近者，

有的人却害怕伤到别人，于是就在那冰上生出一片阳光。

第一卷

觉醒

第一章　　起雾

盛夏，夜昼交替的时分，雾气笼着天际，流云似的，微光朦胧。直到旭日初升，晨曦穿透云层，那雾才悄然散了。

这座北方城市很少起雾，尤其是在夏天。

可惜林雾没欣赏到这样罕见的美景——他被吵醒的时候是早上七点。虽然对他来说这绝对是标准的清晨，但在五点多就天亮的夏日，这时窗外早就阳光明媚了。

吵醒他的是楼下叽叽喳喳刚报到的新同学，走廊丁零当啷拖着行李箱返校的老同学，七点广播室准时在全校上空播放的"清晨组曲"，以及枕头边不断"叮咚"响的手机。

今天是八月三十一日，明天正式开学。

林雾没急着起床，躺在上铺上睡眼惺忪地打着哈欠，先把脑袋边的手机摸了过来。

"叮咚"半天的不是一个微信群，那是一群微信群，开了免打扰也架不住 @ 全体的那种——

【环境学院群】

李老师：负责迎新的同学注意一下，在向新入校的学弟、学妹们介绍学校、学院，分享大学生活时，尽量传播正能量。有负面情绪想交流的，欢迎来学院办公室找陈老师。@全体成员

陈老师：[春风般的微笑.jpg]①

【环境工程系群】

辅导员高老师：晚点名，下午五点在环境楼前集合。@全体成员

【环工1班级群】

叱咤风云的徐振龙：看见学院群里的信息没，笑死，哈哈哈哈。@全体成员

万众仰望的刘慕：肯定是给哪个学妹领路，聊着聊着就zqsg②了。

逛吃逛吃的尚海涛：我关注的是老陈发的表情。

逛吃逛吃的尚海涛：[春风般的微笑.jpg]

飞流直下的庞冬冬：社会发展太快啊，老陈都学会yygq③了。[叹息]

暴躁如雷的邹凯：你们再发这种让人看不懂的缩写，我就全拉黑了！

林雾被逗得嘎嘎乐，彻底醒了，刚想拿自己的"花见花开的林雾"上去排个队形，第四个微信群的信息又来了——

【书山2#业主群】

烽火连天：楼下谁的被子？ @全体成员

烽火连天：[照片]

---

① 全书用该格式表示聊天中的表情或图片。
② zqsg：网络用语，"真情实感"的缩写。
③ yygq：网络用语，"阴阳怪气"的缩写。

烽火连天：挂好几天快风干了啊，再不收能直接当门板了。

"书山园"是学校给男生宿舍区的官方命名，女生区叫"学海园"，"书山 2#"指的就是男寝 2 号楼。

虽然 2 号楼的男生们只是在这里暂住四年，但还是很有志向地把群名改成了"业主群"，提前过一把有房一族的瘾。

"嘛呢①，一大早就举着个手机，小心砸脸。"333 的宿舍门被推开，林雾的室友之一夏扬带着行李箱和他那一口天津话回来了。

炎热的暑假完全没在夏同学身上留下任何痕迹，从脸到胳膊腿都还是那么白净，微卷的头发上学期是黑色，现在染成了栗色，把他本就好看的五官衬得更精致了。

"挺早啊，"林雾在上铺上坐起来，"还以为你得下午呢。"

家在天津的夏扬昨天就到沈阳了，不过他家在这边有亲戚，一直对夏扬挺照顾，所以他每次回来也都先去那边吃个饭，住一晚，再来学校。

"爷们儿想你们了呗，"夏扬一进屋就蹲在地下开行李箱，先把好几大袋也不知道是什么的土特产翻出来拍桌上了，一边往外倒腾，一边嘴就没闲着，"我昨儿那趟动车也不知道是空调成精了还是怎么的，冻得我脑瓜子嗡嗡的，我和列车员说了三次，我说：'姐姐，咱们调调温度行吗？这是动车不是冷柜。'你猜嘛，姐姐也没辙，说车上空调就这么任性，让我实在不行拿窗帘盖身上凑合凑合得了……"

夏扬是不是被冻得脑瓜子嗡嗡的林雾不知道，反正他脑瓜子现在是嗡嗡的了，让夏扬叨叨的。

夏扬同学的特点就是，安静时是花美男，张嘴就变郭德纲，一说话什么气质都能让那纯熟的天津味给破坏了。

---

① 嘛呢：天津方言，"干什么"的意思。在天津话中，"嘛"指"什么"。

总算等到夏扬喘口气，林雾插上话："我就纳闷儿了，人家都说宿舍里有一个东北的，就能收获一宿舍东北人，咱们屋三个东北的，怎么就愣是没能把你的口音给拐过来？"

夏扬抬头，给了林雾一个特迷人的 wink[1]："怎么地[2]，不服气？"

林雾："……你这混搭的气质绝了。"

"我跟你说，就口音这事，我本来真动心了，考虑放弃抵抗随你们而去，"夏扬起身，把堆了半桌的天津特色的零食小吃，给另外两张上铺底下的桌子这个分两包，那个放几袋，到林雾这儿则直接往上铺扔，"但我后来一想，从天津味改成东北味，没意义啊，'姐姐忙嘛呢'和'大妹子你干啥呢'，你摸着你的胸肌诚恳地和我说，对气质的影响有什么本质的区别吗？"

林雾稳稳当当接住一包十八街麻花和一袋耳朵眼炸糕："我错了。"

在一个仨东北人一个天津人的宿舍里，讨论"气质"这种事，他也是多虑了。

"李骏驰呢？"分完土特产，夏扬才注意到李骏驰的床边有行李，但人没在宿舍。

林雾说："开工去了。"

夏扬看一眼手机，说："这才早上七点。"

林雾说："替一个大四学长去火车站接妹子。"

李骏驰，是他们 333 宿舍……不，可以说是他们学校勤工俭学第一人。自大一上学期完成了情况"摸排"和环境适应之后，下学期就开始承接校园内一切事务。只要人力所及，不违法乱纪，什么委托都接。曾创下连续三个月替委托人给心中的女神送早餐的辉煌纪录，在校内私人业务这块相当有口碑。

"雇人给女朋友接站？"一听这工作内容，夏扬立刻义愤填膺，"这种男的还能找到女朋友？"

---

① wink：眨一只眼。
② 怎么地：东北方言，意思近于"怎么着"。

林雾说："不是女朋友。"

夏扬道："那这活可以，又能赚钱又能认识妹子。"

林雾说："亲妹，所以学长额外给一百，明令禁止李骏驰问他妹要任何私人信息和联系方式，包括但不限于院系、微博、微信、QQ、游戏账号。"

夏扬："……"

林雾、夏扬到了，李骏驰开工了，333宿舍现在就差家在哈尔滨的任飞宇了。

"他说嘛时候到？"洗了把脸，夏扬换上一件新T恤，白色的，显得人特干净。

"昨天说是今早的高铁，现在应该上车了吧，"林雾拿着手机在四个人的小群里翻聊天记录，"哈尔滨到沈阳也就两个半小时，中午之前怎么也……"

记录还没翻到位，一条新信息就发群里了。

真是想谁谁到。

请赐我一条锦鲤吧：哈尔滨暴雨，高铁停运了。[哭][哭][哭]@林雾@AAA李骏驰@夏小爷

林雾和夏扬对视一眼。

前者摊手："毫不意外。"

后者耸肩："理所当然。"

从大一到现在，任飞宇的回乡与返程就没顺当过。寒假就是暴雪，暑假就是暴雨，他那火车票就跟呼风唤雨的符咒似的，准得都邪门。

这还只是任飞宇非酋① 体质表现的冰山一角，他的校内时光同样心酸坎坷，都让人不忍回溯。

林雾：[风里雨里，老铁挺你.jpg]

AAA李骏驰：兄弟，又不是第一次，你也该习惯了。

---

① 非酋：网络用语，"非洲部落酋长"的简称，代指运气不好的人。

夏小爷：信我的，你从现在就开始许愿"雨一直下"，我保你那里瓢泼大雨立刻停。

——连开工中的李骏驰都冒泡了，333宿舍的兄弟情一直都这么感人。

任飞宇显然也接收到了这份情谊。

请赐我一条锦鲤吧：嗯，你们不用担心我。

请赐我一条锦鲤吧：[我哭一个月就会没事了.jpg]

安慰完任飞宇，林雾才跳下床去刷牙洗漱，洗完回来撕开十八街麻花当早餐，并准备和夏扬讨论讨论，每次放假回来带的伴手礼种类不要太单一，除了吃的，还可以弄几个"泥人张"嘛。

结果他一抬眼，刚换了新T恤的夏扬不知什么时候已经睡着了，在宿舍徐徐转动的小风扇底下，睡得像个在网吧包了好几宿的孩子。

估计亲戚家的空调也没比火车上好多少，于是冻了半天的夏同学终于在熟悉而朴素的宿舍小风扇底下找到了安稳的归宿。

明天才开始上课，今天实在没什么事，林雾一边啃着麻花一边刷手机，刷到没什么新闻可看了，便很自然地点开了手机里一个叫"书山陋室"的App。

这原本是几年前住在书山园的一个大神①学长自己弄的小程序，类似简易版的校园论坛，主要供大家进行内部吐槽。后来，注册的校友们越来越多，大神也毕业了，就把App转给了计算机学院去运营，现在基本算是半官方的手机校内论坛了，不过还是延续了原本的风格和自由宽松的氛围。

论坛里就两个板块，属性明确，分类简洁——学习天地／情感八卦。

前者是一到期末或者考研季就十分热闹，后者是全年365天都活跃得像顶流②。

没办法，所有和学习无关的都只能往后面这个板块里塞，上到百年好合

---

① 大神：网络用语，指某领域能力很强，神话般的人物。
② 顶流：网络用语，指名气与人气很高的人或事物。

秀恩爱，下到渣男撩骚①要不要踹，中间还经常性地穿插院系劲爆内幕、学校风水疑云，哪个宿舍闹过红衣学姐，哪个教室飘过学渣幽魂，天天刷屏都不带重样的，实在引人入胜。

但是今天在这个板块里被顶成最热帖的，既不是狗血②情感也不是迷惑八卦，而是几张风景照——

主题：今天早上的雾也太美了吧！
发帖人：热爱晨跑的萨曼莎
内容：[图片][图片][图片][图片]……

点进帖子，直接往下拉就是一系列高清大图。

天光微亮，薄雾将散未散，朝阳还未出云，光芒却已从边缘泄出，映得漫天雾气流光溢彩。

林雾在这个城市土生土长，十九年半了，印象里就根本没见过这样的雾。北方干燥，空气湿度低，连雨水都少，跟雾气这种温柔缥缈的风光更是基本绝缘。

他见过的最美的雾景在父母年轻时的一张合影里。

江南水乡，细雨蒙蒙，乌篷船在古镇的水道里徐徐而行，分不清哪里是水，哪里是雾。

那是父母的新婚蜜月之行。林雾时常想，那应该是一段很美妙的旅程，所以哪怕在那之后过了三年他才出生，他的名字还是出自那遥远南方小镇的雾气里。

帖子下面的留言一开始都是赞美照片和美景的，但是后来不知怎么就转成了学术风，讨论这样的天气对沈阳来说算不算反常，并由此引发了对全球

① 撩骚：网络用语，指引诱异性，获得异性青睐的行为。
② 狗血：网络用语，用来形容套路化的故事或剧情。

气候异常的担忧与焦虑。

吃着烤冷面，操着联合国的心——他们的大学生活就是这样朴实无华。

快到中午的时候，李骏驰终于回来了。

他个子很高，身材颀长挺拔，皮肤是健康的小麦色，走在学校里总被体院的误认为是自己人。

一进门，他先往夏扬那边看，然后就发现整个假期没见的室友，正在上铺迷迷瞪瞪地看自己。

李骏驰乐了："你这是刚睡醒啊，还是刚吃饱准备眯一会儿？"

"你看我这面黄肌瘦的像吃饭了吗？"夏扬抹了把脸，彻底清醒，然后想到了什么似的，暧昧地朝李骏驰一挑眉，"要到微信了吗？"

李骏驰一愣："啥微信？"

林雾看热闹不嫌事大："就你接站那妹子。"

说到这个李骏驰可有话了，他把手里拎的塑料袋往桌子上重重一放，说："我没问她要，她非得问我要！"

林雾说："还有这种好事？"

夏扬说："你给了吗？"

"那我能给吗，"李骏驰大义凛然，"这是另外的价格。"

林雾："……"

夏扬："……"

真是凭实力单身。

"没吃饭正好，"完全不认为自己处理得有什么问题的李骏驰，无缝接回先前的话题，"咱们中午一起涮火锅。"

"火锅？"林雾一听这俩字眼睛亮了，"麻辣、番茄、菌汤还是咖喱？"

俗话说得好，没有什么是一顿烧烤不能解决的，如果有，那就再来顿火锅。

"都行啊，"李骏驰把塑料袋里的小盒子一个一个摆出来，"口味你先选。"

十五分钟后。

三位男同学对着各自的书桌，一人面前摆着一个咕嘟嘟冒气的自热小火锅。

林雾心累地叹口气。经过一个半月的"空窗期"，他竟然忘了他们宿舍的"欢乐火锅时间"，已在上学期期末经全宿舍集体表决，由"集体围炉式"改成了"分餐自热式"。

"我的火锅啊，没有灵魂了。"林雾怅然道。

在火锅问题上，夏扬和林雾是一个阵营。

他不死心地回头，再度向李骏驰争取："咱为嘛非要改啊，别的宿舍不都正常涮吗，虽然偷偷摸摸不敢声张，遇到突击检查还得藏着掖着做贼心虚，但也没耽误吃饱喝足幸福快乐。"

"别看我啊，当时哥们儿可是投的弃权票。"李骏驰一手举起以示无辜，一手按住手机发送语音，"任飞宇，林雾和夏扬想再和你聊聊在宿舍吃火锅的问题。"

没坐上高铁的任飞宇显然十分有空，转眼就回了一条 59 秒的语音长龙。

"你们又想在宿舍涮火锅了？我跟你们说，真不行。期末那次宿舍楼大停电，还不够咱们警醒吗？宿舍楼是集中供电，你用一个大功率电器我用一个大功率电器，这一叠加就危险了，停电是小事，万一漏电或者起火，咱们楼这么多人，跑都不好跑，咱们还住在三楼，跳楼危险系数多高。还有那个墙皮，你们肯定没注意，咱们总围在一个地方涮，热气把上面熏得都起皮了，你们没看见网上的新闻啊，那块墙皮迟早得掉到我们锅里。你们别以为那是小概率事件，我长这么大，所有倒霉的事在我这里就没有小概……"

实在坚持不住了，林雾起身蹿到李骏驰那边手动按断了播放，也不费劲换回自己手机了，直接就着李骏驰的手机在群里发语音："我们不吃火锅了，吃凉皮，绝对安全，你放一百二十个心，乖乖在火车站等安排，啊。"

——当时 333 宿舍就是否要更改火锅模式进行投票表决，结果是两票反对一票赞成一票弃权。那为什么最后还是改了呢？因为赞成那票是任飞宇的，他的"悲观能量发射"加上"莫名危机意识"，让他絮叨起来能秒①十个夏扬，而且这还得是他发挥普通，夏扬全力输出的时候。所以一票顶十票，不费劲儿。

说到火车，任飞宇总算回了个短的来，透着止不住的开心劲儿："都弄完了，改成明天了，还是这趟，嘿嘿嘿。"

难得见到任飞宇高兴，要知道这人一年 365 天，有 364 天都在丧，就是看头顶一片云彩过来都觉得是不怀好意冲着自己那种人，然后你还不能说他杞人忧天，因为事实证明生活的确是天天对他下毒手。

所以他一高兴，林雾他们仨也跟着开心。

只可惜快乐不过三秒，那边就又丧回来了："但是明天上午的课我就赶不上了……"

心酸，可怜，委屈。

林雾刚回自己座位开吃小火锅，听见这句，放下筷子又站了起来。他离窗户最近，一步迈到窗边，把楼下刚领完军训服正在往前面宿舍楼走的大一新生"咔咔"俯拍了好几张，发到群里。

任飞宇那边安静良久，最后回了一行字。

请赐我一条锦鲤吧：都过去了。[登高远眺，怅然怀古 .jpg]

虽配合了表情包，却还是比语音显得郑重许多。

林雾也改回文字：你现在幸福吗？

请赐我一条锦鲤吧：活着真美好 [迎风流泪 .jpg]

——魔鬼军训是学校坚持多年的优良传统。去年今日，他们大一，在那个地狱般的九月几乎脱了层皮。

幸福嘛，都是对比出来的。

然而让所有人始料未及的是，第二天，军训并没有如期开展。

大雾，来了。

---

① 秒：秒杀，网络用语，指在极短的时间打败对方。

"各位同学请注意，各位同学请注意，由于天气影响，今天全校停课，校园也暂时封闭。没有特殊情况，各位同学请不要外出，尽量待在宿舍，减少在户外的活动，以免发生意外……"

循环广播在整个校园里回荡。

从早上七点四十五分开始，这会儿已经播了快俩小时。

林雾他们之所以在时间上记得这么清楚，是因为第一遍广播响起的时候，他们刚从食堂吃完早饭出来，正准备沿着道边在浓雾里一路摸索到上第一节课的教学楼。

必须"摸索"，再健硕的猛汉也得跟托马斯和他的小伙伴似的，一个拽着一个，用小碎步往前挪。一步挪偏，要么撞人，要么撞树，闹不好直接一串全绊倒。

雾是真大啊。

晨空的蔚蓝变成了混沌的白茫茫，云在苍穹里翻涌，大团大团的雾浪滚落，融进了天地。遥远的山，高耸的楼，近处的草木，行走的人，似乎都被染上了雾的颜色，变得轻纱，变得透明，飘浮在这梦境一样的大雾中。

刚起床看窗外的时候，林雾吓了一跳，后来弄清了是雾，才稍稍放下心，和李骏驰、夏扬一起背上书包出发。

没想到他们艰难摸索到食堂，刚吃了个早餐，就被告知全校停课了。

不光是用大喇叭广播，院系群里也发了正式通知，辅导员还额外强调了两遍，如果宿舍有吃的，能顶一顶，最好在雾散之前也别去食堂吃饭了，减少不必要的风险。

一个雾，又不是大雨、大雪、冰雹、雷暴，能有什么危险？

【环工 1 班级群】

铁齿铜牙的夏扬：不就是能见度低点吗，停课封校是不是有点小题大做了？知道的明白这是雾，不知道的还以为哪儿有毒气泄漏了呢！［摊手］

万众仰望的刘慕：我也觉得这整得有点大发。

钟灵毓秀的孙月涵：防患于未然呗。

我是班长的邓茶茶：已经然了。

珠光宝气的白心蕊：怎么？

我是班长的邓茶茶：材料学院一个女生在宿舍楼门口摔伤了，商学院一个男生在食堂门口摔伤了，机械院仨男生在去教室的路上打闹差点引起踩踏混乱，体院一个男生从树上跳下来把一个文学院的男生双臂砸骨折了。

铁齿铜牙的夏扬：……

飞流直下的庞冬冬：……

万众仰望的刘慕：……

珠光宝气的白心蕊：……

花见花开的林雾：不是，那仨机械院打闹的我能理解，这个体院的和文学院的太让人迷惑了吧？

这是早上八点班级群的聊天记录。

林雾的话一针见血，瞬间带领风向，激起千层浪。

铁齿铜牙的夏扬：对啊，他为嘛要爬树？

钟灵毓秀的孙月涵：爬完了又往下跳？

逛吃逛吃的尚海涛：关键是砸着人了啊。

叱咤风云的徐振龙：还正好砸人家文学院的俩胳膊上？

我是班长的邓茶茶：气象异常引起情绪亢奋从而激情爬树也是有的。@铁齿铜牙的夏扬

我是班长的邓茶茶：爬上树梢终于冷静，然后决定仗着自己身体素质好直接跳下来，也合理。@钟灵毓秀的孙月涵

我是班长的邓茶茶：说不定不是砸着人，而是文学院的同学本来就在底下伸手接他。@逛吃逛吃的尚海涛

我是班长的邓茶茶：所以两条胳膊被砸骨折了。@叱咤风云的徐振龙

我是班长的邓茶茶：还有疑问吗？@花见花开的林雾

花见花开的林雾：这种天气，就算文学院的在底下路过，也不可能看见树上有人吧，就算体院的在上面喊，底下路过的听见了，可是什么都看不清，就敢贸然伸手？

我是班长的邓茶茶：为什么非是路过呢，就不能他俩一起爬树玩耍？

花见花开的林雾：一个体育学院的和一个文学院的？

我是班长的邓茶茶：这年头性别都不是问题了，院系还是问题吗？

花见花开的林雾：……

花见花开的林雾：[你说的话太深奥了以至于我不敢再追问，生怕问出的故事自己无法承担.jpg]

花见花开的林雾：[告辞！光速逃跑.gif]

班长永远是你班长，就像大爷永远是你大爷。

上午十点半，没压力也能让人听出压力的大喇叭广播终于停了。

浓雾笼罩下的校园，安静得像在深夜。

"真就一点云开雾散的意思都没有，"夏扬站在窗边定定观望了快半小时，越看越觉得瘆得慌，"这倒霉天气也太邪乎了。"

林雾坐在上铺刷微博。

在"沈阳大雾"的话题里，全市人民纷纷晒出自己的摄影作品。从沈北到浑南，从故宫到棋盘山，在哪里取景的都有，堪称全方位无死角。

不过如果不发定位和说明，林雾也分辨不出那些照片都拍自哪里，因为放眼望去每一张都是白茫茫的一团。

但就这么反常的事，都没能让沈阳冲进热搜榜单前十。

因为在今天起大雾的地方太多了。

东北华北，华东华南，罕见的雾天几乎贯穿南北，笼罩了整个东部地区，而中西部也没能完全幸免，只不过都是小面积的雾团影响零星的城市，不像东部这样大面积受影响。

"天，"同样刷着手机的李骏驰被弹出来的最新报道震着了，一脸不可置信地转头看向对面铺的林雾，"这好像是全球性的……"

林雾看着呢。

"全球多地突发罕见大雾"一瞬间就冲到了热搜榜首位，再一眨眼，热度已经"爆"了。

"嘛玩意？"夏扬闻言回过头来，"嘛全球？"

李骏驰直接把自己的手机递给他。

夏扬拿过来瞄了一会儿，然后就傻了。

全世界七个大洲，甭管南北半球，甭管现在是白天还是晚上，也甭管是什么气象条件，反正说起雾就起雾了，而且跟统一配货似的，各国网友拍出来的自家大雾，照片效果基本看不出来和沈阳的有什么区别。

就连起雾模式也和国内如出一辙，有整个地区大面积起的，也有个别城市零星分布的。

"我的自然科学观受到了颠覆。"李骏驰呈"大"字状仰望天花板，有点恍惚。

"真是活得久了嘛都能见着。"夏扬把手机扔回他肚子上，"这真不是标准的灾难片开头？"

"最好别是，"林雾对自己认知得特别清晰，"放末日电影里我都活不过仨小时。"

"想夸自己个儿就直接夸，"夏扬翻白眼鄙视他，"电影最多两个半小时，您还给自己多加半小时。"

林雾嘚瑟一乐，拿手在心口处比了个兄弟情深："你懂我。"

夏扬回以同样手势，难得说了句标准的东北话："必须的。"

完全跟不上这俩脑回路的李骏驰："……"

他常常因为不够沙雕^①而和室友们格格不入。

所以上帝是公平的，给了你一张帅脸，就必须在气质上让你跑点偏。

---

① 沙雕：网络用语，指有趣和搞笑。

是的，在李骏驰看来，林雾和夏扬都属于好看那一类。虽然林雾自己没觉得，虽然夏扬那张脸也的确是特抢眼，但李骏驰这判断是有大数据支持的——在他那社会关系遍布全校的微信朋友圈里，向他打听过林雾的女同学，跟打听过夏扬的数量不相上下。

"大宇怎么还没到？"林雾点进宿舍群聊界面。

一小时前，任飞宇火车到站，第一次发来信息——

请赐我一条锦鲤吧： 我到北站了，雾咋这么大啊？[震惊三连.jpg]

请赐我一条锦鲤吧： 出租车都停了，不敢开了。[哭][哭][哭]

十分钟后，他又第二次发来。

请赐我一条锦鲤吧： 还是地铁靠谱！

这说明他那个时候已经上地铁了。从北站坐地铁到他们大学，半小时足够了，可现在已经过去五十分钟了。

"不会出什么事吧？"林雾有点担心了。

夏扬挠挠头："不能吧。这作妖的天出了地铁就寸步难行，估计还在北门外挪小碎步呢。"

从地铁口出来回学校，肯定要从北门进。

"不对，"林雾怎么琢磨怎么没底，"你想啊，以大宇那性格，要真是寸步难行他第一件事就是原地稍息，然后在群里吐槽卖惨'嘤嘤嘤'。"

夏扬："……"

李骏驰："……"

任飞宇还真是这人设，一点没冤枉他。

他们在这儿想没用，林雾直接给任飞宇发了语音通话邀请。

等了很久，那边才接。

"哪儿呢？"林雾直截了当。

"啊？啊，就快到北门了……"任飞宇的声音从林雾开了免提的手机里传出来。

他的嗓音本来是大男孩儿特有的那种明朗型的，但因其个人气质，常年带着挥之不去的低落，就跟求摸毛的大型犬似的。

不过平日里的任飞宇说话只是尿，今天格外地磕磕绊绊，还有点做贼心虚。

更重要的是，他那边的背景音很嘈杂，听起来就像被一群人围着似的。

如果说之前林雾只是怀疑，那现在基本确定了："任飞宇，你出什么事了？"

"没有没有，"那边否认得倒快，"先不聊了哈，这雾也太大了，我都忙不过来了，哈哈……"

啪。

语音通话被单方面中断。

林雾抬起头。

宿舍三人对视一眼，下一秒以闪电速度翻身下床，套衣服的套衣服，换鞋的换鞋。

李骏驰说："还真让你蒙对了。"

夏扬说："嘛叫蒙，林雾这叫心细如发。"

李骏驰说："大哥，这时候就别捧了。"

任飞宇这家伙一年三百六十四天都在哭唧唧①卖惨，只有一天不会，那就是他真遇见麻烦的时候。也不知道他这别扭性格是怎么形成的，反正就是没大事的时候恨不得让全世界都知道他最惨，真有麻烦了，反倒怕牵扯别人，总想自己扛。

关键是就这位同学那心理素质，根本啥玩意儿都扛不住。

333宿舍不常跟人干架，但真干起来也不怵。往常都是任飞宇拦着，今天和平鸽不在，主战派三杰一个战术俯冲就猛虎出闸。

---

① 哭唧唧：网络用语，指哭啼啼的样子。

任飞宇那边到底遇见啥事了，问是问不出来的，还不如直接去现场快。学校坐北朝南，南门是正门，离图书馆、教学楼近，北门则就在书山园和学海园两个宿舍区之间，出了男寝不用走多远就是。

宿舍楼并没有封，三人顺利离开。

但一到楼外就完全是另一个世界了。天色比早上的时候又暗了些，浓雾里什么都看不清，他们只能凭记忆，摸着一棵棵树往前走，以免乱了方向。

好在北门不远，没走多久三人就听见了前方有保安交谈的声音。

有保安，就是大门到了。

雾成了最好的"隐身符"，三人稍稍站定，不用刻意躲避，只需要压低声音。

李骏驰说："封校了，走大门肯定不行。"

林雾说："找个隐蔽点的位置翻墙。"

夏扬说："这就不用特意找了吧，今儿全世界都是隐蔽属性……"

"哪个学院的——"原本在前方交谈的保安一声吼，看不见人动，但脚步声已经过来了，貌似还在"呼朋引伴"，"这边，这边——"

林雾、李骏驰、夏扬都很无语。

他们声音小得自己都快听不见了，这都能暴露？

怎么办？奔跑吧兄弟！

保安喊："站住！我都看见你们了——"

夏扬说："得了吧，就算您有敏锐的听觉和洞察力也不可能突破人类的极限——"

保安喊："别跑了，注意安全——"

夏扬说："您别追了我们不就不跑了嘛——"

在这种天气里玩儿追逐战，是个人就得晕头转向。等林雾终于摸到学校围墙，才发现身边好像没声音了，往左右一看，得，一个人影都没了。

在这种情况下想再集合基本没可能，而且林雾也不能确定自己所处的究竟是围墙的哪一段，只好先翻出去，再用校外的建筑物来确认方位。

不料他刚费劲爬上墙顶，就发现墙外竟然也有学校的保安在巡逻，而且是贴着墙根巡逻，简直不给他这种翻墙的同学活路。

用不用这么严格啊。

林雾骑在墙头，慢慢伏下身子，一边默念"你看不见我"，一边放轻呼吸，耐心等待保安过去，再下墙。

外墙根的保安还没过去，内墙根就又来了新同学。

男声说："就这里吧，你想说什么？"

女声说："我喜欢你。"

林雾差点从墙上掉下去。

他赶紧扶稳当了，视线不由自主往下投射。他不想看，但八卦是人的本能，真的属于不可抗力。

可惜雾太浓，他只听得出是一男一女，男声挺好听，可是有点意兴阑珊，女声挺飒^①的，虽然是主动表白，却也落落大方。

忽然起了微风。

墙下的雾团竟然在这一刻被吹走了大半，只留下薄薄的一层纱。

透过"轻纱幔帐"，林雾终于看清了两位同学。

刚刚主动表白的竟然是全校公认的校花，机械院的大三学姐！

林雾瞪大眼睛，简直怀疑自己看错了，要知道这学姐人美歌甜，去年全校晚会，还是大二学生的学姐把他们这些大一新生迷得不行。

他们大学是综合性的，不缺女生多的文科学院，但偏偏是机械与动力工程这种一个班不超过仨女生的学院出了校花，且是毫无争议的——凭这就知道学姐有多美了。

被这种姑娘告白，底下那家伙竟然回的是——

"对不起。"

---

① 飒：网络用语，指飒爽。

连声音语调相比之前都没有任何变化。

林雾本来只是好奇什么样的男生能让学姐主动告白，这会儿则是直接被惊呆了。

他连忙把目光聚焦到那位男同学身上。

一个平平无奇的帅哥。

对，就平平无奇嘛。身高是高点，林雾自己一米八五，目测对方比他还高几厘米，得一米九了，但你再高不也没高到两米。五官挺立体，从鼻梁到下颌线，轮廓分明，眉眼也在审美的平均线以上……好吧，以上再往上点，就是像现在这样任性地剃了个圆寸却依然帅气逼人就对了。

那又怎样？

帅就可以为所欲为？

学姐问："为什么？"

圆寸头说："不是你的问题，是我的问题。"

学姐问："你该不会用那种烂到家的借口说什么'我不喜欢女人'吧？"

圆寸头说："我不喜欢人。"

是的，他为所欲为了。

这是林雾听过的最牛的拒绝理由，没有之一。

其不仅可以彻底斩断告白者的希望，还能连根拔除告白者的情思。

比如校花学姐。

在被拒后的近一分钟时间里，她沉默地和圆寸头对视，仿佛很镇定。但林雾从她闪烁的眼神里，已经读出了层层递进的灵魂反思——

不喜欢人？

你在逗我？

不，他是认真的。

等等，正常人会用"不喜欢人"来拒绝告白吗？

神经病吧!

我看男人的眼光绝对有问题……

"王野,"学姐终于再次开口,"你从来没喜欢过谁吗?就是让你想谈恋爱的那种喜欢。"

圆寸头说:"没有。"

学姐说:"如果有一天你遇见那个人了……"

林雾听得有点心酸。

就算遇见了那也是别人的爱情,难不成还要让圆寸头把终于能让他动心的姑娘带过来再虐你一遍吗?学姐你清醒一点!

学姐说:"如果遇见了,请务必发个朋友圈,让我尽情嘲笑一下。"

林雾:"……"

学姐,你可以。

校花告白大方,退场也退得飒爽。

墙下就剩下王野一个人。

风起起停停,这处的雾浓了又淡。今天发生了太多事,王野觉得自己此时此刻的位置很适合全盘捋一下情况。

清晨大凫,起大雾,一看就不是什么正经雾。

食堂早餐,最爱的鸡蛋饼没买着。

去教室路上,同班两个家伙闹着玩还闹急眼了,他觉着挺逗,刚停下来看热闹,俩人就差点打他身上。他往后一躲——他发誓自己绝对就是轻轻一躲,结果撞倒了后面一片人,然后他们仨就被拎到办公室去批评教育了。

停课回寝,才睡了个回笼觉,又被叫到这里来了。

——一次是巧合,次次巧合那就是运势。王野怀疑今天主大凶,诸事不宜,忌外出,忌上课,忌告白,忌鸡蛋饼。

林雾闹不明白墙底下那家伙为什么还不撤。

难道是其实心里喜欢学姐，只是出于某种理由不得不拒绝，于是只能在人走之后原地怅然悲伤？

不管了，圆寸头爱撤不撤，反正他得撤了。

墙外的保安已经巡完这段，脚步声彻底远去，林雾抱住墙头，刚准备把墙内的这条腿也跨出去，就听见了一声细细的"喵呜"。

一只黑色小奶猫不知何时从墙根下的灌木中探出了头，警惕地注视着入侵自己领地的王野。

王野也看见了它，一人一猫隔空对视。

小黑猫看起来有点凶。

不说话的王野……看着更凶。

一开始林雾觉得是发型问题，圆寸这种款式自带痞气，但随着时间在一人一猫的对峙中静默流逝，他开始怀疑自己可能冤枉发型了，这家伙浑身上下都散发着"老子是流氓"的气质好吗！

王野忽然动了。

林雾吓得一哆嗦，这人该不会真要对一只小奶猫下手吧?！

唰——

他蹲下了，满怀期待地举起手，冲小黑猫招啊招："咪咪。"

林雾："……"

谁告诉你每一只猫都叫咪咪的！

小黑猫不为所动，甚至好像还有往后退的意思。

"喵喵?

"小花?

"二毛?"

林雾不是猫都想挠他。

可能是王野竭尽全力瞎起名儿的执着打动了喵星人①，小黑猫还真在歪头

---

① 喵星人：猫的网络昵称。

看了他一会儿后，试探性地往前走了两步。

王野立刻受到了鼓舞。

"二毛，过来，二毛。"

终于，小黑猫来到了他的面前。

王野眼睛都亮了，立刻向那毛茸茸的小耳朵伸出手。

"啪！"

小黑猫一爪子挠他手背上，刺溜一窜，心满意足地跑掉。

林雾欣慰：干得漂亮。

快乐是有感染力的，于是墙底下的王野就那么毫无预警地抬起了头。

四目相对。

吃瓜群众的笑定在林雾脸上，林雾定在墙上。

起风了。

雾像气浪涌来，遮挡了你，也模糊了我。

视线被浓雾吞没前的最后一刻，林雾看见王野毫不犹豫地转身，嘴里还咕哝了一句"什么鬼"。

林雾："……"

他误会了一位诚实的男同学。

原来不喜欢人，真的就是字面意义上的，不喜欢人。

成功翻出围墙，林雾就收到了李骏驰发来的定位——他和夏扬找到人了。

林雾还惊讶这俩人怎么这么快，一看位置，就在斜对面街角一拐过去，离北门直线距离不超过三百米。

有了定位就好办了。

这种天气街上基本没人作死开车，林雾直接按照定位方向的最短直线，百米冲刺奔了过去。

才到地方，还什么都没看清呢，就听见了夏扬的骂街。

"开个卡宴怎么地，是有风火轮还是有乾坤圈？是安个鱼鳔能下水还是插个螺旋桨能升天？但凡脑子里抠出来的东西超过二两的都知道这天儿出门开车就是作死，你们自个儿作死行，找个没人的地儿就完了，出哪门子街，在这儿祸祸祖国花朵你亏心不亏心？

"还嘛玩意儿？你们车挨路边好好停着就让他行李箱剐了？我还说他五讲四美遛着弯儿就让你们给碰瓷了呢！别跟这儿丢人现眼了行吗？你们这停的是路边？这地上就是没画线，画上就是双排道，你们妥妥在逆行道上还得说是占了个黄金分割点，行为艺术大师来了都得给你们转发点赞，不转就是不懂艺术……"

林雾走近些，事发现场总算有了轮廓。

一台保时捷卡宴，右侧车灯附近被蹭花了漆，地上一个摔开了的行李箱，衣物和哈尔滨红肠还躺在箱子里，几个大列巴已经弹落到箱外，土路上有几个坑，也不知道是不是大列巴砸出来的。

这附近都是被开发商圈起来的荒地，路也全是这样的土路，没信号灯没斑马线更没摄像头，不过这种天气有摄像头也没用。

对方有四个人，全在车下站着，就像夏扬说的，他们那车所在的位置都快到路中间了，说停这儿有可能，毕竟雾大，根本没法继续开，但要说停路边，那就是骗鬼呢。

不过夏扬对任飞宇"祖国花朵"的定位也有点歪。

他们是年轻，但对面几个看起来更没长大好吗！就四个熊孩子，看着还得比他们小个一两岁。

林雾本来那一腔干架的火焰，霎时就有点不旺盛了。

"大宇，你人没事吧？"他到任飞宇身边先问最重要的。

"没事，"任飞宇左顾右盼的，声音有点哑，"就雾太大，我急着回学校，没看见他们车停路中间，行李箱直接蹭上去了。"

"人没事就行。"林雾放下心来，然后就有点眼晕，"你总晃脑袋干什么？"

"没啊……"任飞宇立刻不晃了，改抬头看天。

林雾皱眉，直接一巴掌按他脑袋瓜上，强迫对方和他平视。

雾很大。

却依然遮不住任飞宇破了的嘴角。

林雾声音冷下来："他们动手了？"

这事要真较真，其实是个糊涂账。一方乱停车，一方没注意，但归根结底，还是这鬼天气惹的祸，各退一步也就行了。

"不光动手了，"李骏驰冷哼，"还让大宇赔一万给他们去 4S 店喷漆。"

林雾乐了，开始一点点把指关节按得咔咔作响："喷金漆啊。"

"你轮不上了。"李骏驰拍拍备战中的室友的肩膀，下巴往对面一甩。

林雾不明所以地看过去，这才注意到，对面四个货，仨脸上都挂彩了，就为首那个还算全须全尾，估计是挨打的时候全让仨小弟顶上，自己猫后面了。

333 打群架向来是林雾负责主力输出，夏扬嘴炮[①]辅助，李骏驰策应边路，任飞宇保护自己。

他还没到场面就被控制住了的事从来没发生过。对面四个说是熊孩子，那也十七八了，论体格论人数都不吃亏。

"你干的？"林雾难以置信地看向任飞宇。

任飞宇一口否认："怎么可能。"

他就知道。那就只剩唯一可能了。

林雾朝李骏驰挑眉："你和夏扬干的？"

李骏驰摇头："夏扬自己干的。"

林雾说："你没上？"

---

① 嘴炮：网络用语，指以嘴为炮，攻击他人。

李骏驰说："我想拦没拦住。"

林雾说："拦什么玩意儿，我是问你没上去帮他？"

李骏驰说："帮？就他那六亲不认的疯劲儿，我怕上去连我自己都挨削。"

林雾彻底迷惑了，转头看向仍在舌战群"熊"的夏扬："什么情况啊……"

"卡宴四熊"现在和林雾一个心情。

他们万万没想到一个尿包找来的帮手不仅不尿，还贼疯。

古语有云，愣的怕横的，横的怕不要命的，如果有比不要命的更可怕的，那就是不要命的还长了一张破嘴。

"你们爸妈没教你们尊老爱幼礼让行人，等公交扶奶奶上车坐地铁给爷爷让座？九年义务教育都给你们学狗肚子里了？开个破车不知道东南西北了是吗？满十八了吗？毛长齐了吗？车是你们的吗？驾照翻出来我瞅瞅，行驶本拿出来我看看……"

四人明显扛不住了，为首的还能倚靠车身勉强保持梗着脖子的强硬姿态，他身后那仨脑袋都要炸了，偷偷摸摸拽了他好几下，小声说："要不就算了，反正你也不差这点钱……"

为首的脸色更差了，恶狠狠地说："我是不差这点钱，但谁让他是这个学校的，是这个学校的人，就一万，少一分钱都不行。"

夏扬说："哎，我见过仇富仇美的，头回见仇学的，你是 bpnl 不分还是 abcd 不会？那我教你，小 ü 碰到 jqx，擦掉眼泪不哭泣，名词辅音 y 结尾，y 变 i 加 es……"

为首的："……"

这场骂战的可怕之处不在于对手词汇量的丰富，而在于纵你学富五车都找不到机会张嘴，并且你还不是学富五车，而对方满腹经纶。

动手没打过，动嘴被碾压，"卡宴四熊"最终骂骂咧咧地开车跑路，大雾都挡不住他们火急火燎的飞驰。

夏扬非让任飞宇去校医院做个全面检查："别以为现在嘛毛病没有就万

事大吉，被车剐了之后好几天才发现内伤的有的是。"

林雾和李骏驰同意，然后转向夏扬："说完别人你能不能再照镜子瞅瞅自己？"

今天在校医院门诊轮班的是外科诊室的项医生。

校医院外科诊室有好几位医生，好几位都认识任飞宇。

"怎么又是你？"虽然呼啦啦进来了四个小伙子，但项医生一眼就锁定了任飞宇，"我看你挺老实啊，怎么一天到晚不是磕了就是碰了。"

任飞宇耷拉着脑袋，没跟医生解释是自己大雾天撞车上了，就像从前的每一次，他也不会跟医生说摔伤是踩了学校后面没盖的枯井，崴脚是踏空了图书馆前光滑的台阶，磕破是绊着了自习教室的桌椅板凳，下颌脱臼是拿牙去开老雪花啤酒瓶。

批评完任飞宇，项医生才发现，得，后面还藏着个更精彩的呢。

从校医院回来，任飞宇独享了自己的那份自热小火锅，把红肠留给了三个替他两肋插刀的兄弟。

什么，大列巴有没有捡回来？

大一已经托任飞宇的福尝过这款特产的林雾、夏扬、李骏驰，都非常默契地对这件事选择了遗忘。

"其实这个上锅蒸一下就会软了……"大一的任飞宇如此科普。

当时的林雾、李骏驰、夏扬齐声说："宿舍没蒸锅。"

"泡罗宋汤也美味……"

"我们没有汤。"

"格瓦斯、红肠配它一起慢慢嚼……"

"我们牙口不行。"

"或者把顶上切开，里面掏空，留硬壳做容器，在里面盛上浓汤，最好是奶油海鲜浓汤，就是虾啊鱼片蛤蜊啊加淡奶油和牛奶一起炖……"

"我们吃个大列巴还要先变成米其林三星团队吗？！"

——后来他们还是吃了，干嚼，这就是333的神仙友情。不多说了，太感人，都是泪。

大雾整整持续了两天半。

这是第三天的中午。

"不行了，我心态崩了，"任飞宇苦着脸在床上翻滚，不时绝望地瞥一眼雾气沉沉的窗外，"哪有这样的，太恐怖了吧。"

李骏驰刚泡上一桶方便面，正在手机里找本地缓存的下饭剧："你心态哪天不崩，别嫁祸给老天爷。"

"但这回是大崩，稀里哗啦地崩。"任飞宇坐起来，"全球大雾啊兄弟们，人类史上都没出现过的！"

林雾有一搭没一搭地刷着微博。

虽然任飞宇一贯热衷于凡事往坏的方面想，常年渲染负能量，但这次他还真没夸张。

热搜前几已经连续三天被天气相关霸占了。

第一天是"全球多地突发罕见大雾"。

第二天是"大雾范围急速扩张"。

第三天是"神秘大雾已席卷全球"。

仅仅三天，整个世界都被大雾吞没。

"咱们跟这儿干着急有嘛用，老老实实等着吧。"夏扬刚和一群停课在家的小学生开完黑①，现在心态已经彻底佛了，还有什么比打到一半你的队友说"我妈让我写作业"来得更让人堵心呢。

"那要是等不来雾散呢？"任飞宇疯狂脑补，"万一以后天气都这样了呢？万一我们要永远生活在大雾里了呢？到时候我们开车看不清路只能靠走，说话看不清人只能靠吼，更可怕的是植物照不到阳光就没办法生长了，

---

① 开黑：游戏用语，指通过网络实时交流组队玩游戏。

最后大片灭绝，然后食草动物没吃的了也灭绝，然后食肉动物没吃的了也灭绝，然后我们没吃的了也……"

"大宇，"俩人床对床，林雾伸手过去拍拍他肩膀，"控制一下自己。"

任飞宇要哭了："我控制不住……"

林雾把他揽过来："兄弟，你想啊，真要是以后都生活在大雾里了，肯定会有相应的设备发明出来，就像白天有防晒服，晚上有夜视仪，现在汽车都有雾灯了，你还怕以后路灯照不透迷雾吗？"

任飞宇说："可花花草草……"

林雾说："可以做人造太阳。"

任飞宇说："食草动物……"

林雾说："不会灭绝。"

任飞宇说："食肉动物……"

林雾说："快乐奔跑。"

任飞宇说："我们……"

林雾说："天天向上，为人类光明灿烂的未来做贡献。"

任飞宇："那万一你说的这些都没成功，就是全灭绝了呢！"

林雾说："还有海洋动物呢，生命就是从海洋起源的，大不了再来一次进化。"

任飞宇："……"

林雾问："还有问题吗？"

任飞宇说："我想回家……"

333有三大镇舍神兵——李骏驰的校内关系网，夏扬的津骂词组库，林雾的疯狂盘逻辑。

在宿舍难以找到共鸣的任飞宇，决定去"书山陋室"里找安慰。

果然，一打开论坛就看见满眼知音。

主题：末世不会真要来了吧?!

主题：我们会像恐龙一样灭绝吗？

主题：我好害怕啊……

主题：这个雾对身体会不会有害？

热度最高的帖子一排看下来全是人心惶惶。

任飞宇有一种找到家的温暖，立刻点进帖子认真看起来——

主题：末世不会真要来了吧?!

发帖人：樱朵

内容：我刚才给家里打了电话，和我爸妈哭了一场，我是不是太悲观了？

1楼：有时候悲观一点好，凡事都要做最坏的打算。

2楼：可能封校结束那天，就是我们要在末世里挣扎的开始。

3楼：那我肯定不挣扎，直接躺平等死。

4楼回复3楼：别认输啊。

5楼：早知道有这么一天，我就该天天晚上去操场跑圈锻炼！

6楼回复5楼：一看就是从来没晚上去过操场的，晚间时段是情侣跑步时间，单身狗① 自觉避让啊。

7楼回复6楼：拉倒吧，我晚上去看见的怎么都是一群群大老爷们儿。

8楼：别扯犊子了，能不能说正经的。@樱朵，我不觉得你悲观，相反，我觉得你还挺可爱的，你是女生吧，哪个院的，交个朋友？

任飞宇："……"

这么严肃的话题也能歪楼？有没有人性啊！

关掉，看第二帖。

---

① 单身狗：网络用语，指没有恋爱对象的人。

主题：我们会像恐龙一样灭绝吗？

发帖人：玛雅人

内容：恐龙灭绝的原因至今成谜，会不会几千万年后，新的生物找到人类化石，也会觉得人类的灭绝原因扑朔迷离？想想就好心酸啊。

1楼：不能，几千万年后科技得发达成啥样了，分分钟给你复原远古场景。

2楼回复1楼：做梦吧，人类都灭绝了，哪儿来的科技发展？

3楼回复2楼：就人类能发展科技？说不定几千万年后地球的主宰就是草履虫。

4楼回复3楼：你说个老鼠我都忍了，草履虫？你生物老师能气吐血。

5楼回复4楼：有一说一，草履虫虽然是单细胞生物，但你怎么就知道它以后不会进化成更高等更复杂的生物呢？凡事得用发展的眼光看问题。

6楼回复5楼：你也说了是进化成更高等的生物，从本质上来讲，进化后的生物已经不是草履虫了，所以"草履虫"主宰地球仍然是伪命题。

任飞宇："……"

你们是够严肃了，但是跑题了啊！

怒关，他就不信了，再看第三帖！

主题：我好害怕啊……

发帖人：匿名

内容：我昨天晚上一宿没睡，看片都不能驱散我内心的阴霾，怎么办？

1楼：我不知道怎么办，我就想知道你看的什么片！

2楼：同求！

3楼：这是校内论坛，兄弟们能不能收敛一下心里蠢蠢欲动的小粉灯？

4楼回复3楼：匿名的你怕啥啊？

5楼回复4楼：显示IP啊大哥。

6楼：啥玩意儿，IP能精确到宿舍吗？？？

7楼：都停课三天了，我好想快点上课啊。

8楼：我想念逸夫楼的桌椅，想念图书馆的空气。

9楼：还有操场万年绿的塑料草和游泳馆七扭八歪的水道。

任飞宇："……"

你们的画风转变还能再生硬点吗？

倔强少年永不低头，第四帖！

主题：这个雾对身体会不会有害？

发帖人：爆A王

内容：我这两天坚持每天跑步一小时，感觉吸了好多雾，虽然暂时身体还没什么感觉，但是会不会有后遗症啊？

1楼：所以你为什么非要在这种天气出来跑步呢！

2楼：一写作业就想看小说，一睡觉就想刷微博，一上课就想在宿舍里宅着，一不让出宿舍就想下楼跑步，这是人类的本能。

3楼回复2楼：我怀疑你在偷窥我的生活。

丢开手机，任飞宇在床上躺平，彻底放弃寻找共鸣。

累了。

当一个大学生独自思考的时候，或许还能忧国忧民，但当一群大学生聚到一起，那就是——沙雕也许会迟到，但永远不会缺席。

就在各方都束手无策，学校已经开始下发继续停课通知的时候，这天傍晚，雾忽然散了。

一如它来时的毫无预警，散也散得悄然无声。

久违的晚霞，将暮色映得分外动人。

第二章　雾散

　　校园终于解封。

　　课程恢复，大一的军训如火如荼地开始，新学期总算步入正轨。

　　虽然新闻里网络上仍有许多声音在讨论离奇大雾，但因为其并不像地震海啸那样是强烈的灾害，仅仅是生活不便了几天，所以热度慢慢也就退了。至于成因研究，那是科学家的事。

　　这天周末，也是校园复苏后的第一个周末，天气热得不像话。明明都九月了，夏日却仿佛不甘心这样退场，非要散发最后的能量。

　　烈日下，树叶卷着边，地上升腾的暑气把景物都蒸得微微变形了。

　　林雾从图书馆里走出来，被扑了一脸热浪。

　　他在里面吹了一上午空调，书也看得差不多，本来想下午找几个人去打打球、出出汗，一看这大太阳立刻打消了念头。

　　篮球场是露天的，他还想多活几年。

　　沿着树下阴凉往食堂方向走，林雾拿微信语音联系唯一还在宿舍的任飞宇。

　　其他两位都出去了。

李骏驰去隔壁的兄弟院校，帮一个要跟女朋友兼自己学妹求婚的研究生学长，有偿抵御外围可能发生的混乱——据说至少有两个痴心不改的学弟企图抢婚。

夏扬出去玩儿了，据说是天津老乡会组织的"线下狼人杀"。也不知道这群人聚一起会不会杀着杀着就说起群口相声。

"中午想吃什么，我给你带回去。"语音一接通，林雾就问任飞宇。

不料那边说："我游泳呢。"

林雾一愣："啊？"

任飞宇说："太热了，宿舍实在待不住，我来游泳馆了。"

天热去游泳馆没问题，问题是："你游泳为什么还能接电话？"

"我带手机了啊，"任飞宇一副理所当然的口气，"你放心，就搁泳池边，外面套防水袋，头顶有摄像头，防水防盗双保险。"

林雾说："不是，正常都把这玩意儿放更衣室的柜子里吧？"

"那不行，"任飞宇想都不想，"万一我游着游着腿抽筋了，想求救怎么办？"

林雾："你有游到池边打电话求救的工夫，就不差一蹬腿再爬出来了，真的。"

任飞宇的危机意识永远用在没啥用的地方。

不过说着说着，林雾也有点动心了，学校游泳馆虽然不大，泳道还歪歪斜斜，但水质维护从来不放松，比外面很多大游泳馆都干净。"那边人多不？不多我一会儿也过去。"

任飞宇说："还行，你过……我去，不好了！有人溺水了——"

林雾只听见任飞宇在电话那头大喊了一句，然后就是一声"啪"，从听筒传过来的声音震耳欲聋，应该是手机被扔到了地上。

游泳馆。

任飞宇依稀记得有一位同学从他身边下的水，但因为他一直站在泳池边和林雾通电话，也没太注意。

直到林雾问他游泳馆人多不多。

他条件反射看向水面，结果泳姿矫健的没看到几个，倒是瞥见离他最近的这条泳道，水底下似乎有影子。

再仔细一看，不就是刚才下水的那个同学吗？此刻对方脸朝下，四肢随水展开，就那么无知无觉地伏在池底。

任飞宇的脑袋轰一下就炸了，几乎是本能地大声向周围呼喊求助："不好了！有人溺水了——"

喊完才反应过来，他自己也会游泳啊，而且还离得最近！

生平第一次，任飞宇身体比大脑快，扔下手机"扑通"一个猛子就扎进了水里。

直到冰凉的水包裹了四肢百骸，五感迟钝了，任飞宇那些习惯性的丧气想法才姗姗来迟地在心头浮现——

我不行……

我办不到……

我跳下来也白跳……

我会不会帮倒忙？

果然还是应该等真正会救人的人来救……

大脑被这些念头刷屏，身体却已经游到了那个同学身边。

任飞宇憋着气，竭力把心里那些声音全当耳旁风，继续往前游到趴伏着的同学上方，然后伸手从背后插入对方腋下，将人借着浮力捞住。

他曾专门看过溺水救人的科普视频，都建议从背后锁住溺水者，再往岸边带，以防溺水者在慌乱挣扎中把救人者死死抱住，从而导致救人者也无法游动，陷入危险。

不过怀里的同学根本一动不动。

任飞宇不知道对方落水多久了，说实话，他现在反而希望对方能挣扎一下，这样至少说明人还有救。

不敢耽误时间，一捞住人，任飞宇就用力往上蹬，希望能带着对方尽快浮出水面。

可就在这时，怀里的人忽然一个转身，像八爪鱼一样将任飞宇牢牢抱住了。

变故发生得太快，一心想带着人往上的任飞宇，甚至都没看清对方的脸，上半身连同双臂就被对方的双臂死死箍住，双腿则是被对方双腿用力夹住了。

他就像是被一条水下绳索捆上了一样，原本向上游动的身体一瞬间停滞，然后就开始慢慢下沉。

任飞宇吓得血都要凉了。

跳下水之前吸的那口气也憋不住了，咕噜噜冒泡。

他疯狂想要挣脱，却怎么也办不到，反而是对方的禁锢越来越紧。

任飞宇简直要疯了。

身体触到了池底。

任飞宇彻底绝望。

所以他是要死在这里了吗？要死在这里了吧……就说该让专业的人来救的，让你瞎逞能……

水下的世界原来是这个颜色的——氤氲、迷离、冰凉的蓝。

任飞宇的意识开始飘远，身体陷入一种虚幻的轻盈。视野也模糊起来。

忽然，加诸身上的力道猛地增强了几倍，就像又来了一群人帮着一起箍他这个倒霉蛋似的。

任飞宇一下子清醒过来，或者说是被疼醒的，那箍着他的巨大力道简直是奔着把他骨头勒碎去的。

并没有一群人，来的就是一个人，用长臂一捞，愣是把他和那个同学一起箍住了。

同学不是不撒手吗，人家更不撒手，就这么一带二，把他俩打包给捞出了水面。

　　上岸了，那个"恩将仇报"的家伙倒松开了手，软软地躺在地上，乖巧得像之前的一切与他无关。

　　任飞宇在底下的时候就憋不住气了，呛了不少水，这会儿瘫坐在池边一顿咳，感觉肺都要咳出来了。

　　终于能开口说话，他第一句就是感谢救命恩人："谢，谢谢……喀喀，谢谢老师……"

　　游泳馆是有救生员老师的，他刚才脑子一热自己跳下去，现在才觉得有多蠢，害得别人本来只需要救一个，结果变成了救俩。

　　"不客气，"救人者的声音有点冷淡，"但我不是老师。"

　　任飞宇一怔，抬头。

　　面前是一个和他年纪差不多的男同学，个子很高，宽肩长腿，身体线条漂亮得让人嫉妒。长得也英俊，但是皮肤太白了，就是那种女生们总爱讨论的冷白皮，任飞宇欣赏不来，总觉得像吸血鬼。

　　尤其这位的眼神还和肤色一样冷，就好像捞任飞宇只是正好遇见了随手一救，并不存在多大的主观意愿，也不需要谢意回馈。

　　"李老师你等一下，他有呼吸和心跳！"身旁忽然传来声音。

　　任飞宇转头，两位救生员老师正围着那个溺水的同学，看姿势是准备做心肺复苏。

　　刚才他被面前的男同学顶出水面，周围水里立刻就有人靠过来帮忙一起将他弄到了岸上，应该就是这两位老师了，只是看他除了咳嗽没什么大事，他们才专注于溺水时间更长的同学。

　　不过心肺复苏并没有真正实行。

　　因为其中一位老师发现，那个躺在地上看起来完全失去意识的同学，竟然有着正常的呼吸和心跳。

　　校医院。

　　失去意识的同学被送去急救室进行全面检查和救治，任飞宇和救他的男同学则被送入观察室。

任飞宇除了嗓子咳得疼点，身体已经没大问题了，救他那位更是本来就什么问题都没有。但估计是为了稳妥起见，医院还是要求他俩留院观察两小时。

观察室里一共就两张病床，任飞宇躺在这边，男同学坐在那边，两张床之间也就一米距离。

但因为男同学实在太高冷了，生生把这一米距离拉成了天堑。

任飞宇几次三番想搭话都没搭成，最后只能侧躺在那儿眼巴巴地盯着恩人，自己在心里脑补①大家欢声笑语的温馨场面。

"19级机械工程，江潭，19级环境工程，任飞宇……"校医推门进入观察室，将写好的病历本分别还给两位学生。

给到任飞宇的时候，校医实在没忍住，以教育者才有的深邃目光多看了他好几秒。

这是今天急诊轮班的胡医生，全校医院性格最泼辣的女医生，没有之一。

是的，这位医生任飞宇也认识，并早就从她那里获得了"服了，我对你是真没脾气了"的至高评价。

原来恩人叫江潭，还和自己同年级，虽然学院不同，专业却都是"工程"口，缘分啊。

任飞宇坐起来接过本子，假装没看见胡医生的教育目光。"那个同学怎么样了……"

"醒了，"胡医生说，"各项检查都正常，休息休息就好了。但对自己是怎么溺水的、怎么被救的都记不清了，我跟他说是你俩救的他，他让我谢谢你们。"

都正常？

---

① 脑补：网络用语，指在头脑中对某些情节进行补充或幻想。

他发现对方溺水的时候，对方就已经失去知觉了，后来又在水里折腾了那么久，连他这个救人的都差点呛死，对方真没事？

任飞宇心里犯嘀咕，但又觉得医生没必要骗他，再说如果那个同学真出了什么事，胡医生现在也不能这么淡定。

最终，他把自己说服了，彻底放下心来："那就好，没事就好。"

胡医生的心头却难以轻松。

她说的是实话，却没说全。溺水的同学是醒了，只不过人家是自己醒的，刚被推进急救室就睁开眼睛迷迷糊糊地坐了起来。心跳血压一切正常，连呛水的咳嗽都没有，如果非要对比，反而任飞宇才更像个溺水者。

"医生，我可以回宿舍了吗？"一直安静着的江潭开口询问。

他脸上没什么表情，声音也很淡漠，无论是看起来还是听起来，都不像是对回宿舍有着强烈意愿。

既然不强烈，那胡医生就得怎么保险怎么来了："不行，必须等观察时间结束才能走。"

今天送来急诊的蹊跷病例太多了。

这仨只是其中一组，病房里还躺着好几位呢，都是意外，都是乍看正常，一细问经过又都透着怪异的不合理。

江潭没再争取，被拒之后就继续半靠在床头，闭目养神。

但任飞宇还是看见他不甚明显地皱了下眉。

原来这位也有情绪啊，但这表现方式也太压抑太隐晦了。

任飞宇正暗自为新发现惊奇，就听见胡医生说："任飞宇，不是我说你……"

不是我说你，那就是要说你了。

任飞宇配合地低下头，甭管对错，先争取个好态度："嗯……"

胡医生说："你奋不顾身救同学的精神值得表扬……"

任飞宇点头如捣蒜。来吧，"但是"。

胡医生说："但自己不会游泳还往水里跳，太危险了！"

"嗯……嗯？"任飞宇抬头，本能地辩解，"我会游泳……"

"会游泳也不一定会救人，"胡医生没好气道，"溺水救人是有科学方法的，不能乱来一气。"

任飞宇的声音越来越弱："我没乱来……"

胡医生的气势越来越强："没乱来你呛水呛成这样？再晚上岸一会儿你就悬了，知道吗?！"

任飞宇想说他完全是按标准救人姿势做的，谁能想到对方突然来了个反向锁抱，简直是奔着同归于尽去的。

可医生说那个同学对水里的情况都记不清了，人家还特地让医生感谢他俩，他要现在提这些，好像有点责怪对方的意思，总感觉不太好，况且人家同学肯定也不是故意的……

乱七八糟想一堆，任飞宇再次说服了自己："嗯，知道了。"

他那声音像蚊子哼哼似的，胡医生也有点不忍心再严厉了，叹口气，神情柔和下来。

旁边床的江潭却忽然在这时插了一句："他救人的方法没问题，自背后从腋下抱住溺水者，然后尽快浮出水面，整个流程很规范。"

任飞宇惊讶地看向江潭。

自己救人的时候对方看见了？难怪意外发生后能第一个跳下来救他。

不过江潭现在能帮他说话，是任飞宇没想到的。

胡医生困惑了："方法都对？那怎么……"

"不清楚，"江潭说，"在我看来应该是那位同学在水中短暂地恢复过知觉，或者是某种条件反射，导致他不顾一切抱住了这位同学，才让救援变成了双双遇险。"

胡医生沉默下来，若有所思。

"不行，我还得过去看看。"她转身急匆匆往外走去，临到门口又回头叮嘱，"你俩好好在这里观察，不到点儿不许走啊。"

随着校医离开，观察室又恢复了略显尴尬的安静。

任飞宇看向江潭："那个……"

对方的手机忽然在这时候响了。

江潭看一眼名字，确认是谁，才接："王野。"

任飞宇乖乖闭嘴，然后听江潭在那边说："可以……但你得等……校医院呢……我……"

嘟嘟嘟。

江潭拢共就说三句半，十一个字儿，便被那边单方面结束了通讯。

任飞宇看着江潭把手机收回去，脸上好像没有太多被挂电话的不爽，这才小心翼翼开口："那个，谢谢你啊……"

江潭转过头来，冷漠地看他："你说过好几次了。"

"我是说刚才，"任飞宇说，"谢谢你帮我向胡医生解释。"

"不是帮你，我只是陈述客观事实。"江潭说，"还有，你下去救人的确很冒失，当时你已经喊了'有人溺水'，两位救生员老师都在赶过来，完全可以比你更妥善地处置。"

任飞宇被说得头越来越低，比被胡医生训的时候还低，心里委屈至极，可嘴上却是本能地道歉："对不起，下次不会了……"

江潭极度理性地摇头："不必跟我保证，命是你自己的，你有绝对处置权。"

任飞宇："……"

这也太难交流了。

不过事物都是两面的，江潭虽然难交流，却冷静果断，对自身情绪的控制力更是让一遇事就炸窝的任飞宇羡慕得近乎仰望了。

对方身上几乎有一切他想要却注定无缘的气质。

就为这个，任飞宇也得甩开膀子豁出去一次——

"恩人，能加个微信吗？"

泳池的意外，林雾通过那个手机被扔在地上却没有挂断的语音连接，听完了全程，心都要揪起来了。哪怕后面任飞宇摸索回手机，用刚猛咳完的破锣嗓子说自己没事都没用，林雾挂了电话就直奔校医院。

结果一推开观察室的门，就看见任飞宇捧着手机，一脸傻乐地望向邻床的男同学："恩人，申请发过去了，你通过一下呗。"

行，这是真没事。

那位男同学先发现了他，抬眼淡淡瞥过来。

任飞宇顺着他的视线也跟着望，才看见自家室友："哎？你怎么过来了？"

林雾没好气地走过去："我来看看游个泳都能游进校医院的高手。"

任飞宇咕哝："我那是救人……"

林雾说："嗯，然后把自己搭里头了。"

任飞宇撇撇嘴，刚要来江潭微信的快乐随风飘散。

林雾一看他这尿样就心软，胡乱在他头上摸了一下，顺毛似的："行了，人没事就好。"

任飞宇本来一直到刚才都挺坚强，让林雾这么一安慰，心里绷着的弦"啪"就断了，面对自己人，委屈涌上来根本控制不住："我没想到他会在水里突然抱我……真的……本来都挺顺利的……"

林雾其实没太听懂，只能听出来任飞宇是真的委屈，声音都快变调了。

他连忙拍拍对方后背，凑近小声劝道："忍住，回宿舍再哭啊，旁边可有人呢……"

这一下把任飞宇提醒了。

恩人还在旁边呢，自己这个熊样也太丢脸了！

"林雾，这个是江潭，机械院的，我救命恩人——"任飞宇一把推开室友，胳膊"唰"地向隔壁床一伸，迎宾似的，精神焕发，声音洪亮。

林雾："……"

你这脸变得也太快了点。

"哥们儿，谢谢你啊。"林雾转过身，和江潭说，"我叫林雾，环境院的。"

江潭很浅地向他点了下头，名字、院系都被任飞宇介绍完了，他看起来并没有再重复一遍的意思。

对方的冷淡让林雾心里有点不爽，但凡事不能光看说什么得看做什么，人家实打实把任飞宇救了，至于性格好不好，又不是处朋友，你管得着人家吗？

不过任飞宇看起来完全不觉得恩人有什么问题，盯着江潭的眼神像看男神似的。

有这么阴郁的男神吗？整个人没一点生气，皮肤还白，连唇色都很浅。林雾看着他，不知怎么，总是联想到冬日沉沉的黄昏。

"什么情况，你怎么还进医院了——"观察室的门又一次被推开，一个人带着风就进来了。

这人一进来，整个观察室都显得局促了。不光是因为他个子高，主要是气场强，一个人愣是弄出了身后有一群小弟的帮派大哥气质。

关键他那发型也像道上混的。

痞气十足的圆寸，也就是仗着一张好脸，"有颜任性"……你给我等一下！

林雾蓦地瞪大眼睛。

浓雾迷离。

围墙之下。

拒绝学姐。

撸猫二毛……

这不就是那个不喜欢人的家伙吗？！

叫什么来着？王野？

来人进屋直奔江潭，没往周围多看一眼，站病床前打量了他半天，皱眉："这不没事吗？"

江潭气定神闲："本来就没事。"

王野的表情像是被坑蒙拐骗了："那你电话里不说。"

江潭举起手机，屏幕上是明晃晃的通话记录。"通话时长，9秒。"

王野："……"

林雾心说电话是死的，人是活的，挂了再打回去呗。可看起来两位同学都没有就这个话题继续讨论的意思，好像默认了"一次性通话"十分合理。

跟王野表白的学姐是机械院的，被王野探病的江潭也是机械院的，林雾顺着这个思路捋，估计王野也是机械院的没跑了，说不定这两人还是一个寝室的呢，就像他和任飞宇一样。

所以，他这不和哥们儿处得挺好吗？一听出事问都顾不上多问就奔了过来。

还是说……哥们儿不算人？

正瞎琢磨着，王野的视线突然扫过来，像是才发现这边还有人。

林雾吓得呼吸一滞。

他也不知道自己为啥心虚，就算被认出来了，他又不是故意偷听，绝对的善意第三方，况且王野当时又没丢什么人，被拒绝的是学姐，这种事就算被看见也不会怎么样吧？

可想得再清楚，条件反射还是难以控制。

林雾只能把一切归结到王野的气质上。就是那种又凶又猛，看起来很容易两句话不对付——"你瞅啥？""瞅你咋的？"——就扑过来一酒瓶子削你脑袋上的狠人。

不过王野的视线很轻易就从他身上滑过去了，并没有什么特别的反应。

反倒是任飞宇立刻热情地自报家门："你好，我叫任飞宇，环境院的，幸亏江潭下水救我，不然我就交待了！"

"哦，"王野简单应了一下，"王野，机械的。"然后收回目光，挪过一张凳子一屁股坐到江潭病床旁边了。

林雾："……"

要不说人家俩是哥们儿呢，在生人勿近的气质这块拿捏得死死的。不过王野比江潭还能好点，"王野，机械的"至少回了五个字，不对，还有个"哦"，六个字。

任飞宇不让林雾给李骏驰和夏扬打电话，说反正自己也没事，晚上回寝室再说，不然那边一个正开工呢，一个正"杀人"呢，好好的周末都得让他搅和了。

林雾知道任飞宇最怕麻烦别人，对关系好的人更是，就是那种他对别人付出一百分都行，但别人给他一分，他都特在意、特看重的类型。

看着任飞宇除了眼睛还是被泳池水刺激得红红的，其余也的确没大碍，林雾也就听他的。

接下来的一个多小时，林雾守在观察室陪任飞宇打发时间。让他没想到的是，王野也留下来了。

两组同学就这样以病床中间为楚河汉界，你陪你的，我等我的。

漫漫长日，打发时间的神器自然是手机。

林雾和任飞宇联机对战，一开始还注意点影响，都小声交流，后来打high① 了，偶尔也"嗷"一嗓子，不过总体还是在低调克制的范围内，没有真正地大声喧哗，影响邻里。

隔壁则从始至终都相当安静，静得林雾偶尔都忘了屋里还有另外俩人。

又一局结束，中场休息，林雾有点渴了，起身去饮水机那儿接水。

和邻床擦身而过的时候，他好奇地偷瞥了一眼，实在想知道这俩人拿手机鼓捣什么呢，能这么安静。

正好江潭放下手机，转头看向窗外舒缓视疲劳。

林雾的视线就先落在了江潭的手机屏上。

---

① 网络用语，指做某事进入兴奋状态。

这家伙居然在用手机拼拼图！

一个雪山风景图，已经拼 3/4 了，但空白处还是凌乱地铺着一堆碎片。

林雾只瞥一下就觉得眼睛要瞎了，可那个还在眺望窗外的侧脸，却满是平静的惬意。

恍恍惚惚接完水回来，林雾才想起去看王野。

那人背对着他，正玩得专注，投入的神情俨然屏蔽外界的一切。

林雾放慢步速，视线扫向他的手机屏。

一群小动物热热闹闹地在几张餐桌之间穿梭，进来坐下，吃好离开，然后再拥入新的小动物。每张桌子上都铺着可爱的格子桌布，动物食客有小猫、小狗、小狐狸、小狼……

林雾总觉得这游戏画面似曾相识，回到任飞宇身边坐下时，终于想起来，那是班长邓茶茶前阵子在群里疯狂安利 ① 过的微信小程序游戏——《动物餐厅》。

之后的时间里，林雾专心和任飞宇联机，努力忘掉背后那个由"疯狂拼图"和"萌宠经营"组成的光怪陆离的世界。

终于，校医过来告诉他们观察时间结束，可以走了。

总算解脱，两组同学双双起身，前后脚往外走。江潭、王野离门更近，走在前面，林雾和任飞宇跟在后面。

可就在走到门口的时候，王野忽然没有任何征兆地停住，回过头来。

林雾吓一跳，赶忙也停住，差点撞上他。

两个人四目相对。和大雾那天一样，却比那天的距离近多了。近到林雾有一种被猛兽盯住的感觉，浑身连皮都绷紧了。

然后他听见王野问："那天骑墙上的是你？"

该来的总会来，林雾甚至还有一种悬在头顶的剑终于落下了的解脱感。

---

① 安利：网络用语，指向人推荐。

就承认呗，还能怎么的，又不是啥大事，再说这是校医院，他不信王野敢乱来。

"嗯？"想法很勇敢，身体却更诚实，林雾进入了十九年半人生中的演技爆发时刻，秀了把什么是教科书式的茫然，"你说什么？"

王野第一次认真打量这家伙，真是越看越像。"大雾那天，不是你吗？"

林雾困惑地眨了下眼，将懵懂和无辜推进灵魂："我？"

王野皱眉，心想都说这么明白了还没反应过来，那估计真认错了。

"没事了。"本来也不是什么重要的事，王野果断放弃，转身准备和江潭继续离开，结果抬眼一看，人都走出二里地了。

在王野的往前狂追和林雾的刻意压速之下，两组同学刚一离开医院就彼此看不见影了。

下午两点，正是太阳最暴烈的时候。

强烈的日光刺得人睁不开眼，林雾身上那点医院空调房留下的凉爽，一出门就被滚滚热浪扑了个干净。

连带着他整个人也骤然清醒。

他刚才面对王野，尿得简直像是被任飞宇附体，这不光是不科学，更重要的是丢人啊！

他偷偷用余光看任飞宇。

并肩前行的任同学正以手遮阳，嘴里叽里咕噜吐槽学校的树荫不够多、不够密，并开始怀念曾经去过的大兴安岭原始森林。

还好，自己的犯尿并没有被察觉……那顶什么用，他自己觉得丢人啊！

"大宇。"林雾决定请教"前辈"。

"嗯？"任飞宇转过头来。

林雾佯装成闲聊天的随意："你平时犯尿之后，都是怎么自我调节的？"

任飞宇迷惑："调节什么？"

"心理落差啊，"林雾说，"你事后不会觉得特窝囊、特后悔、特想时光倒流再来一次保证不尿吗？"

任飞宇说："不会啊。"

林雾："……"

任飞宇忽然停住，原地站定，像是才反应过来，一脸受伤地看向自己的哥们儿："林雾，你是不是嫌弃我了？"

林雾一惊，连忙三连否定："不是，怎么可能，我没有……"

任飞宇狂摇头，已经完全是"我不听我不听我不要听"的悲伤暴走状态了："我就知道你们迟早有一天会看不上我，觉得我太窝囊，我爸妈也这么说，说我和别人家孩子差远了……"

林雾说："你听他们扒瞎！呃……不是……你爸妈说的哈，那不能叫扒瞎，那是……对，爱的鞭策！"

任飞宇说："不是，他俩就是不喜欢我……"

林雾说："我们喜欢你啊，你是我们宿舍的团宠，SSR①那种，别人想抽都抽不到，想抢我们得跟他拼命！"

任飞宇说："……真的？"

林雾说："绝对真。"

烈日骄阳，夏花烂漫。

林雾感觉身体被掏空。

他为什么要开启这个潘多拉魔盒一般的话题……都怪王野！

晚上，闷热的空气里终于有了一丝凉爽。

李骏驰、夏扬外出归来，333宿舍阵容齐整，任飞宇憋了一天的委屈总算可以开始全盘倾诉。

"真的，没骗你们，他真的就像水鬼一样突然转身抱住我！"任飞宇坐自己床上，一边讲一边还用力抱住自己，一人分饰两角完美还原"案发现

---

① SSR：一些游戏中稀有度级别较高的一种。

场","我当时都吓蒙了，他劲儿还贼大，贼恐怖！"

"你讲就好好讲，别艺术夸张行嘛。"夏扬盘腿坐在自己床上，撑着下巴，那表情跟听鬼故事似的。

"我真没夸张，"任飞宇说，"不然你问江潭！"

夏扬迷惑："谁？"

"机械院的，"窗边的林雾回头，帮着解释，"就是他把大宇和那家伙一起从水里捞出来的。"

李骏驰坐在自己床下的书桌前，一边泡脚一边若有所思："听大宇这么讲吧，的确挺玄乎，但我今天遇见的事更玄乎，所以我信。"

夏扬这回真好奇了，扒着床边探出来，低头问："你又碰上嘛了？"

李骏驰深深叹口气："简直不堪回首。

"我今天不是帮那个求婚的研究生去扫外围吗？前面都很顺利，结果女孩儿就位了，他也单膝跪地了，那俩疯子竟然真出现了……"

林雾问："那两个痴心不改的学弟？"

李骏驰说："什么痴心不改，就俩神经病，上来就是'我反对'！大哥你至少仔细看看现场，有让你反对这个流程吗？！人家敲锣打鼓披大红绸求的中式婚，连聘礼都有，单膝跪地，人家给姑娘送的都不是钻戒，是龙凤呈祥如意大金镯！"

林雾："……"

任飞宇："……"

夏扬说："我现在不关心那俩了，就想听金镯子这段，麻利的。"

"别闹。"李骏驰继续说主线剧情，"我一看这必须我出马啊，人家雇咱就是干这个的，所以离老远我就奔过去了，一奔才发现，不愧是研究生，就是沉稳慎重，至少有三四个人和我一起奔，全是他找来以防万一的。"

任飞宇问："你们人多，不能吃亏吧？"

"问题就在这儿！"李骏驰现在回忆，都觉得匪夷所思，"那俩身高一般，体格一般，就是什么都一般，我们这边我算最瘦的，其他全膀大腰圆，就这样愣是让他俩撂倒了一个遍，轻松突破包围圈。"

林雾问："他俩练过？"

"不知道，反正就是劲儿贼大，我好几次扑过去都让人一把甩飞了，闭上眼睛我还以为在围捕俩熊瞎子。"李骏驰一点点向后，表情艰难地靠到椅背上，"要不这大热天我能泡脚疗伤吗，唉，现在浑身上下还疼呢。"

"哥哥你别停啊，"夏扬听来劲儿了，"后来呢？"

李骏驰说："后来男女双方亲友团全怒了，一拥而上，把破坏分子制伏了。"

夏扬点点头："要不怎么说呢，还得是让敌人陷入人民战争的汪洋大海。"感慨完，他才发现窗边的林雾又把头转回去，继续看月亮了。

夏扬隔空跟着往外看。

今天的夜空很晴朗，星星一颗一颗的，都看得特别清楚，月亮尤其漂亮，皎洁得像被夏雨洗过。

但再好看也不用趴在窗台盯着看一晚上吧。

就连他们刚才聊得那么热闹，林雾也只是频繁回头参与讨论，观赏站位一点没变。

现在聊完了，宿舍稍稍恢复了安静。

夏扬才发现林雾抬头看月亮的时候，嘴里好像……还哼着歌？

悄悄爬到床铺靠近窗户的那一端，夏扬竖起耳朵认真听——

"卡宾斯基/柴可夫斯基/卡车司机/出租司机/拖拉机司机……伊万诺夫/巴普诺夫/巴巴诺夫/他是懦夫/罗里罗索夫……"

夏扬："……"

要不是听过这歌，就这烫嘴的歌词谁能听懂！

这边林雾"望月高歌"，那边任飞宇却对着手机一脸愁容："怎么回事呢？"

"咋了？"李骏驰看他都鼓捣手机一晚上了，"手机坏了？"

"不是。"任飞宇憋屈了半天，还是向室友们求助了，"你们说，如果一个人给你微信号了，但是你发完好友申请他那边一直没反应，是为什么？"

李骏驰说："那就是人家不想加你呗。"

夏扬强势切入讨论："不想加别给号嘛，给了又装高冷，嘛玩意儿！"他最看不上这种人。

"你别这么说，"任飞宇一晚上净在脑子里给江潭找理由了，"说不定他手机没电了呢，要不就是静音了没注意，或者联机对战呢，倒不开手……"

李骏驰说："你就自我催眠吧。"

任飞宇眼里最后一丝挣扎的光，在两位室友的联合围剿下黯淡熄灭，整个人像霜打的茄子，极速蔫了下去。

林雾本来没打算发表意见，因为他既能理解任飞宇想报恩的心情，又和李骏驰、夏扬一样，不乐意让任飞宇上赶着用热脸去贴冷屁股。

但看任飞宇低落得脑袋都要埋枕头里了，林雾还是忍不住朝李骏驰和夏扬说："你俩差不多行了。"

他恋恋不舍地离开窗口，打开自己床下的桌柜，伸手在里面最深处摸了半天，摸出一包薯片，向上丢给任飞宇："接着。"

任飞宇一把接住，赫然是自己最爱的黄油蜂蜜味，眼睛唰就亮了。

瞬间他是腰不酸了，腿不疼了，心里那一抹高冷的身影也模模糊糊变成薯片形状了，快乐地撕开包装，咔嚓咔嚓嚼得欢："你不是说都吃光了吗？"

林雾瞥他："不这么说你能一口气吃八袋。"

没有什么比薯片更解压，如果有，那就是像任飞宇这样，两片一口二倍速。

"不行，"任飞宇突然放下薯片，探出大半个身子使劲拿手够自己床下立柜的门儿，"配薯片怎么能没有快乐肥宅水呢，我记得还有一瓶可乐……哎？"

"大宇——"林雾、李骏驰、夏扬三人几乎同时大喊。

只见任飞宇探出的身体太多，仅剩的一只手没抓住上铺围栏，竟然整个人就这么歪着掉了下来!

意外发生得太快,根本没有任何采取行动的时间。

三人就那么眼睁睁看着任飞宇掉出上铺,看着他在半空一顿出于求生本能地乱抓,却什么能借力的都抓不到,最终落在了屋中央的地面上。

从任飞宇的上铺到屋中央,一大条斜线,这是一场让伽利略棺材板都要压不住了的自由落体运动。

更不可思议的是任飞宇掉出床的时候是大头朝下,最终却是以双脚落地,轻盈又稳当。

空气突然安静。

蹲在屋中央的任飞宇颤巍巍抬起头,一脸茫然惊恐:"刚才发生了什么?"

夏扬咽了咽口水,连口音都给吓成普通话了:"你从床上掉下来了。"

林雾这辈子眼睛都没瞪过这么大:"翻滚,滑翔,落地。"

"贼魔幻贼不科学那种。"李骏驰感觉洗脚水都冰凉了。

同一时间,同一宿舍楼,机械工程系,509 寝室。

又用废一张绘图纸的葛亮,快让机械制图的作业折磨疯了:"现在都用电脑制图了为什么还要学手绘啊!"

没人搭理他。

王野在痴迷于新下载的小游戏《猫咪后院》。江潭在专注看书——《机械设计实用机构与装置图册》。原思捷在用微信语音聊天:"乖,听话。"

葛亮:"……"他太难了。

"啪"地把铅笔拍桌上,葛亮怒而起身,一声呐喊振聋发聩:"明天就要交作业了,难道你们就没一点紧迫感吗?!"

床上打游戏的、聊天的,床下看书的,终于都把目光投了过来。

"你还没画完?"原思捷温柔的声音里透着意外。

"……"葛亮去看那俩。

王野和江潭的眼神同样是这个意思，不过温柔是没有的，这两人一辈子都不可能温柔。

"合着就我没画完？"葛亮终于领悟到自己垫底的残酷现实，悻悻地坐回书桌，但嘴里仍不甘心地嘟囔，"你们都什么时候偷偷画的，也不带我……"

论学习成绩，葛亮在宿舍绝对不垫底，但一到机械制图，他那手就跟后配的似的，画出的每一个零部件看着都放飞自我要成精。

正对着新的一张空白画纸闹心，手机突然响了一下，是学院群里有人@了全体。

【机械与动力工程学院群】

院办－傅老师：19级机械工程班江潭同学，今天中午在校游泳馆奋不顾身，救起两名溺水同学。为表彰江潭同学见义勇为的精神，经学院研究决定，给予江潭同学通报表扬一次，奖励2000元。

"这就发通报了？"葛亮下午回来就听说江潭的英勇事迹了，就连江潭跳水救人的小视频都在机械院各班级群里传了个遍，但学院能反应这么快，他是没料到的。

"现在做什么都讲究效率，"原思捷放下手机，拧开还带着微微凉意的气泡水喝一口，"今日事今日毕，谁知道明天又会发生什么呢。"

"也是，"世事无常，葛亮深有体会，"连王野都有姑娘稀罕了，还是咱系花学姐，再发生什么我都不奇怪了。"

学姐的"校花"头衔，机械院的男同胞们是不认的，只能是"系花"，这属于机械院的不动产，谁抢谁死，也就王野是机械院自己人，还没答应学姐，才勉强逃过一劫。

不过——

"哎，王野，"葛亮一直好奇这个事，"你到底不喜欢学姐哪儿啊？肤白貌美性格好，成绩还拔尖，配你等于扶贫，你还挑？"

耳边实在聒噪得厉害，王野暂停游戏，不耐烦地瞥过来一眼："我不喜欢人。"

葛亮："……"

原思捷耸肩，一脸"我就知道"。

王野这个人其实很难接触，跟谁都不亲近，班里同学估计他到现在还得有一半脸和名字对不上。

但他又和江潭不一样。江潭的冷是冷到骨子里的，对谁都一样，王野的冷却只给"外人"，一旦他认可你是朋友、是哥们儿了，那就会特够意思特讲义气，完全是另一个极端。

原思捷很庆幸，经过一年多的同宿舍相处，他和江潭、葛亮已经被王野划进了"自己人"的范畴，虽然代价可能就是"哥们儿≠人"。

葛亮对王野的了解就更透了，毕竟高中就一个学校，虽然不同班，但王野这种打遍全校及周边学校的战神级选手，你就是隔着八个班也会闻风丧胆。

所有他才更替学姐不值："学姐到底图你啥啊，图你性格野？图你成绩差？"

高中的葛亮绕着王野走，现在的葛亮已经可以这样不知死活地嘚瑟了。

王野懒得搭理他。

原思捷跟葛亮说："可能图他长得帅，也可能图他身材好，再不然就是图他行走的荷尔蒙气质，你觉得呢？"

这几项哪个都没有的葛亮倔强摇头："学姐不会这么肤浅。之前那么多人追她，帅的、有钱的都有，你看学姐心动过吗？！"

原思捷说："那是帅的没他有钱，有钱的没他帅。"

话音才落，原思捷自己的手机又响了，这回是电话。

原思捷立刻接听，声音一秒变温柔："嗯，在呢……我陪你啊……"

葛亮："……"

他大一走进这间宿舍，看见凶恶的王野、冰冷的江潭、迷之温柔的原思捷时，就该知道，这间509宿舍不是他的归宿。

继续画图吧，现在也只有作业能抚平他躁动的心了。

咬着笔杆和白纸对望五分钟，再次下笔。

又五分钟，葛亮心态彻底崩了——越画越丑啊！

放弃自我钻研，葛亮走到王野床边把自己最新一张失败大作拍到他身上："这玩意儿到底咋画啊。"

王野暂停游戏，一手拿起身上的"废纸"，一手伸向葛亮。

葛亮立刻把铅笔递过去，动作之娴熟，配合之默契，俨然不是第一次了。

王野唰唰几笔，就把有问题的几条关键线给修正了，又找补了一下大概轮廓，刚才还蠢蠢欲动要成精的机械部件，瞬间规规矩矩，有了正经零部件的样子。

葛亮不是第一次看王野化腐朽为神奇了，但每次再看，仍觉得"天赋"或者"灵气"这种东西，真的存在。

大一的时候葛亮就发现自己在手绘制图上是"天坑"，悬梁刺股、闻鸡起舞都没用，好在机械工程在真正的实用领域基本都是用电脑软件制图了，手绘制图这一门基础课混过去也就好了。所以一到交作业，他就全宿舍逮着谁跟谁求指教。

但次数多了，他就发现，舍友们的绘图风格也是截然不同的。江潭是对照图例，严格一比一复原，精确度堪称恐怖；原思捷虽也照着图例画，但只要大差不差，满足作业的基本要求就行。

王野和他俩都不一样。

王野只需要在画前看一眼图例，然后就能开始"盲画"了！

最初葛亮以为他不耐烦自己的"请教"，瞎乱画几笔敷衍，结果等图拿到手，虽然没有江潭那么变态的毫厘不差，但碾压原思捷的轻轻松松，就像那图纸数据早就扫描进他大脑了似的。

也因此，王野成图速度巨快，仿佛根本不用想。

一张一小时的图，严谨如江潭得用两个小时，放松要求如原思捷，也得五十分钟，王野却只需要半小时。葛亮甚至觉得，如果王野不是那么没耐心，愿意再认真点，达到江潭的精细度都没问题，而且不需要像江潭那样耗费那么多时间。

刚发现王野这一技能的时候，葛亮只当是普通特长。毕竟该同学各门成绩垫底，对一门极度偏科也正常。

直到后来一次偶然机会，他看见了王野自己电脑里的机械素描作品，才真的震惊了。

王野的素描和他们的机械制图根本不搭边，那是纯粹可以当艺术看的画作，兼具了瑰丽的想象和机械的美感，更像是专业学画画或者工业设计的，还得是大手那种，才能拿出的作品。

但这事葛亮没和任何人说，也没问过王野为什么要报他们这样一个工科，而不去那些可以让他随心所欲画画的专业。

怕问到不该问的让王野难过或者大家尴尬？

不。

葛亮没原思捷那么细腻的心思，他单纯就是觉得王野应该不想说，万一自己问了，容易被揍。

王野帮葛亮改完作业，继续沉迷于布置自己的"猫咪后院"。

又放置了一个新的小玩具后，他发现葛亮还没走，皱眉抬头，就看见葛亮一脸沉思状地盯着自己，嘴里又咬起了笔杆。

王野不记得葛亮有一苦思冥想就咬笔杆的习惯，但今天晚上对方好像新添了这么个恶习，而且咬得很执着。

他就这么看一眼的工夫。

"咔吧"一声，铅笔被葛亮啃断了。

葛亮自己也吓了一跳，完全没意识到他是什么时候开始咬的。

他赶紧"呸呸"吐出那一小截笔杆头，然后就发现王野在盯着自己。

"我真不是因为画不出来图就拿铅笔泄愤……"葛亮觉得自己跳进黄河也洗不清了。

不料王野一挑眉："牙口可以啊。"

葛亮："……"

王野是真觉得挺有意思，就跟那天在大雾里看俩同学打架似的，一旦他觉得有意思，通常就喜欢围观，或者深入研究："那你平时嗑榛子用钳子吗，还是直接上牙？"

葛亮问："……"大哥的关注点总是那么剑走偏锋。

王野说："你那是什么表情？"

葛亮说："为什么突然就开始了实用性探讨！"

王野说："你再给我磨叽？"

葛亮说："用钳子。"

王野："这不就完了。"好奇心获得满足的王同学，终于踏实地回归手游。

葛亮："……"他又一次向恶势力屈服了，他就不是个爷们儿！低头看见手里重获新生的制图作业……

不是就不是吧。

原思捷早就讲完了电话，却没关注王野和葛亮这边的动静，因为这俩人的相处模式在大一就固定了，已成日常——毫无自觉的恶霸大哥和口嫌体正直①的跟班小弟。

他反倒很好奇江潭放在桌上的，那个一晚上安静却亮了无数次屏的手机。

---

① 口嫌体正直：网络用语，指嘴上说假话，身体行为如实反映了想法。

每亮一次，就是一次新的好友申请通知。

"江潭，"原思捷其实不太喜欢掺和别人的事，但这位锲而不舍的申请者实在让他不忍心了，"要不你就通过算了。"

江潭一晚上都没把视线从书本上移开，此刻依然如此："没必要。"

原思捷说："加了微信也不代表非要聊天，可能对方就是想跟你说个谢谢。"

江潭说："下午在校医院已经说了，不止一次。"

原思捷问："你如果不想加他为什么要给他微信号呢？"

江潭："……"

因为当时自己一直不松口，那家伙看起来要哭了。

说话间，江潭的手机屏又无声亮了。

原思捷幽幽一叹："这么执着，多难得。"

回到自己桌前的葛亮虽然只听了后半程，但也大概听明白了，这会儿皱眉往上扫了原思捷一眼："你这什么奇奇怪怪的语气，就好像那人加江潭是想泡他似的。"

原思捷摇头："人和人之间的关系都是一脉相承的，对待真心，尤其是锲而不舍的真心，那就要珍惜、呵护。"

葛亮听得一阵恶寒："你呵护你的真心就行了，江潭不用。"

原思捷说："现在是不用，将来呢？等他真想谈恋爱那天，就会发现自己已经丧失了接纳真心的能力。"

葛亮："……"

原思捷说："是不是茅塞顿开、幡然醒悟？"

葛亮说："我想拿个叉车给你又出去。"

夜里十一点，宿舍区准时熄灯。

这对 509 来说只是一个再平常不过的夜晚，葛亮咬断的铅笔和江潭频繁亮起的手机都不过是一点可有可无的插曲。

然而 333 宿舍几人却一夜未眠。

早上七点，新一天的"清晨组曲"唤醒了校园，四学子从自己床上坐起，你看我，我望你，四脸虚浮，八眼恍惚。

夏扬说："昨儿个是梦吧……"

李骏驰说："你是指大宇大头朝下掉下来却双脚落地的事，还是指他滑翔了一大条斜线再双脚落地的事……"

林雾说："随便吧，我想了一宿，现在好累……"

任飞宇说："真的好恐怖……"

夏扬、李骏驰齐声说："别装无辜！"

浑浑噩噩过了半个上午，四人连课都没怎么听进去，坐教室里明明困得直打瞌睡，脑子里却仍控制不住地一遍遍回放着昨晚的诡异瞬间。

一个人眼花还有可能，四个人一起眼花？那真是见鬼了。

可如果他们没眼花，那就更无法解释大宇那违反人类身体构造的落地姿势了，除非见鬼了。

很好，横竖是躲不过见鬼了。

混乱的思绪一直持续到第二节课，任课老师有事请假，由一个研究生学长临时给他们代课，完全是按照书本读，语调还没起伏，简直像是灵魂催眠。

全班都走起了神，偷偷在下面刷手机，很快，就有人在群里分享了一条新闻。

【环工 1 班级群】

飞流直下的庞冬冬：俄罗斯牛人徒手攀高楼，楼顶自拍不慎坠落竟毫发无伤！〔详情链接〕

这种新闻林雾以前根本都不会点开看，因为知道都是为了流量不择手段的，往往弄个匪夷所思或者耸人听闻的标题，结果进去一看根本不是那么回事。像这条，估计就是楼底下正好有人工湖啊、泳池啊或者其他什么的，把人兜住了。

但因为任飞宇那事，林雾现在对"坠落"两个字异常敏感，不自觉就点进去了。

链接打开是一个小视频，林雾手机静了音，看视角和画质，像是对面楼的人无意中发现有人在徒手攀大厦，赶忙拿手机记录的。

视频一开始，那人就已经快爬到楼顶了，四肢紧紧攀着大厦的外幕墙，周身无任何保护，看得人都跟着心跳加速。

过了几秒，那人终于成功登上大厦顶端的钢结构。这个地方根本没有落脚的位置，就是用钢构件搭了个宏伟的造型，能踩着钢条悬空站稳都很难，那人竟然还只留一只脚踩住，一只手钩着钢条，剩下的一脚一手连同大半个身子都伸展出去，就像一面旗帜在大厦顶端迎风微荡。

作死的后果，就是一阵强风后，他从着力点脱手。视频从拍摄者的角度，清晰记录了坠落的全过程。

那人最初就是正常的高空坠落，直线往下自由落体，可落到三分之一处突然改了方向，划出一道诡异斜线，虽然大方向还是往下走的，但斜线等于把坠落的时间拖长了，更让人匪夷所思的是，方向改变的同时，他的坠落速度也变慢了。视频仍是正常倍速在播，因为镜头里还能看到拍摄者不时乱入的激动手势，坠落者的速度却是肉眼可见地变慢。

拍摄者身居高楼，等那人落地时，在他的镜头里只剩下一个小黑点，无从判断情况。

但按照刚才那个速度减缓的趋势，林雾相信对方毫发无伤了。

再看新闻日期，就是昨天。

大脑一片空白地抬起头，林雾缓缓回眸，去搜寻自己那一贯稳坐后排的伙伴们。

最后一排，并肩而坐刚凑一起看完小视频的夏扬、李骏驰、任飞宇，也在此刻心有灵犀地抬起头，眼神茫然，就像一群直立守在洞口的狐獴。

如果说昨天晚上任飞宇的跌落距离太短、速度太快，电光石火间什么都看不清。那这个视频，完全就是分步骤拆解演示的 Plus（升级）版。

【环工 1 班级群】

叱咤风云的徐振龙：这视频是后期合成的吧……

逛吃逛吃的尚海涛：自信点，把"吧"字去掉。

飞流直下的庞冬冬：不信就自己去搜，类似的事件有好几个，我这才搬了一个，微博都炸了！

林雾连忙点开微博热搜——

4. 俄罗斯男子高空坠落毫发无伤

5.……

6. 墨西哥犯人离奇越狱

7.……

8. 德国一初中生百米速度破世界纪录

9.……

今天的热搜榜仿佛是全球异闻集锦，但就这么离奇的事，都没能冲进前三，因为只有发生在身边的事，才能让人感受到那种真真切切的惊悚——

1. 不明原因身体异常

2. 全国多地出现身体异常者

3. 北京一女子水下憋气 42 分钟

等到下午，相似或者雷同的新闻，几乎席卷了整个社交媒体，和不久前的那场大雾如出一辙。

全班根本都没人安心上课了，都在低头狂刷手机。

林雾不知道是不是自己的错觉，偶尔抬头去看，讲台上的老师都好像和他们一样心不在焉。

这是一天中最热的时候，坐在教室里也像是被太阳直射。

窗外的天空中没有云，可能烈日把云都融化了，只留一片空荡荡，盛着看不见、摸不着，却灼人的不安。

傍晚五点。

下课后的同学们纷纷去食堂吃饭，林雾他们也去了，一切都好像按部就班，好像关掉手机，忘记新闻，就还是那个平静的校园，沙雕而快乐的大学。

可是不对。

食堂里往日的喧哗都没了，每一桌同学都比平时安分得多，嬉笑打骂全不再，即使说话，也都是低声交谈、窃窃私语。直到挂在食堂上方的几个电视机，同时出现新闻的直播画面——

"关于各地近日出现的身体异常者，现召开发布会，通报相关情况……

"最近两天，全国东部多个省份出现了身体异常者……

"具体表现为身体机能或者行为习惯突然发生不合理的改变，例如体能、运动能力突然增强，生活作息、饮食口味突然变化，等等……

"有些异常者的变化趋势相似，但也有相当一部分并不相同，目前还没有发现其中的规律，也尚未明确身体异常出现的原因……

"但经过对多个异常者的详细身体检查发现，该异常并没有引起身体病变，所有受检查者的身体指标一切正常，健康状况良好……

"后续若有新的情况，我们还会及时通报……"

直播里的发布会刚到尾声，电视机底下众同学的手机就响了。不分学院，不分年级，叮叮咚咚无差别地响成一片。

林雾点开自己的微信。

【环境学院群】

李老师：学校下发紧急通知，今天 21:00 重新封校，明天上午全校停课，早 8:00 田径场集合召开全校大会。@全体成员

第三章 变异

怎么从食堂回到 333 的，四人都没印象了，等反应过来时，有一个算一个，不是茫然地瘫在床上，就是恍惚地歪栽在凳子上。

"好嘛，我这璀璨青春才刚起了个头，就要折在生如夏花的十九岁半了，"夏扬怔怔望着宿舍天花板，"我还嘛人生滋味都没体验过呢，我没拉过小手没伙同对象在月黑风高的夜晚去操场上双人跑步花式虐狗，我可太亏了！"

林雾本来心慌着，让夏扬这么一贫嘴，啥压抑气氛都没了："你这青春都'生如夏花'了，可不就得入秋凋零吗？"

"那完了，"李骏驰补刀，"上个月就立秋了。"

"我就是打个比方！"夏扬一屁股坐起来，"我说哥哥，这都火上房了你们怎么就一点不着急？闹不好明天一觉睡醒咱们就都变异了！"

林雾飘了一整天的脑子，这时候反而慢慢冷静下来。"你先别慌，新闻里不都说了吗，那些异常者身体指标都良好，也就是说，哪怕是最坏的结果，我们都变异了，也不影响身体健康。"

"再说咱们也不一定会变异啊，"李骏驰看向夏扬，"你觉得哪儿不舒服了吗？"又看林雾，"你身体有奇怪反应吗？"

"要不你也问问我……"任飞宇等半天没等来，只好举手，自己 cue①
自己。

李骏驰缓缓转头，眯眼睛瞟他。

任飞宇声音弱下来："我就随便一说……"

"别抱侥幸心理了行吗，"夏扬重重叹口气，反驳李骏驰，"我们和大宇
同吃、同住、同上课，就差晚上睡一张床了，这要是大宇变异了我们嘛事没
有，对得起这份桃花潭水深千尺、早有蜻蜓立上头的友情吗？"

李骏驰："……"

友情不友情的再说，他先捋捋这两句诗。

"如果大宇真变异了，那我们估计也躲不掉，"在这点上，林雾同意夏
扬，"但问题是现在还不能百分百确定大宇就一定变异了。"

"你是认真的吗？"夏扬举起胳膊在空中跟拧麻花似的，艰难模拟昨晚
任飞宇的坠落姿态，"他可都快 360° 托马斯全旋了……"

任飞宇吞了下口水，小声蚊子嗡嗡般开口："也没有吧……"

"你再仔细回忆回忆，"李骏驰索性连自己带凳子一起搬到任飞宇跟前，
"啪"地坐定，面对面访谈似的，"昨天掉下来的时候，你身体到底有什么
感觉？"

"真没有，"这个问题任飞宇在昨天晚上就回答过了，"我当时大脑一片
空白，等回过神，人就已经在地上了。"

"那现在呢？"林雾也加入了，"现在你有没有感觉身体有什么异样或者
变化？"

任飞宇闭上眼，很努力很努力地"自我感受"了半天，还是可怜巴巴地
摇头。

林雾目不转睛凝望着他，沉吟半晌，缓缓露出一个兄弟情深的笑："要

---

① cue：网络用语，指提示、暗示。

不，我们再来一次？"

任飞宇说："啊？"

十分钟后。

四条凉席，四床棉被，四张垫被，以及四人春夏秋冬所有薄的、厚的衣服全汇聚到了任飞宇床下，铺出一片绝对够厚够安全的缓冲带。

林雾、夏扬、李骏驰分别守在缓冲带外围的三个方向，这样万一任飞宇在下落中途改变方向，滑翔出缓冲带了，他们也可以拿身体接住他。

毕竟兄弟只是从上铺跳下来，这点距离冲击力还不算高。

一切就绪，三人抬头仰望蹲在上铺的任飞宇，六只眼睛全闪烁着明亮的光。"来吧，从现在开始，你就当自己是摇滚明星，放心大胆地往台下的观众人海里跳吧！"

任飞宇没看见人海，就看见一堆乱糟糟的羽绒服、厚卫衣、铺盖卷，和三个跃跃欲试的室友。

他有一种上了贼船的不好预感。

"你们可一定要接住我……"

再三叮嘱后，任飞宇闭上眼，深吸一口气，终于豁出去往下一扑！

"砰——"

身体落地，不偏不倚就砸在缓冲堆上。

林雾他们都做好准备接人了，结果人家连衣角都没给他们蹭到。

任飞宇就这么直直地摔了下来，标准的坠落线，没翻滚，没滑翔，就连摔进缓冲堆里都是上半身先进的，标准到让林雾他们都有点怀疑了：昨天晚上看见的一切到底是真实发生过，还是他们集体眼花？

李骏驰说："再来，三局两胜！"

任飞宇："……"

"砰——"

"砰——"

"砰——"

"差不多了吧,"又一次摔进缓冲堆,任飞宇现在看哪儿都觉得有金色的羽绒服毛毛在飘,"这都七局四胜了……"

一连四次,都是一模一样的正常坠落,昨晚的情形一次都没出现。

夏扬本来是坚定的"变异派",现在也有点蒙:"难道这个变异会自己消失?"

"也有可能啊,就像感冒,有时候我们不吃药,自己扛一下也能好。"李骏驰摸着下巴,进一步思索,"或者,就像林雾说的,大宇可能根本没变异,昨天那种情况也许还有其他科学解……"

李骏驰的话还没说完,就被夏扬突然响起的手机铃声打断了,有人给夏扬发来了视频通话邀请。

作为一个社会关系极其简单的当代单身大学生,能这么招呼都不打就直接跳过语音发视频邀请的,在夏扬这里就一位——亲妈。

夏妈妈说:"宝贝儿,你看新闻了吗?就身体异常那个,可给妈妈吓坏了,老担心你在学校出事,一宿一宿都没睡着觉……"

夏扬说:"今天下午五点的新闻怎么就一宿一宿了?"

夏妈妈说:"我这不就是个形容吗?你这孩子一点都不贴心!"

夏扬:"……"

夏妈妈说:"你在枕头底下寻摸嘛呢?钱丢了?"

夏扬说:"我找我的蓝牙耳机!"

夏妈妈说:"啊?你外放呢?咳,是这样,妈妈今天看了新闻,天津这边已经有不少例了,妈妈想问问你学校情况怎么样。"

夏扬说:"为嘛突然开始说普通话……"

夏扬这边刚找到蓝牙耳机,消音了亲妈的播音腔普通话,那边任飞宇的手机也响了。

不过任飞宇的是电话,所以他直接接了起来:"妈……"

林雾听不见电话那头说什么,但从任飞宇越来越低的头和声音也能判断出，任妈妈和夏妈妈绝对不会是一个风格。

"嗯……我没事……我知道……行……好……"任飞宇一开始还能说几个字，后来就只剩单音节了。

如果不是刚接电话时喊的那声"妈"，林雾甚至觉得这更像是一通老板和下属之间的电话，而且还是老板一直训斥、下属唯唯诺诺的那种社畜^①模式。

李骏驰没看任飞宇和夏扬，他的注意力全放在自己手机上了，死等。他就不信了，别人家的妈妈都来关心儿子了，自己的妈就好意思一直很安静？

五分钟后。

是的，她好意思。

心情复杂地点开微信，李骏驰主动向自己妈发出语音邀请。

随着李骏驰的语音接通，333 彻底热闹起来，天津话、东北话——并且东北话还分出"哈尔滨风味"和"吉林风味"两个分支——满屋乱飞。

气氛是能带动人的，林雾也情不自禁地打开了微信。

父母的两个账号都被他置了顶，点进去就能看见。

连语音或者视频都很简单，按一下就行了，可当林雾真正打开聊天界面，看见过往的聊天记录，发热的大脑瞬间冷却下来。

最终，他只分别给两个人发了同样的文字：学校一切正常。

发完，他立刻切出来点开"书山陋室"App，下意识地寻找别的事来转移注意力。

没想到论坛里还真一片火热。

主题：材料院有两个身体异常的，已经住院了！

主题：到底什么表现算身体异常啊？有没有系统标准？能吃算吗？

主题：水盆挑战！看谁憋气的时间长，我先上视频，不服来战！

---

① 社畜：网络用语，指上班族，一般用于自嘲。

主题：……

几页看下来，也就材料院那个还能算点正事。

里面说材料院有两个同学主动上报说自己身体异常，但具体怎么异常，发帖人也不清楚，说是这俩人在宿舍也没有什么异样表现，但是一到医院就被要求住院了，所以身体异常应该是确凿无疑，这消息让两人周围的同学都很震惊。

另外三人陆续打完了电话，也都带来了"故乡信息"——

任飞宇说："哈尔滨情况和沈阳差不多……"

夏扬说："好嘛，天津都乱了套了，全是往医院挤的！"

李骏驰说："我妈说我们村儿也出事了，有人在山上单枪匹马干翻了好几头野猪，下来就被医院拉走了！"

林雾："……"

也不知道这位壮士当时是什么心情。

十一点熄灯，却平息不了大家躁动的心，四个人又在黑暗中开了半天"卧谈会"，才慢慢睡着。

临睡之前，林雾那两条发出的信息，终于有一条收到了回复。

林雾：学校一切正常。

妈妈：好。

翌日，田径场。

林雾还从来没在学校里见过这么大的阵仗。

人山人海，人头攒动，人声鼎沸，人潮汹涌……总之是把所有"人"字打头的成语都用上也不足以形容的壮观场面。

去年开校运会的时候，各院系大一、大二和部分大三的同学都来充数，在看台上也才坐满六成位置。现在别说看台，连底下的草坪、跑道都坐满了同学，甚至连沙坑都没被放过。

就这样，依然有一些学院只能站在田径场外，隔空聆听校长的讲话。

八点整，校长和一众学校领导准时出现在主席台，没进行任何冗长的铺垫，这场临时召开的全校紧急大会，便直奔主题：

第一，该变异的蔓延形势非常严峻，所有人必须重视起来，各院系师生一旦发现身体出现异常，必须第一时间上报学校。

第二，封校期间，正常上课，后勤部会保证食堂的运转和超市供应。

第三，目前还没发现变异会对健康造成影响，所以在态度上重视的同时，还是要保持一颗平常心，即使真的出现了身体异常情况，也不必过分惊慌。

第四……

一条条听下来，林雾才真的感觉到，事态严重了。

以往，不管社会上发生什么风波，校园就像一座堡垒，总是将他们和外面隔出一条缓冲带，再大的事，在校园里嘻嘻哈哈好像也就过了。

可是这次，不一样。

大会之后，稀里糊涂过了两天，除了不能离开学校、不时又听闻哪个院系出变异者了，以及老师上课时的点名越来越严格，缺勤会被立刻重点关照询问之外，其余一切如常。

林雾一开始还不解，为什么都发生这么大的事了，学校还要继续上课。后来渐渐地回过味了，这次和不久前的那场大雾不同，那时候封校停课，大家都知道是因为恶劣天气，耐心等雾过去就好了，但现在，如果两点一线的日常被打破，没人知道接下来还要面临什么。

有时候，生活秩序就是最坚固的心理依靠，它让人在面临风暴时，再忐忑也不至于崩溃，再恐惧也不至于失控。

不过在校园里跟人擦肩而过的时候，还是会明显感觉到陌生同学彼此间的警惕和紧张，好像生怕一个不小心，就会遇上"变异者"。

到了第三天，任飞宇先扛不住了，想去学院"自首"。虽然他再没出现过任何异常，但那晚的事就像个包袱一样压在他心里，弄得他这几天睡不着吃不香，脸上青春的胶原蛋白都开始流失了。

"那就去。"林雾他们仨从来都无条件支持任飞宇。大宇想上房，他们就架梯；大宇想喝汤，他们就炖鸡。

任飞宇一片愁云惨雾："但要是去了，我肯定就得住院……"

林雾说："大不了我们陪你一起。"

任飞宇立刻摇头："那不行，你们又没变异。"

李骏驰架住他左胳膊："你都住院了，我们还会远吗？"

夏扬捞起他的右胳膊："走吧我的哥哥。"

四人慷慨凛然地去了学院办公室，把情况和辅导员说了一遍，包括那晚的任飞宇是怎么栽歪、怎么跌落的，细致得就差演一遍了。

辅导员全程拿个小本子详细记录，中间还打断提了几个诸如"就那一次异常反应吗""有其他身体不适"之类的问题。

任飞宇全都老老实实回答，答得不够全面的，还有旁边三个兄弟"查缺补漏"。

情况全部汇报完，四人屏息站在那儿等待发落。

辅导员笔一放，小本子一合："行了，先回去吧。"

好像和预期的有点不一样？

"不用去医院吗？"任飞宇来之前最怕这个，其实就是讳疾忌医，但现在辅导员不提，他反倒更没底了。

"不用了。刚接到的通知，从现在开始，身体异常程度不影响正常生活的，学院这边记录下信息后上报就行了。"辅导员这两天其实也头昏脑涨，只能是一令一动，上面下来什么精神，他就向学生们传达什么精神，"回去继续关注身体变化，有新情况再和我说。"

四人面面相觑。

林雾问："高老师，那什么样的异常程度算影响正常生活呢？"

"等一下，"辅导员翻出小本子底下压的通知文件，翻到相关信息页开始朗读，"一切危害自身、他人或公共安全的行为，包括但不限于情绪失控、狂躁暴力、打人毁物、行为不协调等……"

别"等"了，就这些已经让人闻风丧胆了。任飞宇那边要不是有夏扬、李骏驰撑着，估计能因这灰暗的未来绝望得坐地上。

林雾的声音越发凝重："老师，身体异常真能引起这些？那一般是多久才能发……"

辅导员答："目前还没有发现，这些只是对最坏的情况做的一个预估打算。"

林雾、夏扬、李骏驰、任飞宇集体无语：你们这个文件的危机意识会不会过于强烈了！

来一趟学院办公室跟心脏坐了一轮过山车似的，好在最后的结果虽不能说完全让人踏实，也还是让人安心不少。

松口气，四人转身离开。

马上就要走出办公室的门，忽然听见辅导员严厉一喝："都给我站住！"

四人一僵，惊恐地回过头。老师不会才想起遗忘了什么严厉的措施吧？

"刚才差点被你们几个小子混过去，"辅导员拍案而起，"我说过多少次了，在上铺一定要注意安全，一定要注意安全，你们还给我整个人掉下来了？！"

林雾："……"

李骏驰："……"

夏扬："……"

任飞宇："不是，我就想拿个可乐……"

高老师说："拿个可乐都能掉下来，你说说你们在宿舍得有多疯？我真是……

"不是我说你们，一个个也都老大不小了，能不能让人省点心……

"都十九二十了，老师还能像初中高中那样天天跟在你们后面管吗？不能了。知道你们需要自由，需要空间，需要青春的疯狂和热烈……"

之后的半小时，四人就这样站在学院办公室，聆听完了苦口婆心的教诲。

前十五分钟是高老师的，后十五分钟外出开会的陈老师回来了，于是交接棒后继续。

在沟通变异相关情况时只能拿着文件照本宣科的院办老师们，一旦进入个人熟悉的领域，简直是文思泉涌、文采斐然、文曲星附身。

到最后离开的时候，四人都有种想把宿舍床板全卸了以后直接打地铺的冲动。

回到宿舍，他们才缓过神来。

李骏驰说："太奇怪了，昨天不是还有别的院的被送去医院吗？怎么今天就不用了？"

夏扬说："不是说新发的通知嘛。"

李骏驰说："但这开完全校大会才三天，也改得太快了点儿吧？"

"这种未知的变异，每天都可能有新的情况，"林雾思索，"我估计，应该是有进一步发现了，才会调整措施。"

果不其然，到了晚上，新闻就直播了第二场情况通报会——

"各省市目前已经发现的身体异常者，无一例出现身体健康恶化或者行为失控的状况，异常者在初期的'失控感'多来自恐慌心理造成的情绪波动，经过疏导，均能正常控制自己的行为，不影响日常生活……

"但身体异常的症状并没有就此消失……

"在对身体异常者的检查过程中，我们发现，所有异常者都不同程度地出现了'基因激活'，这是导致身体异常的直接原因……

"但造成'基因激活'的原因，目前还不清楚……"

通报之后，就是专家答记者问——

记者："您刚刚说的'基因激活'，能再详细解释一下吗？"

专家："我们人的身体里有很多基因片段，虽然存在，但在正常情况下应该是关闭的，也就是说这些基因片段上携带的信息，是不会在我们的身体上体现的。'基因激活'，就是指这些本来封闭的基因片段，因为某种原因重新打开，使人出现异常变化。"

记者："那为什么表现出的异常情况，除了程度不同，很多连类型都不同呢？有人是呼吸系统，有人是运动神经……"

专家："这个现阶段还在研究，但其实每一个异常者都不是单一的身体变化，只不过其中某一项特别显著，就会掩盖掉其他的。"

记者："这样的身体异常会传染吗？"

专家："目前并没有在异常者之间发现明确的传染链条。"

记者："可这样大规模的爆发总要有个原因。"

专家："刚刚说过了，诱发'基因激活'的原因还需要进一步研究。"

记者："这种异常会持续多久？"

专家："基因已经激活，它带来的变化会一直体现在人的身上。"

记者："也就是说这种情况不会'自愈'？"

专家："目前来讲，可能性极低。"

记者："那针对性的治疗呢？"

专家："我们尝试了一些'抑制方案'，但都没有效果。基因问题是一个非常复杂精密又宏大的领域，我们还需要时间。"

记者："您刚刚在通报中说，所有异常者都能在疏导后控制自己的行为，不影响日常生活？"

专家："一些异常者甚至不需要疏导，就可以继续正常生活……"

直播尚未结束，任飞宇就已经激动地站起来了："听见没听见没，我不会傻、不会疯、不会传染，就是激活了什么玩意儿，我还可以正常活着……"

压抑了好几天的恐惧，终于在这一刻云开雾散。骤然松弛下来的任飞宇再也控制不住，明明劫后余生喜悦得快要疯掉，说出的话却带着哭腔。

"听见了听见了。"三人走过去，围拢住任飞宇，将喜极而泣的家伙死死抱紧。

任飞宇害怕，他们何尝不怕。

他们还没到二十岁，还远没有自以为的那么坚强。

林雾微微仰头深呼吸，然后说："你现在不光能正常活着，还可以正常念书、正常上课、正常考试。"

"真好，"任飞宇吸吸鼻子，字字发自肺腑，"我现在才发现，我真的好爱学习……"

林雾更用力地抱紧他："珍惜这一刻吧。"

李骏驰、夏扬齐声说："因为热爱总会转瞬即逝。"

接下来的两周，随着更多的研究发现和新闻报道，这场"群体性身体异常"的信息变得越来越清晰——

"全球掀起变异风暴……"

"多国科学家研究发现，引起身体异常的基因为人体内最古老、最原始的一部分基因片段，在人类还没有出现时，这些基因片段就已经普遍存在于各种动物身上……"

"异常者出现的身体和行为变化，均呈现某一类甚至是某一种特定的动物性，专家称这可能和被激活的基因片段差异有关……"

天从傍晚开始阴沉，蝉在没有风的树下鸣叫，闷热空气里蓄满潮湿。入夜，雨依然没下，蝉鸣却越发响亮，犹如遥远雷声的前奏曲。

"这天也太闷了吧。"李骏驰坐在床下，打一盆冷水放地上，隔一会儿就把身上的毛巾拿下来用冷水过一遍，拧干后再搭到身上继续降温。

任飞宇趴在上铺的席子上，一手举着最潮的七彩背光手持小电扇，强风吹脸，一手举着锦鲤壳的手机刷新闻，不懂就问："这个'动物性'是什么意思啊？"

林雾没有小电扇，只能紧靠床铺栏杆，汲取屋顶老式电扇微薄的风力，同时把那条任飞宇只扫了个标题的最新报道，真正点进去仔细看："说是这些异常变化并非随机、无规律的，而是按照某种特定的动物性发生异变的……"

"而且好多异常者的动物性还都不一样？"夏扬坐在屋中央，正对着天花板上的电扇，希望能近水楼台先得风，这会儿已经看到报道中的详细解释部分了，震惊得干脆照着新闻稿念，"研究发现，不同异常者呈现的动物性往往大相径庭……"

"以曾在水下憋气42分钟的北京赵女士和曾一人徒手制伏数头山猪的吉林李先生为例，赵女士入院后，身体异常情况显露出越来越多的两栖动物特征；李先生则出现了一些熊科动物的行为习惯和偏好……"

夏扬念着念着，先把自己念慌了："这是寒冬腊月非光膀子往外颠儿还一头扎雪里打滚个三天三夜——要疯啊。"

333四人这些天晚上没干别的，一回宿舍就是整齐划一刷手机，查看有关身体异常研究最新进展的报道，并进行相关讨论直到熄灯。蒸笼一样的宿舍都不能阻挡他们的投入，期末备考也就这种认真程度了。

"人就是人，怎么会变成动物呢？"任飞宇还是难以接受这个现实。

"大哥你别自己瞎总结啊，"李骏驰说，"你没看它后面写了，虽然异常情况呈现了动物特征，但异常者原本的性格、喜好也没发生大幅度改变，顶多就是在原有基础上增加了一点动物性。"

"也可以换个角度想，"林雾说，"人本来就是动物的一种，说不定这些都是远古人类具有的特征，只不过现在又在异常者身上被重新激活了。"

任飞宇问："那我被激活的是什么动物性？"

这一灵魂提问让空气突然安静。

"动物性"的相关报道是刚刚才刷出来的，三人还真没来得及往任飞宇身上套用。另外任飞宇这些天的表现也实在比正常人还像正常人，所谓的"异常"再也没出现过，有时候林雾他们都忍不住怀疑，那天晚上的"诡异跌落"会不会是他们集体眼花。

"你们别不说话啊，"任飞宇眼巴巴地等了半天，犹豫再三，决定坦白，"虽然我怎么跳也跳不出来那天晚上的雄姿了，但这几天，我在自己身上其实还发现了别的异常情况……"

林雾一愣："啊？"

李骏驰瞪大眼："啥？"

夏扬蒙了："你说嘛玩意儿？"

这下他们是也不热了，也不颓了，三魂七魄全精神了。

面对兄弟们极具震慑力的气势，任飞宇不住地心虚地往后靠，一直到后背贴到墙，才艰难开口："其实，那个，我吧……"

林雾、夏扬、李骏驰齐声说："说——重——点。"

任飞宇说："我的视力莫名其妙变好了，以前我坐教室最后一排看黑板得眯眼睛，现在随便一看都特清楚！"

林雾说："没了？"

任飞宇说："还有从高处往下跳，其实我背着你们自己偷偷试了几次，但不是往下扑那种，没你们接着我不敢，就是正常从墙上往下跳……"

李骏驰说："然后呢？"

任飞宇说："我发现落地的时候双脚没有以前震得那么疼了，试了好几次都一样，所以我觉得身体可能还是有自动减速的，只是不明显，所以那天我们试验的时候才没能发现。"

夏扬说："好嘛，你还真是确凿无疑板上钉钉的变异了。"

任飞宇说："你这是怀疑我多少天了？"

"谁让你什么都不跟我们说，装得比正常人还正常。"林雾一边毫不留情地吐槽，一边身手利落地从上铺下来。

任飞宇把这些藏着掖着这么多天本来就忐忑，现在一被批评，更想哭了：

"那我不是怕影响你们吗……你们好不容易才都放心了，我又来这些……"

"想太多。"下了床的林雾受不了地白他一眼，结果差点被那七彩小电扇给晃瞎，只好捂着眼睛从指头缝里凝望任同学，"你就是变成百兽图，也是333最靓的仔，明白不？"

任飞宇眼泪汪汪环顾整个333："我爱你们……"

被七彩灯光转圈扫射的林雾、李骏驰、夏扬无语。

这耀眼的爱。

下了床的林雾迅速坐到书桌前，翻出纸笔，将刚才任飞宇说的几个关键点一条条列出来："视力好……落地自带减速或者缓冲……"

坐在风扇底下的夏扬也挪着凳子凑过去："还有空中翻滚呢，别忘了最开始的那个空中翻滚……"

"要是以那天晚上的表现来说，最像猫吧，"李骏驰虽然没凑近，但那颗参与的心早就隔空飞过去了，"不是说一只猫不管怎么往下掉，都能在空中把身子扭正？"

三人科研小组迅速成立。

夏扬说："猫爪子带肉垫，也符合落地缓冲的效果。"

林雾说："但是猫都很机警。"

李骏驰说："那不能是大宇，他那么迟钝。"

夏扬说："而且那天晚上不是还滑翔了嘛，我眼睁睁看着他从床那儿一个斜线落在屋中央，猫可不会滑翔。"

林雾说："要说滑翔，那就只剩鸟或者一些特定的会滑翔的动物了，等我用手机查一下……"

夏扬说："鸟不至于吧，那还滑翔嘛啊，直接飞不香嘛。"

李骏驰说："而且鸟那么灵巧，记不记得咱们后来垫衣服被子试验那几次，大宇'咣咣'扑下来，一点都不轻盈。"

"嘛动物能滑翔还没查到？"夏扬等不及了，挤在林雾旁边紧盯他不断滑动的手机屏。

林雾的速度已经很快了，网页唰唰开关，信息记了又记。

夏扬这才明白，林雾不光是简单查几个网页，人家要的是信息严谨。

钦佩之余，他发现徜徉在知识海洋的林雾，似乎还很快乐，随着对知识点了解的深入，嘴里都哼起了小歌。

夏扬这回是真没想偷听，奈何两人离得太近。

林雾那洋溢着印度风的小调瞬间就钻进了他的耳朵："多冷啊……我在东北玩泥巴……虽然东北不大……我在大连没有家……"

夏扬："……"

他是有多想不开非得凑这么近。

"差不多了，"哼歌中断，搜集了一堆资料的林雾终于有了比较稳妥的结论，"应该是有翼膜的哺乳动物，就是身体两侧有一层像帆一样的皮质膜，可以让它们从空中滑翔下来，比如鼯猴、鼯鼠这一类，像现在很多人会当宠物养的蜜袋鼯，就是其中的一种。"

李骏驰问："那它们的习性和大宇有什么共同点吗，除了滑翔？"

林雾说："胆子小。"

夏扬说："是大宇。"

李骏驰说："就是这个了。"

全程默默旁观的任飞宇，实在很难再保持乖巧："你们是在共同研究还是在组团黑我……"

夏扬的手机忽然响起了低电提示，他起身回床上找充电器。

李骏驰只觉得余光里一个身影倏然而过，再抬头，夏扬都到床上了。那个通往上铺的爬梯，夏扬顶多也就踩了一脚，人就借力跃上去了。

"你这身手超群啊，"李骏驰调侃道，"要不明天把你这梯子卸了得了。"

夏扬平时就很灵活，今天可能是听了林雾的歌，状态尤其好，闻言立刻得意起来："我也想低调，但实力不允许啊，谁能理解我这种十项全能人中龙凤的苦恼。"

李骏驰说："你下来，我保证不揍你。"

夏扬乐，一边贫嘴，一边把充电器插上，刚要连手机，屏幕上方突然弹出新信息，是某新闻 App 刚推送的头条——

惊人发现！身体异变的爆发情况和月初大雾在全球蔓延的趋势图完全重合！

有着同款 App 的林雾一样看见了推送。

他下意识点进去——

详情：这场不明原因的身体变异，和月初的那场大雾一样，在短时间内席卷全球。有科学家对两者在全球的蔓延趋势图进行了对比，竟然发现了惊人的重合。

[图 1] 这是近半月来，身体变异在全球爆发的趋势图。

[图 2] 这是月初大雾在三天内席卷全球的趋势图。

虽然两者蔓延扩散的速度不同，但通过对比可以发现，身体变异在全球的爆发完全遵循月初大雾的轨迹。

多国科学家表示担忧，如果最终证实两者之间存在因果关系，那么曾置身于月初大雾中的每一个人都可能无法逃脱，这场身体变异恐将成为全球性的劫难。

林雾怔怔看到最后，大脑一片空白。

窗外突然一声惊雷，像压抑多时的巨人在天的另一端发出怒吼。

狂风大作，夏末的最后一场暴雨，来了。

"这雨可够大的。"509 宿舍，刚回完信息的原思捷放下手机，把窗户关小一半，留空隙通风，又不至于让太多雨水打进来。

"我看天气预报，这雨至少得下两天，然后就降温了，"葛亮坐在床上，简直想举起双臂庆祝，"我的个妈呀，可算降温了——"

"别说没用的，"王野催他，"继续说刚才那个。"

"哦哦，"葛亮连忙低头看手机屏，继续科普，"'动物性'就是说每个异常者都表现出……"

在这个四分之三成员都缺乏对世界的好奇和热情的宿舍里，葛亮毅然决然肩负起了"每日新闻科普君"的重任，关于身体变异的资讯基本上都是他每天往宿舍里传播的，比小蜜蜂都勤劳。

不过往常咨询交流的时间都是原思捷给他捧场，虽然后者还会一心二用聊聊微信。可今天王野成了捧场主力，葛亮强烈怀疑是这个"动物性"的新进展比较得对方的心。

"所以就是变异者都会具有某种动物性？"王野大概听明白了。

"对，"葛亮说，"像运动神经啊，习惯偏好啊，都会往那个动物的方向走，不过程度应该不高，还是原本的人类行为习惯占主导。"

王野点点头，难得陷入了沉思。

过了会儿，他突然问葛亮："那你是什么动物？"

葛亮就知道全宿舍这一阵子看他的眼神不对，终于找到机会，严正声明："我没有变异！"

原思捷在那边悠悠搭茬："就是七天咬断了九根笔。"

葛亮："那是铅笔质量不好！再说咬笔又不是什么特殊习惯，很多人都有。"

"但你以前没有。"王野说完忽然又不太确定，紧紧皱眉很努力地回忆了一下，"没有吧？"

葛亮："……"

就算他身上的记忆点很淡薄，这都一个屋檐底下住一年多了，他从前咬不咬笔这事还要回忆得这么艰难吗?!

"就是没有，"原思捷和王野说，"他第一次咬断笔，是在身体异常事件扎堆上热搜的前一天，也就是他这边晚上刚把铅笔啃断，第二天全球各种异常就上热搜了。"

葛亮无语："你这种'紧密衔接'的讲述方式会让人以为我咬断的那根铅笔是全球异常的信号弹……"

"倒没那么夸张，"原思捷看过来，"但你的铅笔遭殃和全球爆发身体异常确实是同步的，时间上这么吻合很难让人不多想。"

葛亮还想据理力争，毕竟他除了爱啃啃铅笔，最近也没新添别的什么毛病。可他才说了一个"我"，就被王野打断了。

"无所谓，是不是异常你自己品吧，反正对身体也没什么影响。"王野不乐意按头逼谁承认什么，葛亮变异还是不变异，在他这儿都是哥们儿，所以是不是的真心无所谓。但有一点，"你要真品出来是什么动物了，告诉我一声。"

葛亮："……"

他冤啊！

"不是，你们凭啥就围攻我一个人，"葛亮终于发现问题出在哪儿了，"我才是咱们宿舍最正常的吧！我顶多就是咬几根笔，"他看向王野，"大哥，你连人都不喜欢，天天云养猫，"再看向原思捷，"你一年365天都跟孔雀开屏似的招蜂引蝶，"最后望向那抹书桌前的安静背影，"还有江潭，我就从来没见他对谁笑过，这不比我的问题严重？"

江潭好端端地看个书也能被扫射到，那就需要沟通一下了。

在停下的这页平整地放上书签，然后合上书，江潭缓缓转过身来，抬眼沉静地看葛亮："啮齿类或者犬科。"

葛亮说："啥？"

"你的动物性，"江潭有条不紊道，"啮齿类的牙齿终生生长，磨牙是它们的必备习性……"

葛亮说："我都说了我没变异！"

江潭说："犬科进入成年后并不需要磨牙，但一些精力旺盛的犬类，会用啃咬撕扯这些可以笼统概括为'拆家'的行为，释放多余精力……"

葛亮说："你在影射我是二哈①？！"

---

① 指哈士奇。

江潭说："这两种都符合你目前的表现，不过某些动物在幼年长牙时也会有磨牙的习惯，如果身体异常的动物性并不一定限制在'成年动物'的话，那你的选择范围会更大一些。"

"没必要，"王野听得比当事人都认真，"哈士奇就挺好。"

葛亮："……"

别随便帮人做决定啊大哥！

雨声忽然变得更大，窗外的树在夜色里被打得枝条狂舞，树叶啪啪作响。

葛亮眺望溅满水珠的纱窗，心比夜色还凉。

不料江潭忽然又转了话锋，跟葛亮说："其实你不用这样抵触，也许很快，我们三个就会和你一样了。"

葛亮正走神，只来得及在嘈杂的雨声里捕捉到最后半句话，茫然地看向江潭："什么和我一样？"

王野和原思捷倒是把话听全了，但依然没懂，纷纷带着迷惑看过来。

江潭淡漠地问："你们刚才没看群吗？"

【机工班级群】

社会你滔哥：惊人发现！身体异变的爆发情况和月初大雾在全球蔓延的趋势图完全重合……[详情链接]@全体成员

消息是几分钟前发的，正好是葛亮和王野、原思捷就动物性进行"亲切讨论"的时候，加上雨声狂乱，三人还真没注意这条@全体成员的新信息。

不过现在后面已经又飞速跟上了几十条——

管征：啊？

管征：找到变异原因了？

社会你滔哥：别上来就问，能不能花几分钟点进去看看，能不能！

管征：[OK]

管征：[你是大哥你说了算 .jpg]

逗小白：天哪，这意思是我们都要变？

Jack 杨：疯了。

周仕廷：完了，都完了。

崔昊寒：别自己吓自己，不还没证实吗？

Jack 杨：这还不明显？那么多人身体异常却找不到传染链，那就只有环境问题说得通了！

崔昊寒：不信谣，不传谣，一切等官方吧。

李文：我等不了啊，我现在天天晚上失眠！

孟翰：就你失眠？我不光睡不着，还老想下地跑圈！

陈梓东：我现在能徒手抓蚊子你们敢信？还一抓一个准，我都崩溃了。

葛亮一条条看下来，虽然连到底发生了什么都没搞懂，但情绪就已经被影响得开始不稳。他赶紧强行把视线从成员濒临崩溃的群聊中移开，挪回最上面的那条新闻，点开详情链接。

读完新闻，葛亮终于明白同学们的心态为什么崩了。

他现在都不是崩，是爆炸。

他这还绞尽脑汁想把自己从"疑似变异"里择出来呢，结果"每一个人都可能无法逃脱，这场身体变异恐将成为全球性的劫难"？那还往哪儿去择啊！

不经意间再次对上江潭平静的视线，葛亮一怔，问他："你看完了？"

江潭点头。

葛亮问："点进链接看了？里面写的全看了？"

江潭不明白这个追问的意义，但还是给了回答："是的。"

葛亮看着室友脸上那一如既往的淡漠，简直绝望了："全世界都要变异了你还能这么冷静?!"

江潭的神情总算有了变化，虽然只是眉宇间微微动一下。"首先，这只是未经证实的猜测，其次，如果真的全球变异了，那按照相对论原理，所有人都异常就等于大家都正常。"

葛亮说："你这是什么魔鬼思路……"

"不过我好像也算不上最冷静的，"江潭朝某个方向抬眼，"那边还有更冷静的。"

葛亮随着他的视线转过去，就看见王野放下手机，抬头看窗外。

也不是凝望或者沉思，就那么淡淡看着，神情前所未有地柔和，以至于轮廓分明的侧脸都没那么凌厉了，只剩英俊。

葛亮艰难地咽了下口水。

他不太同意江潭。王野这个样子怎么能说是冷静，事出反常必有妖，这诡异的平和怎么看都很危险吧！

"相对论不是这么用的，"原思捷语气有些沉重地开口，算是对江潭迟来的反驳，"如果我们真的都变了，生活、社会，都会跟着剧变，这个世界将永远不可能再回到我们熟悉的轨道了。"

总算还有一个能明白自己的，葛亮想给原思捷一个兄弟的拥抱。"我就是这个意思，你懂我，对吧，以后很可能就不是人类社会了，是动物世界……"

原思捷的手机突然响了。

他连忙朝正在说话的葛亮做了个"嘘"的手势，然后接听："嗯……我看见了……你先别哭，又还没证实……

"我知道你害怕，但我们已经分手了，我不能再去安慰你，给你虚假的希望……

"是的，世界要大乱了，可走到尽头的感情，并不会因为乱世就回头……

"宝贝，生活不是小说，没有那么多'倾城之恋'……"

葛亮默默看向天花板。

面对世界都将剧变这样近乎灭世的灾难，怎样才算冷静？

是像江潭一样冷漠如常，还是像王野一样突然兴奋？抑或像原思捷这样，前脚刚语气沉重地说完世界要剧变了，后脚就继续在电话里安抚分手对象？

葛亮只想做一个普普通通的大学生，住在一个普普通通的寝室，拥有一群普普通通的室友……怎么就这么难！

毫无预警，王野突然从床上跳下来，随意套个 T 恤，踩上鞋就要走。

葛亮吓了一跳："你干啥？"

王野说："出去透透气。"

葛亮说："下雨呢。"

王野说："知道。"

两三句话说完，那边王野都把门打开了。

葛亮急了："你至少拿把伞啊！"

"不用。"话音没落，人已经出去了。

葛亮连忙下地，跑到窗前往下看。

但雨大夜黑，还隔着纱窗，什么都看不清。

他正郁闷，旁边忽然伸过来一只手，把纱窗卸了。

葛亮错愕地看着站到身旁的室友："江潭？"

江潭没说话，倒是不知什么时候从床上下来的原思捷，从另一边拍拍葛亮肩膀："让点地方。"

就这样，葛亮被江潭和原思捷夹在中间，三人一起挤在窗口，低头往下看。

没了纱窗的阻隔，视野清晰不少，雨虽然又急又大，但寝室楼底下的一排路灯还是用微弱的光搭起了一个朦胧氤氲的世界。

不多时，王野便从宿舍楼门口出来，走进了那片光里。

大雨很快模糊了他的身影，三人只能通过路灯依稀辨认他越来越远的背影。

终于，连那背影都彻底消失了。

王野仿佛融进了这雨，这夜，这天地。

葛亮彻底迷茫："他到底去干啥……"

原思捷抹掉脸上被溅的雨水："拥抱新世界。"

江潭不置可否。

雨整整下了两天。

林雾坐在教室里，以手撑头，望着窗外出神。

不停歇的雨声似乎成了整个世界的背景音，单调乏味，让人困倦。

"林雾，林雾？"

即将飘远的思绪，突然被耳旁的声音拉回。

林雾一瞬间清醒，这才发现竟然已经下课了，好多同学都在收拾东西往教室外走。

喊他的是班长邓茶茶，此刻已经背着包来到他桌前了。"PPT 给你？"

林雾没反应过来："什么？"

"小组作业啊，"邓茶茶歪头看他，利落的马尾辫也随着晃，"你不是一直承包 PPT？"

邓茶茶这话绝对没有把任务往林雾身上推的意思，事实上她来做 PPT 也完全没问题，但林雾对 PPT 的热衷是整个环工 1 班公认的。

从大一到现在，只要是小组作业，不管和谁分到一组，林雾都会主动承担最终的 PPT 制作任务，且他做的 PPT 又精美又不会喧宾夺主，往往能达到"知识点突出 + 视觉享受"的双重效果。

甚至有一次，让某位老师发出了"你们这个 PPT 配这个作业内容都有点白瞎了"的复杂叹息。

"哦，对，小组作业，"在班长的提醒下，林雾终于依稀记起，刚才在课堂上老师布置了这个，"PPT 我来，没问题。"

PPT 是没问题了，但邓茶茶总觉得林雾有点问题："你最近熬夜了？"

林雾说："嗯？"

"你这两天上课总像没睡醒似的。"作为常年同在第一排的"战友"，邓茶茶还没见过林雾这样。

林雾近来的确是晚上睡不着，白天总犯困，这会儿也只能尴尬地挠挠头。"可能压力有点大。"

邓茶茶神情一凝，不再追问了。

最近发生了什么大家都知道。

这边班长刚离开，那边后排三兄弟就过来了。

"都要变动物世界了，还得写作业，"李骏驰一声哀叹，"咱们太难了。"

"因为变异不会死人，"任飞宇经过这么多天，认命的心态已经趋于稳定了，"但不交小组作业，真的会。"

这门课的老师是他们环工系的主任，姓黄，要求极其严格，平时有一点表现不好，期末都可能给你来个挂科，早在往届学长和学姐那里有了"老黄出征，寸草不生"的美名。

下节课在另外一栋教学楼，林雾收拾完书包就跟兄弟们往外走。

他们离开教室晚，走廊上已经没多少人了。李骏驰和任飞宇还在说小组作业的事，因为他俩被分到了一组，互相看着都觉得前途灰暗。

明明两个人就"谁是学渣中的学渣"讨论得很热烈，可林雾还是莫名觉得今天有点冷清，一转头看见身旁的夏扬，终于知道问题出在哪儿了。

这家伙今天太安静了。

"怎么了？"林雾拿胳膊碰了他一下，"丢了魂似的。"

夏扬转过头来，情绪少见地低落，声音闷闷的："林雾，我可能也……"

林雾脚下微顿。

"这两天我感觉身体特轻盈，还总想动，有时候上着课呢忽然就想蹦起来，跟屁股上安弹簧了似的，"夏扬一倾诉，就收不住了，"还有喝水，我这一天小嘴吧吧的你也知道，必须得拿水供着润嗓子，但我昨儿个从早到晚一口水没喝，竟然都没觉着渴……"

林雾听着，一颗心越来越沉。

虽然夏扬的每一句都是"可能""感觉",但经过这么多天,他们心里都明白,一旦你感觉到哪儿哪儿好像都不对,那就悬了。

夏扬说完,发现李骏驰和任飞宇也在看他,显然都听见了。

李骏驰还好,任飞宇……

夏扬翻个白眼,没好气地敲他脑袋:"你那嘛表情,我是变异不是阵亡行吗?!"

任飞宇委屈巴巴地捂着头,还不忘以前辈身份帮着分析:"轻盈,老想蹦高,那能是什么动物呢……"

李骏驰说:"爱蹦那就是袋鼠呗。"

林雾摇头:"袋鼠是力量型,一个成年袋鼠能一拳击倒壮汉。"

李骏驰立刻醒悟:"那不能是夏扬,就他这小体格……"

林雾说:"对吧。"

"要是不爱口渴的话,"任飞宇试探性地猜,"会不会是沙漠动物?"

李骏驰说:"骆驼?但骆驼不爱蹦啊,而且吃苦耐劳这品格也跟夏扬一点都不搭吧?"

"沙漠动物不多,"林雾飞快检索自己的知识库,"除了骆驼,常见的也就是蜥蜴、蝎子、响尾蛇……"

夏扬说:"你能给我挑点好的吗?!"

他算是理解前一阵任飞宇被"组团黑"时的心情了。

说话间,四人已经走出了教学楼。

雨不知什么时候变小了,牛毛一样轻细,落到脸上只一点点潮,落到身上连水痕都似有若无。

林雾抬头,密布两天的阴云正在一点点散开,天的尽头,一丝亮光逐渐晕染过来。

他忽然感觉到一阵开阔,压在心头的东西开始松动。

收回目光,林雾回归仍在研究沙漠动物的三人组,状似无意地问:"你们说,如果一个人忽然比从前跑得快了,能是什么动物性?"

研究得正兴起的李骏驰马上道："你这范围太宽泛了吧，能跑的动物满世界都是。"

"那就再加上……耐力？"林雾进一步道，"就是跑远距离好像也没有以前那么累了。"

"速度加耐力呗，"李骏驰总结，"那也很多啊，马、驴、骡子、羚羊……野兔也行吧，要是不能跑怎么躲过天敌？"

任飞宇说："也不一定非是食草动物，咱们昨天看的那个纪录片，里面不就说像狼啊，鬣狗啊，耐力也都挺好，这样才能抓到猎物。"

333宿舍最近的学习氛围很浓，经常集体观摩各种动物科教片。

"要是不仅能跑，牙口也变好了呢？"见仍讨论不出结果，林雾又提供了新信息。

夏扬眯起眼打量他，带着怀疑……不，几乎是肯定了："别'如果'了我的哥哥，你就说你是不是替自个儿问的。"

林雾倔强地和他对视三秒："好吧你赢了。"

任飞宇瞪大眼睛："林雾？你也……"

李骏驰更蒙了："不是，什么情况？"

一宿舍四个人，仨变异了，怎么的？组团孤立他？那不能行！

李骏驰说："其实吧我没和你们说，我这两天也很奇怪，总想策马奔腾。怎么给你们形容呢，就是那种，一骑红尘妃子笑，铁马冰河入梦来——"

夏扬说："你这两句是一首诗吗？"

李骏驰说："你先品品你那天的桃花潭水深千尺，早有蜻蜓立上头……"

直到抵达下一节课的教室，333的研讨会也没什么显著成果。

林雾照例在第一排落座。

夏扬考虑再三，还是在走向教室后面之前，在他身边稍做停留，中肯建议："你要实在想不出嘛动物有速度有耐力，就换个限定条件。"

林雾困惑抬眼："嗯？"

夏扬拍拍他肩膀："想想嘛动物爱晚上唱歌。"

林雾很快反应过来，继而错愕："我晚上唱歌了？"

"次数之频繁，曲库之诡谲，突破想象。"夏扬一字一句，语重心长。

九月下旬，越来越多的同学出现了身体异常症状，虽然程度都不高，很少有像新闻报道里那样动不动就深吸一口气在水下待半小时的，但书山陋室论坛里还是被满屏的"变异帖"刷爆了，放眼望去，全是——

主题：我好像变异了……

主题：完了，我感觉我是猪……

主题：猜不出来我自己是啥，但我肯定变异了。

主题：我爸、我妈、我妹都变异了，累了，毁灭吧。

这天晚上，有关部门通过新闻直播，发布了自身体异常爆发以来最重大的研究进展：我国成功确认全球第一例身体异常者基因激活区的动物性！

"……我们成功地提取出了异常者被激活的基因片段，经详细检测对比，确认异化方向为亚洲黑熊……"

围在平板电脑前看直播的四人真听到最终结果，反而安静了。

这些天大家虽然张口闭口都在讨论"动物性"，可"变异＝动物化"这事，官方毕竟没盖章确认，还只是"据观察""普遍存在"这样的说辞。

人总是喜欢抱有侥幸心理，毕竟谁不想好端端过日子呢，何况是突然被告知你得学会和莫名其妙被激活的那小部分兽性共同相处。

可是今天，所有侥幸都不存在了。

这样也好。

就像第二只靴子终于落地，楼底下的人也就踏实了。

转天，学校就召开了第二次全校大会，不过吸取了第一次的教训，没再难为田径场，改成了视频直播会议。

屏幕里，老校长比月初憔悴了一些，但还是严肃而又耐心地一遍遍强调——

"虽然已经确认了是动物性的身体异化，但大家还是要稳住心态……

"我们有很多老师都已经适应了身体异常，仍然像从前那样继续在教学岗位上发光发热，同学们一定也可以做到……

"身体异常不会影响健康，希望大家能稳住心态，还是要以学业为主……"

"稳住心态……"

"稳住……"

一场大会下来，林雾他们差点被"稳住"这俩字洗脑。

当天下午体育课，夏扬随便一个热身，原地蹦起一米五，体育老师正好在他面前经过，险些被踢飞。

这怎么稳住啊！

九月的最后一天，这场肆虐近一个月，且仍在飞速蔓延的全球性身体异化，终于有了国际官方命名——

Animality-awakening，缩写为 A-A。

中文名称为：野性觉醒。

第四章　*夜游*

国庆如期而至，学校仍然没有解封。

"哎？今天还是中秋节？"一大早，李骏驰就收到了他妈发来的老年表情包套餐——[大红灯笼照国庆.jpg][红酒杯中秋快乐.jpg]。

"还真是，"任飞宇刷着手机，"网上说国庆、中秋在同一天，十几年才能有一次。"

夏扬睡眼惺忪地趴在床上，人还没全醒，看似听见了两位兄弟聊天，其实全然没往心里去。

但架不住有人硬核提醒——

"叮！"

"叮！"

"叮！"

亲妈一连发来三条语音。

夏扬迷迷糊糊摸过来手机，习惯性地点了播放。

"宝贝睡醒了吗？"

"快递给你的月饼收到了吗？"

"昨儿妈妈烫头去了，你猜怎么地，这回烫得倍儿好看。"

三条播完，夏扬也彻底醒了。

——不要被前面两条迷惑，妈妈的重点只有第三条。

"月饼收到了，"夏扬挣扎着坐起来，先按流程回一句铺垫，然后才是重点捧场，"来一张倍儿好看的自拍我鉴定鉴定。"

林雾在自己床上躺着，听夏扬跟他妈说相声似的发语音，好几次差点乐出声。

可视线回到自己手机上，他那嘴角又垂了下来。

手机很安静，没有人给他发老年节日表情包。

只有他主动在输入框里打下的一行"节日快乐"。

再点击一下信息就能发过去，然而林雾静静盯了那四个字很久，最终还是一个字一个字地删除了。

白天一晃而过。

虽是双重节日，虽然所有同学都留在了校园，可学校出于安全考虑，并没有像往年那样安排任何欢庆的娱乐活动。

就这样冷冷清清的，夜幕降临了。

十一点熄灯，重新躺回上铺的林雾，甚至都记不起这一天做过什么，好像除了去食堂吃饭，其余时间都在困倦和打瞌睡中度过。

于是这会儿真正到睡眠时间了，他却比谁都清醒。

十分钟没到，李骏驰就打起了呼噜，夏扬咕哝着吐槽了一句，再然后呼吸就均匀了，任飞宇则是被周公眷顾的男人，向来沾枕头就睡着，打雷都不醒。

林雾羡慕地闭上眼，也努力让自己放空。

晚上失眠这件事，已经折磨他半个月了，怎么调节都没用。林雾以前没觉得自己抗压性差，现在有点底气不足了，毕竟全宿舍都变异了，却只有他压力大得睡不着。

今夜更甚，不只是睡不着，连躺都躺不住了。

一闭上眼，脑子里就像有两大帮人马在火拼，噼里啪啦火星四溅，搅得他翻来覆去不得安宁。

终于再也扛不住，林雾猛地睁开眼，一下子坐了起来。

身体一起来，人就舒服多了。可是还不够，林雾总感觉有个声音在呼唤着他，就在外面的夜里，遥远而悠长，使他身上的每一个细胞都躁动起来。

视野里的黑暗，都仿佛被这一声声呼唤打碎了，变成了一块块柔和的、微暗的光斑。

林雾轻手轻脚地下床，随便拿了一件衣服，便跟着那声音而去。

一切都开始变得迷离而梦幻，夜轻盈起来。

穿过月影斑驳的走廊，走下幽深狭长的楼梯，躲过宿管阿姨的窗口，林雾像一只顽皮的小兽，终于投入夜的怀抱。

呼吸到外面空气的那一刻，他整个人都舒服了。

月亮寂静无声，微凉的风在黑暗中打着旋穿过树梢，越过矮墙，时而轻轻呜咽，时而快活歌唱。

林雾情不自禁地在夜风里穿行，感到一种前所未有的冲动，他想自由奔跑，想尽情释放，想在辽阔苍穹下竭尽全力地呼喊……

"你们几个臭小子给我站住！"

被人捷足先登了。

林雾一个激灵，从身体到灵魂彻底清醒，发现自己站在宿舍区外的长廊附近。

从宿舍下楼再走来这里，至少也要十分钟，可林雾发现自己竟然记不清这十分钟的经过了，就像是陷入了某种梦游，被神秘力量牵引，鬼使神差便到了这里。

他现在明明应该在宿舍好好睡觉啊！

这里是一片景观休闲区，树木葱郁，长廊幽回，既有古风古韵的清幽僻静，又有生机勃勃的自然野趣。平日里无论是单独学习的、成对谈恋爱的、组团拍汉服照的，还是 cosplay（角色扮演）取景的，全往这里扎。

但是午夜的长廊，林雾是第一次见，没想到竟然还有几个同学在流连。当然下场就是被值夜班的后勤老师逮了个正着。

原来被逮现行的不是自己。

林雾松了口气，悄悄躲到树影里，以防被殃及。

后勤老师的注意力全在几个男生身上呢："你们大晚上不在宿舍睡觉，往外瞎跑什么？"

男同学们耷拉着脑袋，没成功溜掉，只好端正态度："老师，我们不是瞎跑，我们是出来学习，虽然是假期，但也不能放松啊……"

后勤老师说："学习？"

男同学们说："对对，那个，背英语！"

后勤老师说："我看你像英语！"

男同学们说："真是背单词……"

后勤老师说："你看我像不像单词！"

男同学们说："……"

林雾："……"

什么样的辩解在这样无敌的句式面前都是苍白的。

正隔空对那几位同学致以同情，周围忽然传来一阵很轻的窸窣声。

细碎，凌乱，似乎还分散在很多方向。

林雾起先以为是风，可当夜风短暂停歇，那微妙的响动仍在。

不对！

林雾飞快转头，循声环顾，下个瞬间便呆住了。

他难以置信地用力眨眨眼，再谨慎地确认了一遍。

没错，四面八方的树影里竟然都藏着人！或形单影只，或三五成群，和他一样，以夜的阴影为掩护。

林雾就近粗略扫了一圈，至少二三十个，再往远处眺望，那就更多了，看哪儿都影影绰绰。

到底是有多少同学跟他一样睡不着出来夜游啊!

慢着。

林雾蓦地灵光一闪,这样群体性的夜游……难道是夜行动物特性?!

"赶紧回宿舍!"后勤老师没发现周围还躲着一大群不让他省心的熊孩子,只监督着那几个男生往回走。

男生们心不甘情不愿,两步一回头。

后勤老师这叫一个牙痒痒:"你们再走慢点,能走到天亮!"

"咻——"

一道国庆焰火毫无预警在夜空划出明亮弧线。不是来自校园,却离得极近,恍若就在眼前。

所有人都愣住了,无论是后勤老师,回头的男生,还是树影里的人。

一刹那,万籁俱寂。

焰火在夜空最高处绽放,"砰"的一声,漫天流彩。

然后是第二颗,第三颗,第四颗……

耀眼花火映得回廊亮如白昼,夜游者们无所遁形。

林雾终于清晰看见了周遭人群,然后发现,旁边树下,就在离他几步之遥,站着一个高得难以忽视的身影。

像是感受到了侧方的目光,那人忽然转头看过来。

王野。

视线相撞,又一颗烟花绚烂绽放。

林雾:"……"

这种时候就不用再烘托气氛了吧!

幸好,这是最后一颗。

烟花易冷,转瞬即逝,夜色又重新覆盖下来,遮住了一切。

但在最后一丝光亮消失前,林雾听见王野说了一声:"哎。"

声音不高不低，不冷不热，就像和一个认识但又根本不熟的人敷衍性地打个招呼。

不。

林雾飞快甩头，幻觉，他什么都没听见。他在黑暗中悄悄后退，退到阴影更深处，林雾一个转身，果断往远处撤。

别问为什么撤，问就是因为爱与和平。

一口气沿着回廊外围溜出去百来米，林雾才稍稍安心，在一小片灌木丛前停下来，轻轻调整呼吸。

可才过一秒，他就又听见一声更近的"哎"，这声音几乎就贴在他身后！

林雾吓得呼吸一滞，本能地转身。

王野优哉游哉地站在那儿，根本不知道是什么时候过来的，离他只有一步之遥。

林雾惊魂未定，脱口而出："你怎么跟鬼似的，走路都没声！"

王野皱眉："你跑什么？"

林雾一怔，发热的脑袋开始降温，纯真的无辜火速上线："嗯？我没跑啊。"

"没跑？"王野往百米外瞟了一眼，"我刚才跟你打招呼在那儿。"

"……"接不上的话怎么办，当然是直接跳过，"那个，原来你在跟我打招呼啊。"

王野说："不然呢。"

林雾："……"

要是每句话都接不上那又该怎么办啊！

王野真就只是想和林雾打个招呼，因为对方上回在校医院全程陪护那溺水的哥们儿，王野觉得他对朋友挺够意思的，算是不深不浅留了个正面印象。

刚才天上放烟花，他转头就看见了林雾，第一感觉就是还挺巧。

所以他很自然地打了个招呼。

林雾要不跑，大家互相点个头就完了，哪有后面这么多事。

不过话又说回来，王野虽然连林雾的名字都不知道，却难得在一面之缘后就记住了他的样子。

尤其是那双眼睛。

林雾的眼睛很好看，狡黠时极亮，像小兽，此刻这样安静时，又像笼着薄雾的森林。

更重要的，王野总觉得在哪里见过。

"喵……"

突如其来一声懒洋洋的猫叫，打破了两人间静谧的气氛。

只见灌木丛的阴影里，一只圆滚滚的"胖橘"，也不知道趴那儿多久了，正优哉游哉地拿小爪洗脸。

林雾怀疑王野是属猫薄荷的，不然怎么每次遇见这人，都附赠一只猫？

王野显然对猫比对林雾感兴趣多了，立刻掉转方向，微微弯腰朝"胖橘"召唤："二毛，过来，二毛。"

林雾真是服气了，话没过大脑就脱口而出："你怎么是个猫就叫二毛，这种特征这么明显的你再不走心也至少起个'小黄'……"

忽然意识到什么，吐槽戛然而止。

王野缓缓转过头来，再对上林雾的眼睛，终于想起自己是在哪里见过这位同学了："那天骑墙上的是你。"

和校医院时一模一样的话，但疑问变成了肯定。

"……"林雾真想时光倒流，把自己的嘴堵上，但人生只能咬牙往前看，"嗯？什么墙？"

影帝林雾在线营业。

王野"嗤"一声："别给我装了。"

"啊，你说二毛啊，"林雾一副刚刚恍然大悟的样子，"我上学期就在学校里看见过你逗猫，你当时太专注了没看见我。"

以王野这种见猫就逗、是个猫就叫二毛的粗暴做派，林雾相信哪怕他说刚入校的时候就见过王野都不会露馅。

谁知道王野直起身体，好整以暇地盯着他说："不可能。"

林雾说："话别说得那么绝对。"

王野说："我以前都叫猫咪咪，上次才开始叫二毛。"

林雾："……"

十九岁半的林雾，终于在这个中秋节明白了一个人生道理——有些坑，注定是你的就是你的，要么扑通掉下去，要么左躲右闪气喘吁吁再扑通掉下去。

王野就闹不明白了，多大点事，至于这么捂着吗："看见就看见呗，我又不能揍你。"

"得了吧，"话既然说开，林雾索性坦白，"你看起来就像要找我干架。"

王野莫名其妙："哪次？"

林雾瞪着他那圆寸："每次。"

王野茫然了，还真特地回忆了一下，末了更加疑惑："我一共也没和你说过几句话吧？"

"不算这次，就校医院里一句，"因为少，所以实在太好记了，林雾连语气都模拟得丝毫不差，"哦，土野，机械的。"

王野说："这不整得挺团结友爱吗？"

林雾凝望他良久："你对这个词是不是有什么误解……"

话是这么说，但俩人真聊起来，林雾发现王野和前两次给他的感觉好像有点不一样了。

骑墙头那次，王野根本没拿正眼看他；医院那次，王野虽然自报了家门，但骨子里仍是生人勿近。而且王野的那种"勿近"里不只是冷漠，还有着强烈的抗拒，仿佛随时准备着把越界的人揍趴下。

这才是林雾屡次犯尿——是的，他就承认了——的原因。

但是今天的王野，好像对待全世界都多了一点温度。

"喵。"

不甘被冷落的"胖橘"又叫了一声，这次已经从灌木里走出来了，那自信的步伐，一看平时就没少被同学们宠爱。

王野再次朝它招手："小黄，过来。"

林雾："……"

一涉及喵星人你进步得倒快。

"胖橘"比上次的小奶黑胆子大多了，一被招手，便朝着王野走过去。

可在距离王野还有半米的时候，又忽然停住，像是突然感受到了某种不安，眼睛瞪得溜圆。

王野迫不及待伸手过去，胖橘"喵"的一声就是一爪子，然后敏捷逃窜，飞速消失在了夜色里。

王野看着手背上新添的抓痕："……"

林雾看着王野看着手背上新添的抓痕："……"

他现在怀疑自己对王野的初印象或许真的有偏差。就像好多大型猛兽，乍看凶神恶煞，但你要是全天24小时近距离跟拍，就会发现十个里面，九个都是"憨憨"。

"我看起来很凶？"王野同学终于开始反思。

林雾摇头："不是凶，是凶恶……呃……悍，咳，人见你都躲着，何况猫。"

王野慢悠悠地看着他，什么都不说，就那么看着他。

林雾生生被看毛了，开始疯狂往回找补："但你这个气质拉风啊，迷妹收割机，行走的荷尔蒙，你看校花都跟你表白了……"

"别整没用的了，"王野问，"你叫什么？"

林雾："你问得还真是一点都不晚。"

吐槽归吐槽，聊这么半天了，林雾也觉得两个人算真正认识了："林雾，环境的。"

王野说："王野，机械的。"

林雾一愣："你上次说过了。"

王野没什么表情："上次不算。"

空气里突然传来嘈杂的声音，不远处，后勤老师又逮到了另外几个同学。

林雾没带手机，估算了一下出来的时间，这会儿应该过十一点半了。

他主观上根本没想出来夜游，纯粹就是不知道抽了什么风。现在脑子清醒了，自然不打算冒着被老师批评的风险继续在午夜游荡。

"我回去了，"林雾和王野说，然后想起来同级的机械院也在一个楼，便朝宿舍楼方向扬扬下巴，"一起？"

王野没说话，但那表情一看就是压根不想回。

林雾本来也就随口一问，见对方不同路，便自己转身："撤了。"

走出树影的林雾不经意间抬头，看见了天上的满月。

中秋节当然是满月，可他竟然在这一天马上就要过去的时候，才真正抬起头，看上一看。

深蓝色的夜空中，月亮大得恍若近在眼前，周围的流云跟着风轻动，却从不靠近，连星星都悄悄躲起来，月光皎洁，如水铺散。

林雾看过很多次满月，可不知怎的，唯独今夜的，漂亮得让他心动。

蓦地，他停下脚步，回头喊那个还站在原地的家伙，一如今晚刚刚遇见时对方的不客气："哎。"

王野闻声抬头，月光下的影子微动。

林雾朝他一笑："节日快乐。"

转天，夜游的事整个 333 就都知道了。

因为林雾从外面溜回来的时候，正好撞见起来上厕所的任飞宇。

假期不能出校，又不用上课，333 的兄弟们正愁怎么打发时间呢，一听这个，立刻来劲了，早饭都顾不上吃就围到一起帮林雾头脑风暴——

夏扬说："夜行动物这个，你是初步怀疑啊还是已经确定了……"

林雾说："基本确定了吧，昼伏夜出，除了夜行动物性，没有别的更合理的解释。"

任飞宇说："而且林雾不是说他出去看见一片片的动……呃，不是，一片片的咱同学吗，总不能这么多人恰巧一起失眠。"

李骏驰说："夜行动物也很多啊，小到蝙蝠壁虎，大到豺狼虎豹，怎么精准锁定？"

任飞宇说："还有跑得快和耐力好呢，哦对，牙口也好，这些条件一叠加范围不就小了吗？"

李骏驰说："小啥啊，那也是个大范围……"

夏扬说："你先停停，豺是夜行性动物吗？"

李骏驰说："啊？不是吗？"

夏扬说："是吗？"

李骏驰说："呃，你等我查一下……"

任飞宇说："我这本《儿童动物百科全书》里好像没提到豺，林雾你那本《世界动物大全》上写了吗？"

林雾说："没。"

夏扬说："要不怎么说树活一张皮人活一口气呢，你要不争气连动物大全里都没你姓名！"

333 宿舍里日渐浓郁的，除了学习氛围，还有人生哲思。

对于自己的动物性，林雾其实已经隐约划出了几个可疑的范围。

速度，耐力，牙齿，夜行。

四个条件一框，壁虎这样的爬行动物其实就可以排除了，因为强力的运动神经和锋利的牙齿，怎么看都更像在陆地上奔跑的食肉动物。

所以虎、狼、豹这样的，现在是林雾的重点怀疑对象。

但是夏扬一口咬定晚上哼歌绝对是他的变异点，林雾只好把这条也纳入，然后那嫌疑的阴云就指在狼的脑门儿上了。

晚上唱歌，午夜狼嚎。

这俩工整得都能当对联了！

国庆假期的第二天、第三天，林雾都忍住了没再夜游，虽然一到晚上就精神得像猫头鹰，但也努力强迫自己像个好狼一样长在床上，靠刷手机打发漫漫长夜。

他觉醒的动物性到底是不是狼还有待商榷，但在这个世界上，每天都有新的异常者被确认——

德国第一例觉醒者动物性确认：美洲鳄！

英国第二例觉醒者动物性确认：猎豹！

法国第二例觉醒者动物性确认：印度犀！

美国第四例觉醒者动物性确认：袋鼠！

我国累计已确认九名觉醒者的动物性！

俄罗斯第一例……

被封在校园内的假期风平浪静，只有刷到这些新闻，林雾才真的感觉到世界在极速发生着变化。

"身体异常者"变成了"觉醒者"，称呼改变的背后，是每天都在更新的海量信息。

未来会如何？生活会被导向何方？林雾不知道。他只是一个普通大学生，没办法像科学家们想得那样深入、那样遥远。

而且，眼前的事已经让他身心俱疲了。

今天是假期第四天的凌晨一点，他心底压抑的躁动似乎要到极限了，如果再不出去透透气，他感觉自己会忍不住拆床板。

林雾终于还是败给了那不可抗拒的野性召唤，蹑手蹑脚从上铺爬下来，慢慢穿戴整齐，连动作都刻意放轻，怕弄出动静把人家睡得好好的三位弄醒。

哪知道刚换好鞋，某上铺就传来了李骏驰幽幽的低语："又出去啊……"

这声跟孤魂发出的似的，林雾吓得差点心脏骤停，缓了好几秒，才压着嗓子用气声问："你还没睡？"

李骏驰说："睡不着……"

林雾微怔，第一反应就是："你该不会也觉醒夜行性动物了吧？"

"那没有，"李骏驰说，"我困得要死，可是白天刷太多新闻了，我现在一闭上眼睛就是百兽在奔腾……"

林雾想踹他，但此情此景不方便施展，只能磨牙似的咕哝了一句："赶紧放空，睡觉。"

这边李骏驰还没来得及回应，那边任飞宇的床铺上弱弱飘来："林雾，这大晚上的你注意安全。"

"……"林雾心累，"你怎么也没睡？"

"我听你在床上一直翻身，就知道你今天晚上待不住，"任飞宇怕吵醒夏扬，声音还没蚊子大，"反正你注意安全，网上说野性觉醒的程度会因人而异，万一有那种控制不住发狂的呢。"

遇见发狂者的概率其实不大，因为至今也没有明确的觉醒者发狂的例子。

"你还是祈祷我别被老师抓到吧。"林雾倒觉得这个更有可能。

"没事，"李骏驰有应对良策，"真抓着了你就说你是艺术学院 19 级声乐系郭旭。"

林雾满眼迷茫："那是谁？"

李骏驰说："一名让我替了四节选修课点名答到然后不给结尾款的同学。"

林雾："……"

携带着两位室友的嘱托，林雾终于摸上了寝室门的把手。

夏扬说："你要是天亮才回来就给我带个煎饼馃子……"

林雾："……"

合着就没一个睡着的！

林雾溜出寝室楼，外面的空气好像比上次夜游时更清新好闻，也不知道是不是这两天憋出来的错觉。

一连几个深呼吸，通体舒畅了，林雾又回头往上看了一眼自己寝室的窗户。

他知道那仨是担心自己，才一直没睡着。

整个世界都在剧变，可333还是333，没有什么比这更让人踏实。

收回目光，林雾的脚步轻快起来，先是走，后面干脆连跑带颠就出了寝室区。

根据前一次的经验，林雾判定现在回廊那边肯定是老师的"重点关照"区，不宜靠近，于是他朝反方向转身。

刚转完，就听见旁边一个声音说："同学，你也是睡不着出来的？"

回头，是一个陌生同学。虽然不认识，但同是天涯"夜行"人，林雾也就应了一声："嗯，睡不着。"

"第一次出来吧，"同学指了指游廊的方向，"夜游的都在那边。"

"我知道，"林雾感谢对方的热心提醒，"但是人多太容易被抓。"

同学一脸莫名其妙："被抓？那边范围是学校划的，夜游的只能在那附近活动。"

回廊景观区。

林雾站在游廊上，望着熙熙攘攘的人群，一片空白的大脑只剩灵魂三问：我是谁？我在哪儿？我要干吗？

两天不见，夜游的人数呈几何级数增长，夜游场面更是变得匪夷所思。

有聊天的，打闹的，玩手机的，搞联谊的，竟然还有摆摊的！

"这边这边这边！快！哎你上啊——我真是服了，你是不是对面派来的卧底！"

"这可是正版真题，你爱要不要，十块钱不能再低了，再低我还不如卖废纸。"

"亲爱的，我还是给你涂纯色吧，这光线不好，彩绘容易失手……"

林雾梦游似的在游廊里穿行，月光给每一个同学都蒙上了皎洁的轻纱，不管你是在开黑，在卖二手货，在美甲，还是……

够了。

再多柔光滤镜也遮不住这夜市的既视感好吗？再来个烤串、鸡排、大鱿鱼就能整条街开张了啊！

少说得有几百号人，平日学院晚点名都没这么热闹。

林雾仍在往前走，走过小摊，穿过人群，偶尔和陌生同学擦肩……

渐渐地，梦游般的轻盈感又悄然复苏。他生出一种置身幻境的错觉。

月光如练，百兽夜行。

"你们吃喝的声音不要太大……对，会影响还在宿舍里的同学休息……那边的几个同学，别再往远去了，要在划定区范围内活动……"

一个年轻老师在游廊前方的转角处维持秩序，不时提醒一下某些过于放飞自我的同学。

"学校给咱们划定了活动范围，只要在范围内，都可以自由活动，还有老师轮流值班，你只要别闹腾，别吵到宿舍区，老师不会管你啦。"——之前那个给他领路的同学说这些话的时候，林雾还将信将疑，现在彻底被事实教育了。

短短两天，混乱的夜游就变得秩序井然，可见学校应对之快。

估计也是被逼的，林雾心情复杂地想，这一个多月来发生的种种，足以让一个佛系的人都变得草木皆兵了。

忙碌了一阵的年轻老师终于得空，找了个地方坐下来休息。

林雾这时才看清对方的样子，意外地发现居然是熟人。

苏啸，政法学院的前学生会主席，去年大四。当时还是大一生的林雾，在一次校活动里认识了他，对方性格好又有能力，对他们这些新生很照顾，完全就是理想中的学长。

听说他今年毕业留校了，成为外国语学院辅导员，林雾没想到会在这里遇见他。

苏啸也看见了他，先是一愣，然后便很自然地打招呼："林雾。"

林雾差点就像从前一样直呼大名了，幸亏反应快，把到了嘴边的"苏啸"硬是给转成了："苏老师……"

好嘛，林雾自己说完都觉得别扭。

苏啸乐了，他长得本来就谦谦君子，一笑更温柔了："林同学。"

林雾说："你也不用这么配合我。"

总感觉辈分都矮了一截似的。

称呼虽然改了，但林雾本能上还是拿他当朋友，正好想找个地方歇会儿，也就走过去不客气地坐到了他旁边。

"睡不着？"苏啸并没端什么老师架子，还和从前一样。

"嗯，"林雾叹了口气，"熬了两晚上，在床上实在躺不住。"

苏啸看着他的黑眼圈说："辛苦。"

"你们才不容易，"林雾真心道，"有觉不能睡，还得过来值夜班。"

苏啸莞尔："林雾同学，你就没想过学校找来值班的老师也都是夜夜难眠的骨干力量吗？"

林雾："……"

他还真差点忘了，老师也要面临觉醒。

当孩子当久了，哪怕身体已然成年，在潜意识里仍然会默认自己的世界就是自己的世界，与外面的世界，与大人们，并不互通。

林雾忽然有点好奇苏啸的觉醒方向，如果也是夜行动物，那会是什么？

"不知道。"苏啸突然道。

林雾怔住："啊？"

苏啸说："我不知道我是什么动物，甚至都不一定是夜行动物。虽然大部分值班老师都有明确的夜行特征，但我有时候晚上也犯困，所以算是混在值班队伍里充数的。"

林雾："……"

这也行？读心术吗？祖传的还是新觉醒的?!

苏啸笑眯眯地看他，眉眼温柔。

林雾咽了下口水，不着痕迹地往后蹭了那么一点点，总觉得自己再不跟他拉开些距离，容易被人把心里秘密全看穿。

去年一起搞活动的时候，林雾就觉得苏啸这人很厉害，明明斯斯文文，对谁也都和和气气，但再棘手的问题到他这里都能顺顺利利解决，再难搞的刺儿头经他沟通都乖得跟小绵羊似的。

当时林雾只觉得佩服，今天也不知道是不是"夜太美看啥都危险"，他忽然觉得这就是个能让你被卖了还帮着数钱的主儿啊。

斜对面，游廊立柱的阴影里。

王野的《小狼版神庙逃亡》又一次 game over（游戏结束）。

等待重新进入的间隙，他又抬头看了斜前方一眼。

坐他旁边的原思捷忍不住了："你都看了快九百九十九次了，那两人你认识？"

王野没搭理他，低头继续新的一局。

原思捷简直快好奇死了，能让王野在意的事不多，更别说人。

"Are you ready（准备好了吗）——DJ drop the beat!（DJ 给个节奏）。"

突如其来的嘶吼差点把原思捷送走。

声嘶力竭的开场后，就是震耳欲聋的低音炮，节奏那叫一个摇摆，氛围那叫一个"噪"。

游廊上所有同学，甭管在干什么，都几乎同时起身，伸着脖子望。

只见不远处一块稍微开阔点的草地上，四个音响同时开启，一帮男同学勾肩搭背搂成一排，随着节奏都快把脑袋晃掉了。

大半夜蹦迪?!

林雾算是开了眼了，这真是心中有节奏，月亮也能当灯球。

另外，这得算是挑衅了吧? 明晃晃地挑战值班老师权威啊。

果然，苏啸微微皱眉，三步并作两步地赶过去了。

同学们看热闹不嫌事大，呼啦就围了上去，美甲美到一半的学姐就算还抱着美甲灯，拖着插线板，也不能错过第一现场。

林雾失了先机，只能站在游廊上远眺。幸好视野比平地高些，依稀看见骚乱中心，为首带头摇的是个挺秀气的男同学，眼睛大大的，远看像个小姑娘，奈何穿得那叫一个张扬浮夸，就差没戴大金链子了。

见苏啸过去，那位不光不心虚，还特骄傲地仰个脖儿，一看就是准备叫板。

林雾琢磨出点微妙的意思来了。看架势这不是想自我放飞，是故意来找苏啸的碴啊。

林雾有点替苏啸担心了，毕竟围着这么多同学，不管他们之间有什么私人恩怨，作为老师，这都是很难处理的局面。

不料苏啸根本没走过去和那个男生近距离面对面，只停在最里层围观的同学那里，然后拿出手机，像是发了一条信息。

很快，林雾看见那位秀气又浮夸的男同学，掏出自己的手机看了一眼。

再然后，他骂了一句，像是四川话，林雾也没听太清，反正骂完就气急败坏地走了，留一群陪他蹦迪的男同学和满坑满谷围观看热闹的同学原地傻眼。

苏啸这时才走过去，利落地拔了音响电源，在重新静谧下来的夜色里，静静看向那几个"同伙"，说:"院系、年级、名字。"

同伙说:"老师，我们不是这个学校的……"

苏啸说:"哦。学校、院系、年级、名字。"

同伙说:"老师……"

保证罩着他们的大哥跑了，小弟们现在想哭。

闹剧落幕，林雾收回目光。

很难想象苏啸也会和人结怨，不过对方战斗力还是不行，阵仗搞这么大，结果一个回合就被人灭了。

想着这些有的没的，林雾正准备重新坐下，忽然感到了一丝异样，就像自己被人在暗中盯着似的。

他四下环顾搜寻，终于在斜前方的阴影里，看见了背靠游廊立柱玩手机的王野。

"哎。"王野打招呼的方式一如既往。

但好赖是人家主动的，林雾也就"亲切"回应："哎。"

被彻底忽略掉的原思捷："……"

他就多余站在这里。

"这两天没看见你。"王野把还在进行中的游戏直接结束，手机塞进口袋。

林雾以为打个招呼就完了，没想到对方好像是个正经聊天的意思，只得回答道："哦，我没出来，待宿舍了。"

王野有点意外："能睡着了？"

"没，"一聊这个林雾就心塞，"特精神。"

王野不解皱眉："那待宿舍干吗？"

林雾说："总半夜出来影响室友休息啊，再说如果不把生物钟调回来，以后上课怎么办？"

"你想太多了吧。"王野听着都累。

看热闹的同学陆续归来，游廊又开始变得拥挤嘈杂。

苏啸没回来，林雾索性走到王野那边，以方便就近聊天，反正漫漫长夜，有人说话总好过自己发呆。"什么叫想太多，你天天晚上出来不影响室友？"

话说完，他也已经来到王野面前了，结果王野还没回应，旁边飘来一个幽幽的男声："还行，不算太影响。"

林雾吓了一跳，这才注意到王野旁边还站着一个男生。

该同学比自己高一点，但比王野矮一点，大概187厘米高，单眼皮，眼睛却并不小，大概是眼皮薄的缘故，反而衬得眼型挺漂亮，眼尾微微上扬，干干净净又阳光帅气。

"你是……"林雾确定自己不认识他。

原思捷其实不想这么突兀地打破人家的聊天氛围，但他怕自己再不出声，真就成路人甲了。"原思捷，就是你刚才关心的，他的室友之一。"

林雾没想到王野身边还能有眼前这样见人就笑的朋友，他以为都得是江潭那种气质呢。"林雾，环境的。"

所以说，凡事都怕对比啊。

本来经过几次见面，林雾已经渐渐觉得王野没那么凶了，但和原思捷并肩一站——

发型，一个野性圆寸，一个校草式短发。

衣着，一个黑得像黑夜的黑，连球鞋都是深色系，一个白T恤套搭浅色衬衫，清爽有朝气。

气质，一个仿佛一言不合就要跟你干架，一个脸上带笑温温柔柔……

同是一个屋檐下，差距真大啊。

"你瞅啥呢？"王野搞不懂林雾在他和原思捷之间来回游走的眼神，但直觉告诉他，那里面的意思如果有正有负，自己肯定不是正的那个。

林雾多想回一句"瞅你咋的"啊。

"没，我就在想你俩觉醒的都是什么动物性。"自己一点都不争气！

聊这个，王野可感兴趣了，直接问林雾："你是什么动物？"

林雾："……"

这问题倒也没什么大毛病，但怎么听着就那么别扭呢！

"别站着聊了，多累。"原思捷带他俩往旁边的空座处坐下。

"我怀疑自己觉醒的是狼，"林雾一坐下就道，"但这玩意儿也没法确定。"

"狼……"王野想了一下，末了点头，"挺好。"

林雾虽然完全搞不懂王野思索的那几秒是在想啥，但觉醒方向得到正面的评价总是让人高兴的，连带着聊天的劲头都起来了："你俩呢？"

原思捷说："我俩现在只能确定是夜行性动物，其他的都不详。"

林雾问："不详？身体没有别的变化吗？"

林雾有疑问，但王野更好奇他的事："你是狼这个，怎么确定的？"

"你话能不能说全乎，"林雾心想真是够了，"不是'我是狼'，是'我觉醒的方向可能是狼'。"

王野说："这不是一回事吗？"

林雾："……"

王野："……"

林雾说："王野。"

王野说："嗯？"

林雾说："有没有人说过你很欠揍？"

王野说："高中的时候这样的人我一天打趴下八个。"

林雾："……"

王野说："嗯？"

林雾说："没问题了，我是狼。"

在接下来的时间里，林雾就像小组作业的组长一样，非常耐心地给两个学渣讲自己身体的变化，以及判定觉醒方向的逻辑方法。

王野听到三分之一就走神了，听到"主要是细心观察和缜密分析"时，彻底放空。

林雾见过太多学渣，但王野之渣仍然在这其中登峰造极。

相比之下，原思捷简直令人欣慰。

"要这么说的话，在我身上也不是全然没有线索，"他慢条斯理地回顾，"我的运动神经也增强了，牙口也和你一样变得更好了，最近好像还点亮了爬树的技能。"

林雾问:"爬树?"

原思捷说:"嗯,昨天晚上夜游的时候有个很可爱的男同学让我帮忙把挂在树上的气球摘一下。"

"……"无用的修饰词加上莫名微妙的剧情、有点令人迷惑,林雾决定跳过这一环节,直接问重点,"然后你就轻松爬上树了?"

原思捷说:"很轻松。"

"牙口好的话大概率就是食肉或者杂食性动物,然后夜行,攀爬能力……"林雾飞速在这几天突击学习的动物百科知识里检索,忽然又问原思捷,"你跳跃能力怎么样,就是从高处往下跳的话,有没有感觉身体比从前轻盈?"

原思捷歪头说:"为什么这么问?"

"这个纯属我自己瞎猜啊,"林雾先声明,然后才说,"我感觉,你这些属性有点像猫科动物。"

林雾没忘旁边还有一位呢,转头问王野:"你觉得呢?"

王野只听了一个开头和结尾,中间全在放空,但一被老师提问,常年锻炼的学渣式超强随机应变能力即刻上线:"我觉得他说得对。"

林雾:"刚才那通分析是我说的!"

原思捷早在大一就被王野气死过无数回了,现在千帆过尽,淡定从容,就静静看着王野祸害其他同学。

围观之余,其实也有点心疼林雾,因为王野现在成熟了,不像葛亮说的高中那时候满世界打架,所以在大多数时间里只祸害509。

现在,恭喜林雾成为"自己人"。

原思捷的觉醒推测告一段落,林雾又开始攻克王野。

虽然王野各种不配合,但林雾也是个倔脾气,对方越心不在焉,他越想把这人的觉醒方向分析出来,那劲头就和跟难题死磕差不多,于是持之以恒地启发对方的思维:"你再仔细想想,你身上除了夜行性,真就再没有其他任何显著变化？"

王野这辈子最烦想太多："没有。"

林雾问："运动神经没增强？"

王野说："我以前就上房揭瓦。"

林雾问："牙口没变好？"

王野说："我以前就能咬碎骨头。"

林雾问："爬树？"

王野说："我现在都比原思捷爬得快。"

原思捷说："呃，我证明。"

林雾："……"

这是人类的正常属性？这是狂暴巨兽吧！

就这么夜谈与槽点齐飞，竟然也不知不觉就待到天亮了，三人去食堂买早餐，林雾买四份，王野和原思捷买了五份。

林雾有点纳闷儿。

然后就看着食堂阿姨不用王野说，便把两份鸡蛋饼合在一人份的袋子里递给他，笑脸都比对待其他同学时热情，满满的关爱。

林雾偷偷拿疑惑的眼神求助原思捷。

原思捷小声道："你要是一学期每天早上都买双份鸡蛋饼，你也有这个待遇。"

林雾说："还真是执着。"

原思捷乐："他就那样，只要是他认定的，多少匹马都拽不回来。"

一起回宿舍，林雾才意识到大家都在一栋楼。原思捷说他们住在 509，欢迎林雾随时来串门。

333 里，任飞宇和李骏驰都醒了，就夏扬没心没肺地还睡得香。

林雾把煎饼馃子放在他桌上，又把另两份早餐给了任飞宇和李骏驰，才去洗漱。

洗完脸刷完牙，林雾神清气爽，完全没有熬了一夜的感觉。

待夏扬睡醒，一宿舍围着吃早餐，林雾就把昨天晚上的夜游盛况跟兄弟们分享了。

三人听得一愣一愣的。

夏扬说："嘛？改夜市了？还蹦迪？"

李骏驰说："那学校是什么意思？鼓励夜游？"

"也不算鼓励吧，"林雾思索道，"估计就是人太多，封也封不住，那不如正规管理，堵不如疏嘛。"

"可是现在是假期还行，以后上课呢？"任飞宇苦恼地抓抓头，"你们都晚上出去白天睡觉了，还怎么上课？"

夏扬啃一大口煎饼馃子，鼓着腮帮子咕哝："分白班夜班？"

"那我们不就错开了，"任飞宇说着说着就放下了早餐，没了胃口，"我不想分开……"

李骏驰服了："这还没影的事呢，你就先自己把自己整难过了可还行？"

509 宿舍。

刚进屋，原思捷就再按捺不住好奇，问王野："你们怎么认识的？"

这种事当着林雾的面儿不好问，毕竟还不太熟，显得特别八卦。

但关起门来，那就可以随便跟王野打听了。

江潭戴着耳机在听晨间新闻，葛亮一个闲人，闻言立刻凑过去："什么认识？和谁认识？"

原思捷就把"午夜游廊惊现王野一朋友"的事简单给葛亮讲了一下，重点就在"惊现"和"朋友"。

葛亮比原思捷更诧异，因为他比原思捷更清楚王野那朋友圈有多贫瘠。

"就大雾那天，他骑墙头，正好看见我。"王野索性和盘托出，免得以后总被烦。

葛亮问："大雾？你被表白那天？"

原思捷说："骑墙头的意思是……全程围观？"

王野说："嗯。"

原思捷的声音微微提高了："包括你说'不喜欢人'，也被听见了？"

王野莫名其妙看向他："有问题吗？"

"当然有。"原思捷现在特想对林雾进行深度采访，"一个听完你说'不喜欢人'，没把你当神经病竟然还能跟你当朋友的人，这是什么舍己为人的精神……"

这话要是别人说，王野早一脚踹过去了，也就自己人，还能怎的，只好用宽大的胸怀包容了。

"哦对了，"王野想起另外一件事，"江潭救的那个溺水的，也是他们宿舍的，那天我去校医院看江潭，溺水的那边就是他陪着。"

"溺水"两个字让江潭抬起眼，他耳机声音放得不大，并没有真正屏蔽掉外界。

三人没注意江潭，还在底下聊。

"你被表白，让林雾遇见，江潭救了个溺水的，还正好是林雾宿舍的，然后偏偏就是你俩去校医院看望……"葛亮扼腕叹息，"这种剧情不是应该给到一个妹子身上吗？给个男同学有啥用啊！"

王野瞥他："滚。"

"亮子，你还没说全，"原思捷补充，"大雾遇见，校医院遇见，夜游又遇见，这是缘分的三次方。"

王野那一脚还是踹了出去，实在是忍不住了："你能不能说点有用的？"

原思捷凭借灵巧的身手躲过半脚，然后拍掉那个没躲开的鞋印："除了缘分，你还想让我说什么？"

王野说："说说林雾。"

原思捷说："他挺好的啊，思维敏捷性格活泼，多可爱。"

王野说："你不觉得他有问题？"

原思捷说："他有什么问题？"

王野说："自从遇见他之后，我再也没有成功撸到过猫。"

原思捷："……"

葛亮："……"

江潭摘下蓝牙耳机："你以前也不是很成功。"

封闭而冷清的假期，终于在最后一天，被两则重大新闻打破了平静。

当时是下午，还在呼呼大睡的林雾甚至是直接被仨室友薅起来的，那家伙，连喊名字带拍脸，弄得林雾还以为自己做噩梦了。

两则新闻几乎是同时弹出来的，前后相差不到一分钟。

【新闻1】

野性觉醒者比例100%?!

本台记者（觉醒者）在多个国家进行街头随机采访，希望可以了解到未觉醒者在当下社会环境中的感受和生活变化，结果被随机选中的采访对象竟无一个未觉醒者。

[视频]

目前因缺乏快速检测手段，各国觉醒者的确切数量仍然未知，本台亦不能保证每一个被采访者都进行了真实表达，但通过此次采访，还是可以让我们对觉醒者在人群中的比例有更清晰的认识。

【新闻2】

野性觉醒研究取得重大进展！

科学家从保存的大雾气体样本中检测到了罕见物质，确认该物质为诱发野性觉醒的直接原因。

实验室相关人员表示，该物质不应该存在于空气中，但在大雾之后，该物质已经普遍存在于空气中，这是全人类当前必须面对的现实。

大雾的成因依然是谜，关闭觉醒基因的相关研究也毫无进展，科学家呼吁，现阶段觉醒者能做的就是保持冷静，身体是有自主调节性的，它会慢慢接受并适应新的变化。

新闻看完，林雾的内心比想象的要平静。

可能是前些日子被震惊的次数太多了，也可能是对很多事情已经隐隐感觉到了走向。

但要说一点波动也没有，也是谎话。

这场野性觉醒来得太突然，也太离奇。这几天林雾夜游，很多次在穿行长廊的时候，都有一种游园惊梦的缥缈感，仿佛野性觉醒也是这样一个限时的梦境，时间一到，太阳一出来，就会像夜游者们一样，悄然而散。

现在，这个梦醒了，然后发现，梦就是现实。

"有生物学家提出，这可能是人类史上前所未有的跨越性进化，全人类应该拥抱野性觉醒，迎接崭新的未来……"

任飞宇用手机继续播放新闻后的视频，外放的声音传遍整个333。

夏扬本来就心烦意乱，长腿往围栏外一跨，直接从上铺蹦下来了，径直朝任飞宇过去："嘛专家说的，给我看看，我必须得欣赏一下这张盲目乐观的脸——"

他那铺位的爬梯早就形同虚设，现在已经落灰了。

接二连三的新闻让网络再次沸腾，有人担心世界大乱，也有人迫不及待展望全新未来。忧虑、兴奋、恐慌、躁动……种种情绪交织成不安定的空气，从网络蔓延到现实。

夜游时分，连游廊里都冷清不少。

很多同学都没有出来，即使出来的，也都在低声交谈，再没有前几日的欢快劲儿。

当然也有例外——王野同学还是一如既往地专注玩着手机游戏。昨天是《松鼠小姐的茶话会》，今天是《侦探鹿先生的推理剧场》。

"这些游戏你都从哪儿找的？"短短几天，林雾感觉自己就已经被打开了新世界的大门。

王野正进行到推理的最关键阶段，根本没空搭理林雾。林雾不以为意，或者说已经习惯了。

这几天夜游他都是跟王野、原思捷凑到一起打发午夜时光，大家不能说交情多深，但也算混熟了。昨天还在原思捷的提议下，三人互加了微信。

经过连日观察，林雾已经基本摸清了王野同学。

这人脾气差，没耐性，一言不合就想上脚踹，但反过来，人也比较简单直接，想什么说什么，挺痛快的。

"凶手是老虎。"眼看着对方手机屏上的推理时间就要耗尽，林雾善心大发地指点迷津。

王野总算看了他一眼，但又迅速低头继续看游戏画面："不可能。"

林雾说："怎么不可能？"

王野沉吟两秒："凶手应该是兔子。"

林雾："……"

推理时间到，王野选择兔子。

推理失败，鹿先生走向远方，背影凄凉。

看得林雾都有点心酸："以后别拿推理游戏为难自己了，就开开饭店弄弄茶话会挺好的。"

王野再次抬头，这回是认真看林雾了："为什么是老虎？"

林雾叹口气说："推理吧，你得盘逻辑，按照设计者的思维，他肯定是要先抛出一些烟幕弹、迷惑项，让这些成为真正凶手的掩护……"

一口气说了两分钟，林雾感觉差不多讲透了，满怀期待地问王野："明白没？"

王野沉默了一会儿："我还是玩茶话会吧。"

林雾："……"朽木不可雕也！

不过话说回来，这个推理游戏，他倒是也有点想玩了，刚才围观了半天，那叫一个沉浸。

"原思捷呢？"这沉浸完了，林雾才发现，今天晚上好像缺一位同学。

"没出来。"王野收了手机，放松了一下刚才使用过度的大脑。

"待在宿舍了？"林雾关心地问，"身体不舒服？"

"身体没问题，"王野懒得解释，索性原封不动转述原思捷的话，"说看完新闻比较郁闷，要躺在床上思考一下以后的人生。"

连那么乐观的原思捷，都郁闷得不想动了。林雾才缓和一点的情绪，又开始往下走。

这种不安的心情并不能简单归结为害怕或者恐惧，而是一种对前路的迷茫。

借着游廊夜灯，环顾周遭，这种迷茫几乎出现在每一个同学脸上。

除了眼前这位。

"王野，"林雾刚才就想问了，"你怎么好像一点都不担心？"

王野一脸奇怪："担心什么？"

"以后啊，"林雾说，"我们都觉醒了，以后社会、生活，可能都要天翻地覆，你不担心吗？"

王野反问："我担心，它就不天翻地覆了？"

林雾说："那也不能当什么都没发生吧？"

"该来的挡不住，"王野无所谓道，"但只要你自己够硬，谁都别想把你干趴下。"

"……"林雾自诩心理素质好，在宿舍还一直开导任飞宇呢，然而此时此刻，才真正感觉到，人外有人，境界之上还有境界。

他的人生哲学是——来了，我迎接；艰难，我克服；人生，我面对。

但王野是——去他的，爱谁谁。

十一假期结束，以一场小雨和骤降的气温拉开了秋的序幕。

学校终于有限度地解封，允许同学外出，但出入必须登记，写明去向，同时晚五点之前必须回校，各学院每天都会晚点名，夜不归宿更是绝对禁止。

　　与校门的解封相反，校内安排却进行了极简化的压缩，体育课和一切学生活动暂停，也就是说每天除了上课，再没有其他活动。与此同时，各专业的很多主课都被调整到了 16:30—20:30 这一时间段，算是暂时采取的折中方法，以平衡日夜不同作息。

　　学校又召开了一次视频大会，还是老生常谈，让同学们学习适应身体的变化，但比从前更加强调，社会正常运转，野性觉醒不该也不会扰乱我们的学习和生活。

　　但是真的一切如常吗？

　　有限度解封校园的第一个周末，李骏驰帮一个学姐去咖啡店排队买季节限定杯，回来的路上，手机就让人抢了。

　　333 是在晚上才知道这事的，李骏驰都从警察局做完笔录回来了。

　　"什么年代了还抢手机，"李骏驰无语了，"没指纹解不开锁，没密码转不了账，一个二手手机能值多少钱，还不如抢我那个限定杯呢。"

　　"警察不是调监控了吗？"林雾听李骏驰讲了一通，就这一点没听明白，"都拍着了还锁定不了嫌疑人？"

　　"兄弟啊，你是不知道那货跑得多快，嗖一下就从我眼前过去了，我以为就我没看清，结果监控拍到的竟然也是虚影，"李骏驰深深叹口气，才又道，"警察说用技术手段能恢复，但得等。"

　　"那你银行卡挂失了吗？"夏扬说，"还有花呗、余额宝、微信钱包、京东白条、美团借钱全都得过一遍，好嘛，别以为手机要指纹支付、要密码就万无一失了，贼不走空你知道吗，敢抢就肯定有后手！"

　　"放心，"李骏驰说，"哥从来不提前消费，那些借钱的压根没开，余额宝、微信钱包里都没一分钱，花钱就直接连银行卡，现在银行卡也挂失了。"

　　林雾："……"

　　夏扬："……"

　　这资金安全性，不愧是 333 第一赚钱、理财小能手。

"但手机也是拿钱买的，都是我的钱我的钱啊——"李骏驰仰天长号，字字泣血。

"跑得比你快那么多，那能是觉醒的什么呢？"任飞宇就好奇这个，因为李骏驰的运动神经已经比从前增强了，可听描述，李骏驰在被抢后连追的机会都没有，一晃眼人就没了。

"猎豹，"李骏驰想也不想，"肯定是猎豹，陆地上最快的动物！"

"不一定是陆地上的，"林雾思忖着，"也有可能像大宇一样，是会滑翔的，甚至还可能是鸟类。"

"不能吧，"李骏驰认真回忆了一下，"他虽然速度快，但我确定他没飞，双脚还是沾地的。"

"不是觉醒了鸟类特性就一定会飞，"林雾解释道，"目前几个国家被确认的鸟类觉醒者，都没有真的飞起来，但身体都变灵巧了，跑起来的感觉就会像鸟类飞翔一样轻盈敏捷。"

夏扬说："真是鸟的话可比猎豹快多了，猎豹最快速度才 115 千米 / 小时。"

任飞宇说："不对，我那天看一个研究，说 115 高估了，也就 90 千米 / 小时。"

李骏驰说："多少都一样，鸟快起来就没猎豹什么事了，世界上最快的鸟……呃，叫什么来着？"

夏扬、任飞宇齐声说："尖尾雨燕。"

李骏驰说："对，最高速度能达到 352.5 千米 / 小时……"

林雾静静看着往日写个作业都哀号的室友们热烈讨论，对于这种昂扬向上的学习氛围感到十分欣慰，仿佛看见了一片耀眼的光缓缓普照，那是来自正道的光。

晚上夜游，原思捷遇见一个熟人，跑过去和人聊天，就剩林雾和王野大眼瞪小眼。

呃，这个描述也不准确，应该是王野玩他的游戏，林雾发呆。

过了好半天，王野才察觉到耳边今天特清净，少了往日的"你这么打不对""凶手是××""快换鱼竿啊"……

习惯了"弹幕"之后，突然没了还有点不适应。

"咋了？"一局结束，他抬起头。

"宿舍一兄弟，今天在外面手机让人给抢了。"林雾说。

王野问："人呢？"

林雾说："人没事。"

王野说："那就行。"

林雾说："嗯。"

几分钟后，又一局结束的王野再次抬起头，皱眉看林雾。

不都没事了吗，还一副蔫不唧的样儿是为什么？

林雾犹豫了一下，还是说了："我感觉要出大事。"

王野说："感觉？"

林雾说："学校表面上是解封了，但你不觉得内里越来越收紧了吗？"

王野说："嗯？"

好吧，他就不该问这位。林雾独自烦恼，又独自遥望夜色："反正我觉得现在就像暴风雨前的宁静。"

一个月后，林雾的预感应验了。

不过是只应验了一半——大事的确是大事，但没有暴风雨那样糟糕。

十一月上旬，官方发出公告，在全国范围内开展"觉醒动物性"基因检查。至此，中国成为全球第一个落实野性觉醒普查的国家。

公告发出没多久，学校就有了具体安排——

【环境学院群】

李老师：[通知]学校定于11月17、18两日，进行全校体检。环境院体检时间为17日上午8:00—12:00，请各位同学做好准备。

第五章　体检

体检前一夜，林雾以为自己会兴奋，会期待，会坐立难安。事实上这些心情他也的确都经历了，但当太阳升起，他的内心只剩下一片踏实的宁静。

人在十字路口才会迷茫、慌张。可现在路已经选定了，全国觉醒普查是最明确的信号，就像船只渡过漩涡，沿着奔流的河水，继续坚定前行。

淡金色的晨曦洒满回廊，置身其中，温暖光明。

林雾先回了333，到宿舍的时候才早上六点五十，后来又休息了一会儿，待到七点四十，才和夏扬他们几个一起出门。

体检被安排在了学校的会议中心。

会议中心楼共五层，一、二层是大厅会场，三、四、五层是中型会议室。如今座椅和会议桌都被挪走了，一层、二层被改为了基础检查区，一层男生，二层女生，身高、体重、视力、肺活量等都在这一区域检查；上面三层楼则是觉醒检查区，抽血等一系列检查项目都在此进行。

林雾以为今天上午只有他们环境院来检查，结果到了才发现，被安排在这个时间段的有好几个学院，林雾他们一进一楼大厅，就发现已经乌泱乌泱全是人了。

距离八点还有些时间，体检的医生们正在进行最后的准备。

体检这种事各学院不可能派人跟着每一位同学，加上检查起来学生的流动性又极大，所以通常也就安排一两个辅导员老师在边上待着，学生有事可以找老师问，但大部分时间还是得自己负责自己。

"好嘛这阵仗，"夏扬环顾全场，"让我莫名回忆起当年排队买相声剧场过年开箱演出票的美好青春，真是峥嵘岁月热血不冷啊。"

"怎么就峥嵘了，怎么就岁月了，"林雾刚起点心气儿全泄了，"我这青春才开了个头，就让你给拖成怀旧了。"

各项检查没有明确的顺序，只要把一层大厅的都检查完，就可以去楼上。

每个检查项目前面，都已经有同学自觉排起了长队。

任飞宇看哪儿哪儿都是人，有点拿不定主意："咱们先排哪一项？"

"按顺时针方向来吧，正好一圈，"李骏驰说，"省得东一个西一个，再漏了项。"

"行，"任飞宇四处看，寻找顺时针的"起点"，"那就从身高体重……"

话才说了一半，任飞宇突然被点穴了似的愣在那里，没了声音。

李骏驰觉得奇怪，刚唤一声"大宇"，手臂突然被任飞宇用力抓住了。

"那个，就是那个！"任飞宇激动得快跳起来了。

"什么啊，哪个啊？"李骏驰连忙把人按住，生怕他一激动把自己胳膊卸了。

"江潭啊，"任飞宇高兴得不得了，"我恩人！"

李骏驰顺着他的目光，只看见一片黑压压的人："到底是哪个？"

"嘛玩意儿？"夏扬听见"恩人"两个字，噌一下贴过来了，挤着任飞宇的脸往那边看，恨不得和他的视线完全重合，"可算是让我逮着机会看真人了，我瞅瞅嘛样啊把你迷得神魂颠倒的……"

"就是皮肤特别白、表情特别酷、身材比例特别棒、腿特长的那个，哎你们看他长得是不是有点像混血……"任飞宇眼里根本看不见别人了，全是江潭，恩人就是拿个体检卡都自带背景跟打光。

夏扬后面都没听，怕听完了心肌梗塞，一个"皮肤白"就足以锁定了。

其实江潭长成什么样都不重要，他主要是对任飞宇生闷气。"我说哥哥，别人就是碰巧遇见顺手捞你一把，换谁掉水里都一样捞，他要是性格活泼开朗外向，你请他吃顿饭正式道个谢也行，但人家明显没那意思好吗？"

任飞宇那兴奋劲儿肉眼可见地弱了下去，但他仍坚持道："可他救了我一命，我不能什么表示都没有啊。"

"怎么没有，"夏扬说，"你给人家发了多少好友申请全忘了？"

任飞宇呆呆地眨眼，有点听出来夏扬话里的嘲讽了。

夏扬继续道："大宇，你要真想感谢他，就给他想要的。"

任飞宇有点跟不上夏扬的节奏了，下意识问："他想要什么？"

夏扬叹口气，不想把话说太白，但任飞宇现在头脑发热，必须拿冷水浇："我感觉他那意思是想要清净。"

任飞宇怔在那儿，第一次，彻底安静了。

林雾以为任飞宇对江潭的执着劲头早过了。因为在好友申请连续石沉大海后，任飞宇就宣布放弃了。后来任飞宇也一直再没提过江潭，林雾还以为这事早就翻篇了。

今天再看任飞宇这反应，敢情就是表面不言语了，心里那火苗不仅没灭，还噌噌噌地直涨。

但就像夏扬说的，江潭很明显不需要这样的热情，也正因如此，夜游的时候明明有机会跟王野打听江潭的，林雾也没开过口。

等等，林雾忽然想到了另外一件事。

如果江潭来了，那说明机械院也是今天上午体检啊。可是今早分开的时候，王野和原思捷都没提。

但反过来，他自己也没说过环境院是今天上午。

那这么多天的夜游，他们好像彼此混得挺熟了，都在混什么呢？

林雾有点茫然，还有点说不清道不明的失落。

对面视力检测区前，葛亮和江潭在排队。

检测还没开始，葛亮闲不住就四下乱看，然后就发现不远处有一帮可疑分子，组团盯着他。

被四个精神小伙盯着，葛亮实在感受不到任何幸福，拿胳膊肘碰碰江潭："喂，你看那边。"

他本意是让江潭帮着鉴定鉴定对方是不是意图不轨，不料江潭顺着方向看过去，眼底微微动了一下。

这在江潭这儿就算是很明显的表情了，葛亮立刻察觉了："咋的，认识？"

江潭沉默片刻，说："环境院的。"

环境院的？葛亮飞速转动大脑，他们宿舍能和环境院扯上关系的，也就一个林雾，天天跟王野、原思捷夜游，一个溺水的，被江潭救了。

葛亮又去看那四个精神小伙。

所以这是林雾还是那个溺水的？还是俩人都在？他记得这俩是一个宿舍的……

反正溺水的肯定在，因为林雾也不认识他和江潭啊，原思捷和王野又不在，只能是溺水的把江潭认出来了，对方才一起往这边看。

思索间，葛亮忽然发现对面四个人里，有一个原本往这边看得最勤的，现在蔫头耷脑地退到了后面，像是遭到了重大打击，或者突然觉悟了什么令人绝望的真理，周身的气场都灰暗了。

难道……

葛亮难得闪了灵光，悄悄问江潭："那个看着最可怜巴巴的，你救的是他？"

江潭不置可否。

葛亮觉得应该就是这个，但不明白为嘛他刚刚还特兴奋，现在就蔫了。难道是后知后觉想起了曾经被不断拒绝的尴尬和难堪？

葛亮脑补着任飞宇的内心戏，补着补着，就觉得对方那蔫巴的样，有点可怜。

不是他心软，实在是那家伙太要命了，明明挺大个子，收拾收拾也能整得挺气宇轩昂的，偏偏一副被抛弃的金毛样，对，还就得是金毛那种温顺没脾气的，泰迪、博美都不行，太有精神头。

同情心一泛滥，葛亮就下意识地开始劝江潭："其实我估计他加你也就是想郑重道谢，或者请你吃个饭什么的，你也不用非得拒……"

江潭抬眼，冷冷看他。

葛亮后脊梁咻地蹿过凉意："我什么都没说。"

要说509里葛亮最怵的，其实不是王野，是江潭。

王野那种人，只要脾气对路了，顺毛摸就行，但江潭身上根本就没有"脾气"这么人性化的东西，葛亮甚至就没见过江潭有喜怒哀乐，无论遇到好事坏事他都一个反应：就是没什么反应。

可能名字真的会影响性格。

江潭。

潭水总是在峭壁之下，寒冷幽静，深不见底。

这边，林雾见任飞宇那样，就知道他这次是真把夏扬的话听进去了。

夏扬那话不太好听，但是事实。

可能是性格原因，有时候任飞宇其实特别一根筋，像是他觉得事情会坏，那你再和他说有希望他都会沮丧的，跟人交往的时候也如此，经常按照自己以为的一条路走到黑。

这样的人，做朋友，他会付出200%给你。但如果你不想和他做朋友，他一股脑儿对你付出的那些就都会成为负担。

江潭的事，是任飞宇没拎清。但林雾不管别人怎么想，他很庆幸自己有这样一个朋友。虽然偶尔犯傻，经常性悲观，又是负能量代言人，可这就是大宇，333的团宠。

林雾刚想回身拍拍任飞宇肩膀，却意外地发现两个熟悉的身影正快步朝那家伙走去。

"那边人太多了，还是一起排着吧。"原思捷拉着王野好不容易从那边挤过来，再次归队，就见葛亮一脸"快问我快问我我这里有瓜"的表情。

原思捷问："怎么了？"

葛亮直接拿眼神往四个精神小伙的方向瞥。

原思捷看过去，没看见瓜，就看见林雾了，有些意外，立刻和这位连日来"一同包宿"的小伙伴打招呼："林雾——"

林雾只知道王野和江潭是朋友，虽然在校医院的时候怀疑过他俩是室友，但后来也没机会验证，等夜游的时候遇见原思捷，也没聊过这茬，就彻底忘了。

此刻一看对面四人那气氛，林雾就知道自己猜对了，那气氛明显和他们这边一样，就差拉个横幅写"我们是一个宿舍的"了。

任飞宇发现林雾和对面的人认识，眼睛都亮了，可只亮了半秒，因又想起了夏扬的话，极速黯淡下去。

林雾其实不太想过去。

他才刚刚认清了夜游关系的本质，这会儿就有点热情不起来。当然这绝对不是原思捷和王野的问题，纯粹是他自己矫情，因为这里面谁都没付出，谁也都没收获，是完全绝对的公平。

但不过去又有点不自然，林雾只得在心里叹口气，打起精神走了过去问："你们也是这个时间段体检？"

"对啊。"原思捷似乎全然没觉得意外偶遇有什么问题，还在感叹，"这也太巧了。"

林雾可以彻底确定对方的不走心了。

"是啊，真巧。"他也就客客气气附和，然后发现王野盯着自己看。

林雾疑惑回望。

王野直接问："咋了？"

林雾被他这么一盯着，就有点心虚。

但问题是自己也没干吗啊，认清彼此的关系回归到单纯的同学身份也不行吗?

林雾心里把王野一顿踹,脸上全是团结友爱:"没事啊。"

"哦。"但王野有事,"你没说你今天上午体检。"

林雾震惊,我好不容易自我调节完了,你还不乐意了!

"我也没说。"王野忽然先自己反思了,然后拍板,"扯平,下回注意。"

林雾:"……"

奇异地,心里那点别扭倏然而散。

林雾发现自己好像并没有那么介意原思捷的不走心,却被王野的话轻易带动了情绪。

可是没道理啊。对方除了间接性给他推荐了一堆奇奇怪怪的小游戏,其他真的一件正事都没干!

好吧,除了一点。

虽然林雾很不想承认,但他欣赏甚至有点羡慕王野身上那股子劲儿。

去他的,爱谁谁,又帅又洒脱,野到没边儿了。

"他们是和你一起的吗?"原思捷看着不远处还站在原地的三个人,问林雾。

"一个宿舍的。"

原思捷说:"那就一起过来排队呗,大家还能聊个天。"

林雾:"……"邀请来得太突然,有点骑虎难下。

别人倒没什么,林雾主要怕任飞宇尴尬。刚被教育完,大宇还在那儿难受加自我反省呢,估计脑子都是蒙的。

但这个点又没法给509的四位解释,毕竟是他们333的内部问题。

"就是,大家一起呗。"葛亮附和。林雾和王野、原思捷以后还要继续一起夜游呢,两个宿舍之间没必要非得刻意保持距离,江潭不想和被救那小子交朋友,他却不介意在大学里多认识几个哥们儿,思及此,干脆热情地向那边招呼:"过来啊——"

夏扬和李骏驰面面相觑。

林雾跟那边认识，就已经让他俩很意外了，现在在那边叫他们过去，这是个什么神奇的展开？

但他们要是现在一动不动，场面好像会更加尴尬。

两个宿舍就这样汇到了一起。

"任飞宇，夏扬，李骏驰，"林雾给原思捷介绍自己的兄弟们，然后又反过来向兄弟们介绍，"原思捷，王野，我们夜游的时候总遇见。"

"这是葛亮、江潭，"原思捷接上，"我们一个宿舍的。"

葛亮虽然知道"林雾"这个人，但今天是第一次对上号。

王野说遇见林雾之后就再没撸到过猫，葛亮还以为得是多凶神恶煞的家伙呢，结果高挑帅气，还是那种让人觉得特别舒服的好看，一看性格就不错。

王野居然往这样的同学身上甩锅？

葛亮作为自己人都不得不跑到无人角落捂着嘴小声嘀咕一句——臭不要脸！

腹诽完王野，葛亮才想起刚才那个让自己同情心泛滥的同学，叫什么来着？对，任飞宇。

人呢？

葛亮下意识去找，看了半天，才发现任飞宇站在聊天中心的外围，存在感低得都快混到陌生同学里了，头也一直垂着，再没像之前那样眼巴巴拿眼神找江潭。

队伍骚动起来——体检开始了。

江潭不着痕迹地看了一眼躲在外围的任飞宇，而后收回目光，随着人流往前排队。

原思捷被动起来的同学挤到了夏扬身边，第一次认真打量他。

夏扬被看得有点别扭："看嘛看，没见过帅哥啊。"

"见过，但没见过这么喜庆的。"原思捷掏出手机，温柔一笑，"加个微信？"

夏扬："你先给我解释解释嘛叫'喜庆'。"

李骏驰发现任飞宇被乱糟糟的人群带得快没影了，夏扬这边也聊起来了，他只好去找林雾："林……"

"如果最后检测出来，你是个特别萌的小动物，像什么花栗鼠啊、雪貂啊这种，你会是什么心情？"林雾正在提前采访王野，完全没注意室友那半个音节的呼唤。

葛亮听见了林雾的问题，心说你这不是挑衅吗，我野哥能一脚给你踹飞……

王野说："都挺好。"

葛亮："……"

林雾和王野也随着人流排进队伍里，只剩葛亮和李骏驰留在原地。

两个男同学面面相觑，空气中好像飘着一丝凄凉。

"要不，咱俩也加个微信？"李骏驰拿出手机。

葛亮心情复杂，他想广交好友，但现在更像是两个被遗忘的哥们儿抱团取暖……

李骏驰说："我的微信名是 AAA 李骏驰，加完之后你在列表第一位就能找到，我全天 24 小时在线，承接一切合法业务，写作业、画画、做 PPT，拔河、长跑、健美操，选修课代上、限定品排队、给女朋友送早餐……"

葛亮说："我扫你！"

李骏驰说："这个，来。"

葛亮说："提认识林雾能打八折吗……"

体检的基础项目还是从前的老一套，但很多人的检查结果都有了明显变化。

林雾、李骏驰、夏扬的肺活量都有了显著提高，尤其李骏驰，比大一体检时提高了近 40%！

任飞宇的肺活量变化不明显，但他的体重比从前轻了七公斤。任飞宇从体重秤上下来的时候都要惊呆了，刚觉醒那一阵他的确是胃口不佳，但最近可没少吃。

负责量身高体重的医生很细心，见状解释道："一些觉醒的动物性，会让骨骼变轻或者肌肉减少，从而导致体重变轻。但不用太担心，通常在最初的改变期后体重就会稳定了。"

任飞宇本就不富余的精气神，在另一个噩耗面前雪上加霜："'通常'会稳定啊，那完了，我肯定是那个'万一'……"

333 的兄弟们训练有素地把他拖走，以免他真当众哭起来，丢学院的人。

结束了基础检查，就是楼上的觉醒基因检查了。

林雾以为会看见一堆不认识的仪器，然而并没有，就是简单地抽了血。

不时有人进来，将标记好个人信息的血样一箱箱搬走，再补上空的血样瓶和放置架，方便后面检查的人继续取用。

即便如此忙碌，抽血室里仍然堆了许多箱已经抽好的血样还没来得及搬运。

林雾直观地感受到了工作量的巨大。

这还只是抽血，后续还要将这些血样一个一个地送到实验室里检测。

林雾记得网上说至今还没有能快速检测野性觉醒动物性的方法，检测周期的漫长，也是很多国家迟迟无法开展觉醒普查的重要原因。

抽血的时候，林雾正好听见旁边一个同学问医生这个检测要多久才能出结果。

医生说："一个月吧。"

询问的同学以为几天就能出结果呢，一听要一个月，十分受打击，仿佛接下来的等待又是一场煎熬。

林雾却很平常心了。

就像王野说的，该来的挡不住，但只要你自己够硬，谁都别想把你干趴下！

因学生太多，体检最终进行了三天才全部结束。最后一天下起了雨，尚未完全变黄的树叶被纷纷打落，给校园的每一条小路都铺上了深秋的颜色。

林雾接到母亲电话的时候正撑着伞踩着积水中的落叶，走在去教室的路上。

身边不时有没带伞的同学狂奔而过，速度快得根本看不清身影，就像雨中的一阵风，偶尔踩到水坑，溅起的水花能飞起一米高。

黄昏被乌云完全遮住，天空仿佛提前入了夜。伞遮不住刮风时的雨，林雾半个身子都被淋湿了。

手机就是在这时候响的。

看清了来电人的名字，林雾让夏扬他们先走，然后才接起了电话："妈。"

雨声很急，却把时间衬慢了。

林雾感觉自己等了很久，才听见那边传来声音："身体怎么样？"

林雾的眼睛一下就热了："挺好的，前天刚做完体检，不过最快也要下学期开学才能出结果了。"

"嗯，你妹妹学校也组织体检了，我就寻思你们学校也该弄了。"电话那边明显松了口气。

林雾微怔，脚步不自觉地停住了。

母亲是因为他这个儿子身体挺好而放心，还是觉得他身体挺好就意味着不会因觉醒而惹出乱子？

林雾不知道。又或者他知道，但不愿意去想。

"你……们身体都怎么样？"

"最开始有点不适应，现在好多了。行了，你快吃饭去吧，这个时间应该才下课，还没吃饭吧。"仿佛任务完成，电话那头自动进入结束阶段，"有事就给妈发信息。"

我的上课时间已经改在傍晚一个多月了……

我不要发信息，我就想直接给你打电话不行吗……

无数话在心底翻滚，可最终，林雾只说了一句："知道了。"

雨后秋寒。

夜游的同学开始渐渐变少，林雾换上了厚外套，仍会在夜里偶尔觉得冷。

十二月初，学校在一天内下发了三个重要通知。

前两个都是全国高校统一下发的文件，学校只是执行——

一、考虑到 9 月以来的情况，原定在 12 月的各类考试暂时取消，待高校教学恢复稳定后，再另行通知。

二、经过多方实践证明，因觉醒而紊乱的生物钟，是可以通过作息调节改善的，各高校应帮助相关同学尽快调整作息，恢复到正常的学习生活中来。

最后一个才是学校自己的——

【环境学院群】

李老师：[通知] 即日起，晚 11:00 熄灯后，所有同学禁止离开宿舍，违者将严肃处理。也希望各位同学能尽快调整，恢复正常作息。

夏扬那边正因为四级考试取消高兴呢，就看见了群通知。"即日起？你就不能给个缓冲时间吗？"他有些担忧地看向 333 唯一的夜游者，"怎么办？"

"还能怎么办，"林雾趴在床上，眼睛都要睁不开了，"睡不着硬睡呗。"

"哥哥您现在可没有一点'硬睡'的意思。"夏扬感觉他分分钟就能进梦境。

"不行,"任飞宇隔空替他着急,"林雾你现在要是睡,晚上就彻底睡不着了!"

发生这些时正值午后一点。林雾用强大的意志力战胜了睡魔,坚持到了晚上十一点熄灯。

然后,他现在眼睛瞪得像夜空里最亮的星。

禁止夜游的通知来得突然,林雾在黑暗中才想起,他和王野、原思捷在清晨分开时,说的最后一句话是:晚上见。

原思捷也回了他相同的话。

王野那家伙却只点了个头,跟大哥敷衍小弟似的,给个点头算是"已阅",半个多余的字都没有。

林雾越想越气,觉得自己吃亏了。

哎,更睡不着了。

关键是这玩意儿再没有找回场子的机会了,他总不能给王野发个微信说,你再跟我说一遍"晚上见",让我也给你发个[已阅.jpg]爽一下。

况且他根本就没和王野发过微信。

如果说夜游像是"夜晚限定园游会",他和王野、原思捷就是"夜晚限定搭档",离开那条夜色中的游廊,除了体检偶遇那次,他们在现实生活中再没交集。

微信是早互相加了的,可就像很多加了却从不聊天的人一样,仅仅是列表里又增加了一个新头像。

有时候时间太长,还要点开头像大图,甚至是点进朋友圈,才知道这人是谁。

那家伙现在干吗呢?林雾不由自主地想,肯定又在玩游戏。

可能是《侦探鹿先生的推理剧场》,然后玩出一个让设计者都觉得自己的剧本被糟蹋了的结局。

也可能是《动物餐厅》，然后对付难缠的客人时，往往自己比客人还暴躁……

不知不觉间，他就在微信里点开了和王野的对话框。聊天记录里就一句，时间是两个月前，国庆假期的第六天——

我通过了你的朋友验证请求，现在我们可以开始聊天了。

林雾盯着这句话，翻来覆去想开场白，怎么说才能不突兀、不尴尬、不冒傻气？

想到最后，他选择放弃。果然刚刚加上的时候就应该聊两句的，不然后面起头太难了啊！

"嗡。"

手机忽然振了一下，林雾差点没拿住砸脸上。

王野：睡不着。

王野：你干啥呢。

林雾："……"

什么突兀，什么尴尬，在你野哥的世界里是不存在的。

林雾：没干啥，躺床上干瞪眼。

那边打字速度很快：你夜生活太乏味了。

林雾：你丰富，一边蹦迪一边发微信呗？

王野：想点招儿。

林雾：啊？

王野：打发时间的。

林雾：我要知道就不会干瞪眼了。

王野：你以前睡不着的时候都干吗？

林雾：我以前睡得可好了。

王野：睡前呢，不听个鬼故事什么的？

林雾：……你这是什么爱好！

王野：挺有意思的，不过现在听腻了。

王野：你可以试试。

林雾：[富强民主文明和谐 .jpg]

林雾：你不是下了好多游戏吗？玩游戏呗。

王野：静音没意思。

林雾：戴耳机听。

王野：不舒服。

林雾：……

还能再难伺候一点吗?!

林雾：那就刷新闻、微博、书山陋室。

王野：最后那个是啥？

林雾：?

王野：书山陋室。

林雾：学校论坛啊，你不会不知道吧？

王野：[老子一天到晚很忙哪有时间关心这种小事 .jpg]

林雾：……

这都哪儿来的图。

509 宿舍。

夜静得像睡着了，月亮散着淡淡的光辉。

"书山陋室"正在下载中，王野百无聊赖地等，视线不经意扫过另外三张床。

原思捷不知道在和谁聊天，已经聊半个晚上了，手机屏映出他带笑的眉眼；江潭平躺着睡得笔直，俯瞰犹如在床上立正；葛亮抱着半个枕头正在啃，鬼知道梦见了什么。

漫漫长夜，闹心，这些人居然一个都指望不上。

书山陋室下载完成。

王野翻身换了个舒服的姿势，一边打开 App，一边想，还好逮住了林雾。

333 宿舍。

王野那边消停了，林雾估计对方是看论坛看进去了。没有人能拒绝校园论坛的八卦——没有。

让王野这么一勾，林雾索性也打开了书山陋室。

这一阵论坛里恐慌的情绪已经变少了，更多的是晒自己的变异，让大家帮忙推理是什么动物，也有一些因为变异带来的生活变化，向大家分享或者求助。

这会儿被新回复顶到最上面的帖子是——

主题：求问我这样是不是很渣？

发帖人：鳄鱼先生

内容：

我和我女朋友在一起三年了（她是另外一个学校的，怕被人肉就不说太具体了），我俩都是彼此的初恋，感情一直很稳定，约好了毕业就结婚，都留在沈阳。

但是现在因为觉醒，我俩的矛盾越来越多。我突然爱上了游泳，她突然变得特别怕水；我喜欢吃肉，她以前减肥吃沙拉，现在不减肥也顿顿都要吃菜叶子，我其实喜欢稍微有点肉的，她现在真的太瘦了……

根据种种变化，我觉得自己是鳄鱼，她应该是兔子，这样的两种动物性根本不可能合拍。

她最近的性格也变了，我真的觉得我们不合适，我知道女孩子的青春不能耽误，想了很久，还是提了分手，分手那天她特别伤心，说不想分开，其实我也挺难过的，但是……

林雾看到后面牙都痒痒了。

反正就是女孩子怎么怎么不想分手，怎么怎么挽回，他怎么怎么果断，不断强调不想耽误女孩子，最后两人终于分手成功，他竟然还在帖子末尾跟朵大白莲似的问：我这样是不是很渣？

帖子是今晚才发没多久的，下面就五条回复。

看得林雾更郁闷了。

1楼：又没结婚，不合适就分开，三年的感情虽然可惜，但谁都没想过会突然发生野性觉醒。

2楼：这还只是开始，以后分歧会越来越多的，长痛不如短痛。

3楼：……

一水的全是站在理性角度，分析野性觉醒带来的不可抗力。

不可抗啥啊！

这不就是不喜欢了所以看对象哪儿哪儿都不顺眼了，往野性觉醒上甩什么锅！还什么性格也变了……扯淡，他怎么没发现周围谁因为野性觉醒而性格大变的。

林雾义愤填膺地打了一堆，字里行间除了痛斥就是鄙视，结果一发，卡了。

再一刷新，发送失败。

林雾："……"

他没存草稿啊！

可是刷新之后的页面底下，多了一条别人的新回复——

6楼

王爷-509：恭喜兔子。

点进这位同学的ID，十五分钟前刚注册的号，信息一片空白，头像是

一张游戏通关截图——[恭喜侦探鹿先生完美逮住了凶手.jpg]

林雾："……"

就逮住那么一次，还是他帮着代打的。

接下来的整个后半夜，[王爷-509]同学就像一条刚刚找到大海的小鱼，到处撒欢儿。

主题：晒晒我的小仓鼠，嘿嘿。

王爷-509：[大拇指.jpg]

主题：每天上课教室外面都有一只比我听讲还认真的猫[图片]

王爷-509：[大拇指.jpg]

主题：文鸟真的太萌了，可惜住宿舍，只能云养鸟了[图片][图片]

王爷-509：[大拇指.jpg]

主题：昨天去棋盘山野生动物园了，超棒！

王爷-509：[大拇指.jpg]

所有最新回复的帖子都会被顶到前面，于是这一夜，很多没睡觉的同学都发现，论坛情感八卦板块首页，不断被顶出来陈年老帖，还都是萌宠主题的。

刚注册论坛，翻一翻老帖林雾也能理解，他也不想知道王野是怎么找到这些帖子的，但——你回复的时候能不能不要用同一个表情灌水！

没有夜游的第一天，林雾一夜无眠。

但接下来的第二天、第三天、第四天……他好像真的慢慢察觉到了身体的变化。

体检时医生说任飞宇的体重减轻在改变期过后就会稳定，林雾怀疑夜行性也是如此，他虽然依旧夜里精神，但那种必须出去疯跑、躺床上根本待不住的躁动，好像在慢慢平复。

没消失，却可控。

一个多礼拜之后的某个凌晨三点，他和王野聊着聊着，竟然睡着了。

转天夜里，王野说的第一句话是——

王野：我有那么催眠吗？

林雾：……

不过好的开始是成功的一半，林雾现在对调整作息充满了信心。

林雾：你也试试，睡不着也要坚持闭眼睛放空，慢慢感觉就来了。

十五分钟之后。

王野：试了，没用。

林雾：你别才试一次就否定。

王野：放空不了，闭上眼睛就想东想西。

王野：我只有在考试的时候脑子才能放空。

你还挺骄傲？

王野：你给我唱个歌吧。

林雾：啊？

王野：你不是说一到晚上就想唱歌。

林雾：全宿舍都睡了我唱歌？！

王野：白天唱，录好晚上发我。

林雾：[我是上辈子欠你的了？.jpg]

林雾：不对，就算发你了你晚上怎么听？某些同学不是戴耳机就不舒服吗？[斜眼.jpg]

王野：是不舒服。

林雾：那不就得了。

王野：但可以克服。

林雾：……

第二天夜里，509 宿舍。

葛亮做了个噩梦，本来取消的在这个 12 月份举行的四级考试又恢复了，他一个惊醒，正庆幸是个梦呢，就发现对面的床上，王野戴着耳机不知道在听什么。

这些日子王野天天晚上跟人聊天，葛亮知道是林雾，毕竟王野贫瘠的朋友圈里也实在找不到第五个人。

但今天，此刻，借着手机屏微弱的光，他看见王野勾起了嘴角。

王野竟然在笑！

高中三年远观，大学一年半近处，葛亮在王野脸上见到过最多的表情就是不耐烦，哪怕是心情平和的时候，也都是一副"你赶紧的再磨叽我就揍你了"的架势。

暴躁的王野，暴走的王野，暴力的王野……三暴汇成了王野同学独特的个人气质。

葛亮也不是没见过他笑，但多数时候王野的笑都带着轻蔑和挑衅，作用等同于"就这？""就凭你？""行啊，你过来试试？"这一类。

真正高兴的时候，王野顶多就是眼睛亮一亮，精神瞬间振奋，要说像现在这样乐和到嘴角都收不住，太少见了。

这是听相声呢？

醒都醒了，葛亮准备下床去个厕所。他一动，王野就看过来了。

葛亮按捺不住好奇，索性直接问了："你听啥呢？"

王野摘掉一个耳机，说："林雾唱歌。"

"……"葛亮突然不知道该怎么往下接了。

可月光下，王野的表情分明就是"你赶紧给我继续问"。

葛亮只得硬着头皮配合："好听吗？"

王野说："特别难听。"

葛亮："……"

王野沉吟片刻，像在回味，末了一乐："但是越听越上头。"

林雾的"动感催眠小夜曲"在一周后有了疗效。

王野的睡眠时间成功从早上九点提前到了凌晨四点，彼时林雾已经调整到可以十二点半就入睡的新阶段了，所以通常是他和王野聊前半夜，王野再自己听歌打发后半夜。

学校的课程安排也开始慢慢调整回了正常时间。

这一年冬天的初雪，在十二月下旬才来。

像是为了弥补人们的等待，雪下得格外大，雪花在冬日的暖阳里漫天飞舞，比最灿烂的春光还要美。

随着这场雪一同来的，还有觉醒检查的结果。

333里，四位男同学在各自床下的书桌前正襟危坐，神情之严肃，气氛之庄重，不亚于高考现场。

但现在他们面前没有考卷，只有自己的手机。

"准备好了吗？"夏扬问。

众伙伴交换眼神，点头。

夏扬说："得嘞，走起！"

一声号令下，333里只剩下摆弄手机的声音。

【野性觉醒体检查询系统 App】

身份证实名登录。

完成。

人脸识别认证。

完成。

点击查询检查结果……

四位同学里，三个点击完就拿手遮住了屏幕，跟高考查分似的，总要再缓一下，酝酿一下，才能看结果。

但学霸不用。

学霸们总是带着对自己答题的肯定，坦然迎接分数来临。

比如林雾。

【觉醒科属：丛林狼】

果然。

林雾平静地舒了口气，尘埃落定。

不过他没想到会细化到"丛林狼"这样具体。

"你们怎么样？"他搬着凳子转过身，才发现另外三位压根还没看呢。

李骏驰见他好像都搞定了，忙问："你是什么？"

林雾说："丛林狼。"

李骏驰惊讶："还真是狼啊。"

"别捂着了，"林雾鼓励兄弟们，"面对疾风吧。"

李骏驰先行响应，拿开了遮挡命运的小手。

【觉醒科属：阿拉伯马】

夏扬和任飞宇紧紧盯着他，见他看完没动静，这叫一个着急。

任飞宇问："是什么？"

夏扬问："嘛啊？"

"阿拉伯马。"李骏驰把手机亮给哥儿几个，露齿一笑，牙白得能反光。

显然觉得这个结果还不赖。

任飞宇满眼羡慕："听起来就好帅啊……"

骏马，战马，金戈铁马，自古马就让人觉得英俊潇洒。

"你这是起名的时候家里给算过吧，"夏扬感叹道，"骏驰骏驰，骏马奔驰，合着跟这儿预言呢。"

"大宇，"林雾 cue 下一位，"别羡慕别人了，说不定你的更帅。"

"不可能的，"任飞宇对自己毫无信心，犹犹豫豫地把手从手机屏往下移，"蜜袋鼯都是最好的了，至少可爱，再不然就只能是蝙蝠……"

结果缓缓露出，任飞宇睁大眼睛，呆住了。

"什么啊？"李骏驰等不及了。

任飞宇神情恍惚地看向三人："游隼。"

林雾："……"

夏扬说："啥？"

李骏驰说："啊？"

任飞宇把手机举起来。

【觉醒科属：游隼】

看到这俩字儿，333同学们前些日子积累的知识库终于被激活了。

游隼，俯冲速度最快的食肉性鸟类，俯冲时最快可达300千米/小时。性情凶猛，甚至敢于攻击体形比自己大很多的金雕。

鸟是真鸟，凶也是真凶，和鹰有点像，但是隼科。

简而言之，猛禽。

"难怪你体重变轻了……"林雾把任飞宇先前的变化对上了。

为了适应飞翔，鸟类的骨骼都相对较轻。

"所以他从上铺掉下来的时候也不是真的'滑翔'，"李骏驰恍然大悟，"就是'飞'，只不过还觉醒不到和真正鸟类飞翔一样的程度。"

"我说几位，"夏扬听不下去了，"这里面最大的问题难道不应该是大宇和游隼八竿子打不着的匹配度吗？游隼是啥，猛禽啊，跟大宇这种三百六十度无死角软萌的哪里像了？"

任飞宇也很无助。

他现在不担心自己的科属不帅了，翱翔天际的猎手，多酷。

然后问题就变成了——[我给我的科属丢脸了想哭.jpg]

"先别说大宇了，"林雾把夏扬拉回正题，"你那手机再挡一会儿就自动屏保了。"

"急嘛，好饭不怕晚。"夏扬清了清嗓子，重新坐正，低头重新专注到自己的手机上。

他磨蹭这么久不是因为紧张，是兴奋。

就像一件神秘礼物拿上来了，你得酝酿个好气氛才能揭开红盖头。

自己的科属会是什么？

和林雾一样的狼？还是狮子、老虎、金钱豹？

夏扬不挑，野兽最好，但马或者猛禽也可以接受。

林雾、李骏驰、任飞宇实在等不及他那仪式感了，一个个都起身凑过来，盯着夏扬那手机屏和他一起见证奇迹的时刻。

【夏扬，觉醒科属：跳羚】

夏扬："……"

林雾："……"

任飞宇："……"

李骏驰说："其实……小羚羊挺可爱的。"

同一时间，509 宿舍。

仪式感什么的在这里是不存在的，可以查询的第一时间，四个人便按部就班查完，互相通报了结果，然后就这样干巴巴地看着彼此。

【王野，觉醒科属：东北虎】

【葛亮，觉醒科属：哈士奇】

【原思捷，觉醒科属：花豹】

【江潭，觉醒科属：水蚺】

"那个，咱不说点什么吗？"葛亮努力尝试带动宿舍气氛。这么大的事，正常出了结果之后不是应该立刻热烈讨论吗？

原思捷不忍心让葛亮一个人一带三，率先响应："你果然是二哈。"

葛亮："……"

他不是要聊这个！

没辙，葛亮只能自己起头："水蚺是什么？"花豹、哈士奇都好理解，他就好奇江潭这个。

江潭也是刚刚查的资料，索性直接把主要内容截图到了 509 的聊天群里——

水蚺，属蟒蛇家族，现存蛇类中最大的一种，最长能到十米，习惯栖息于江河中。无毒，通过用身体缠住猎物使其窒息或浸在水中伪装溺亡来捕捉猎物。

葛亮看完就一个感觉，真是冷血动物啊……

原思捷觉得有趣极了："江潭，这个科属和你的气质相合度99%。"

葛亮不同意："都这样了还99%，那什么样的才算100%？"

原思捷用眼神代替回答——视线投向王野。

刚发完一条信息的王野正好抬头："嗯？"

葛亮："……"

野哥，很东北，很虎，100%契合，没毛病。

333宿舍。

林雾还在跟兄弟们就各自科属进行热烈讨论，就收到了王同学"亲切"的问候。

王野：你是啥？

这是什么问法。

林雾：丛林狼。

林雾：你啥啊？

极其自然的反问，完全没发现自己已经被王同学的聊天艺术熏陶了。

王野：东北虎。

林雾：……

狼本来就比虎矮一截，丛林狼还是狼里体形较小的一种，东北虎却是老虎里最大的一种。

四舍五入，矮好几截啊！

王野：你喜欢对着月亮嚎，找到原因了。

林雾：……我那是唱歌。

王野：难怪都说鬼哭狼嚎。

林雾：……

他感觉自己和鬼还有狼一起受到了冒犯。

关于东北虎，林雾之前只是看了个大概，此刻趁着聊天间隙，顺手把更详细的搜出来了。

东北虎，又叫西伯利亚虎，现存最大的猫科动物，性凶猛，独居，领地意识强，牙齿能咬碎骨头，感官敏锐，动作敏捷，善游泳，亦善爬树，捕猎方式是静伏或潜行至一定距离，突然袭击。

潜行……

突然袭击……

林雾最先注意到了这句，因为他想起了中秋节那天，第一次夜游遇见王野的时候，对方向他打招呼，他装没听见，想趁着黑暗溜开，结果刚停下，对方就跟鬼似的出现在他背后了。

敢情是捕猎模式。

林雾下意识地摸摸凉飕飕的后脖子，仿佛真的曾虎口脱险似的。

至于东北虎的其他习性——

凶猛等于暴脾气。

独居等于不喜欢人。

牙齿能咬碎骨头等于王同学原话。

林雾不知道动物性和觉醒者之间有没有必然的内在联系，但至少在王野身上，这个觉醒科属真的是很严谨、很科学、很有说服力。

科普网页很长，开头是基本概括，下面就是详细描述了。

东北虎拥有火一样的目光……

身体厚实而完美……

运动时背部和前肢肌肉起伏，仿佛在林间滑行，安静、有力、迷人……

林雾："……"

他收回前言。

后面这些详细描述哪个像王野？完全判若两虎好吗！

王野：人呢？

林雾从绝对带了"虎控滤镜"的科普网页切回微信：查你呢。

王野：查出什么了

林雾：你就是东北虎本虎。

王野：[我现在很高兴但我什么都不说这样会显得很有霸气 .jpg]

林雾：……

完了，他好像有点喜欢上王野的表情包了，快"住脑"！

王野：[截图]

一张丛林狼的照片。

林雾刚查到觉醒结果时，搜了半天丛林狼，此刻单看小图就认出来了。

林雾：嗯？

王野：你。

林雾：……请说全，是我的觉醒科属。

王野：犬科动物。

林雾：幸好不是猫科，不然我明天的备注就得让你改成咪咪二毛小黄。

王野：我以前没撸过狼。

林雾：……你以后也没有这个机会！

林雾和王野瞎聊一气，回过神，才发现室友们都在和家里人通电话。

夏扬说："妈妈你发的照片是瞪羚，我是跳羚，跳羚——嘛区别？我美啊，跳起来身姿优雅啊……"

任飞宇说："我查了好几遍……我也没想到……嗯……我会努力的……"

李骏驰说："对，就是又古老又名贵的马种，哈哈哈……你和我爸的体检结果啥时候出来……"

林雾收回有些羡慕的目光，把同样一句"我的觉醒检查结果出来了，是丛林狼"分别发给了父母，算是简略的情报通报吧。

不承想这一次，信息刚过去，他爸的电话就打过来了。

"儿子，最近身体怎么样啊——"刚一接通，那边就传来了洪亮且亲热的声音。

林雾没开免提，将手机贴着耳朵，说："挺好的。"

"爸看见你发的信息了，爸这边的检查结果也是狼，要不说咱们是爷俩呢哈哈。但是，那个丛林狼是什么狼啊……"

林雾说："就是一种……"

"管他什么玩意儿呢，反正我儿子就是最棒的，你是爸爸的骄傲！"

"……"

"行，爸没别的事，你好好的爸就放心了，钱还够不？"

"够。"

"不够就跟爸说，啊。"

"好。"

林雾知道他爸不走心，可这种不走心包裹着亲热的外衣。汲取着这一点亲热，林雾就能高兴许久。

通话结束，林雾看向窗外。雪停了，世界银装素裹。

他收起手机，等333兄弟们也都和家里人聊完了，提议道："去操场？"

三人说："现在？"

"科属都出来了，不想再试试自己的身体潜力？"林雾顽皮地眨眨眼。

三人面面相觑。

不想？不想是小狗！

之前每个人都只能按照身体已经出现的显著变化，去推导可能指向的动物性，属于在没有方向里找方向。但现在科属确定了，反过来，他们根据明确的动物性来测试甚至开发自己的身体潜力，那就不一样了。

觉醒的身体还有多少不显著但已经存在的变化，等着他们去挖掘、去发现？

想想都让人兴奋好吗!

四人像出了笼的小兽,撒着欢儿就奔出了宿舍楼。

宿舍里供暖,温度长期在25℃以上,室外天寒地冻,已经零下20℃了,四十几度的温差让人一瞬间神清气爽,吸一大口冷空气,舒服畅快。

林雾出来了才发现,雪没有完全停,还有零星的小雪花往下落,但是太细微了,看是看不见的,只有等它们落到你鼻尖,倏地感到凉意,才能察觉。

冬日的天空正在放晴,阳光就要从云后出来了,地上积了厚厚的雪,房顶上、树上也都是,积雪把树枝压弯,却又让光秃秃的树杈重新焕发了一种可爱的活力。

四人以为只有他们查完了觉醒科属就跑出来玩儿,没想到远远就听见了田径场里的嘈杂声。等走进一看,得,里面都快没下脚的地儿了。

大雪刚停,没人清扫,整个田径场成了一片白茫茫的大地。

不过同学们还是按方位,自行区分出了"外围绕圈跑道"和"内里球场草地"。

于是,跑道上,无数对自己的速度潜力抱有信心的同学踏雪狂奔;草坪则成了力量型、灵活型等其他觉醒科属同学的领地,他们或两两一组,或三五成群,以各自独创的方式进行着身体极限的探索。

还有树上。

这是林雾不经意抬头才发现的,差点被吓一激灵。

只见看台底下仅有的几棵树上,不知道觉醒了什么科属的十来个同学,爬上爬下这叫一个快乐,还有极个别对自己也没点数的,这样都不过瘾了,攀到树杈上后,抓住树枝就想往隔壁的树上悠荡。

然后"咔嚓——"一声响。

树枝断得那叫一个脆生,身体摔得那叫一个洒脱。

得亏他站的树杈不高,下面雪又厚,还有几个无辜的同学在紧要关头在底下接了一把。

天空彻底放晴，阳光照耀下来，雪地一片晶莹。

林雾他们被这场面点燃了热情，立刻开始热身，准备加入这更高、更快、更强的自我追寻之旅。

然而世界永远变幻莫测。

"哎哟，谁拿雪团打我——"

就这一句，空气安静了。然后，场面失控。

在雪后的操场里，如果有人扔出了第一个雪球，那么所有人都将默认，战役开始。

打雪仗是一项娱乐活动吗？不，那是冬季校园里的潘多拉魔盒。

唯一能在这巨大的魔力下稍稍控场的，只有校园上方的大喇叭："在田径场上的同学，在田径场上的同学，不要过度嬉戏打闹——"

十二月底，学校依然保持有限度解封，但原本停掉的课程和一些活动，都陆续恢复了。

这不是学校单方面的举措，而是随着整个社会的趋势在同步前行。林雾每天都刷新闻，能明显感觉到，大环境的氛围在一点点地稳定。

不过同样，野性觉醒带来的改变，也在方方面面开始显现——

体育课。

久违的体育老师比停课之前清瘦了一些，不过人更精神了："同学们，这段时间我和你们一样，都经历了很多，不过人生嘛，还得往前走，所以咱们今天重新开始上课……

"但是课程内容肯定相比以前要有所调整了，毕竟大家的身体状况现在都有比较大的区别……

"来，我们先按照觉醒科属分一下组，科属是鸟类的同学站左边，是第一组；科属是哺乳动物的同学站中间，是第二组；科属是爬行动物的去右边，第三组……

153

"分组没有别的意思，主要是方便老师集中观察，因为不同科属的同学在运动时可能出现的问题也不一样……"

林雾一看老师这熟练的架势，就知道肯定是课前做过大量的准备了，没准还可能是所有的体育老师聚到一起进行了新的岗前培训。

随着同学们按照科属分成相应组别，林雾有点期待接下来新的体育课内容了。

体育老师说："好的，那我们今天的课就是学习一套全新的觉醒健身长拳！"

林雾："……"

兵荒马乱的一个学期，就这样在变与不变中迎来了期末。

【环境学院群】

李老师：[重要通知] 考虑到本学期教学计划以及各位同学学习生活受到的影响，经学校研究决定，本学期期末考试取消，改为各学科老师按照学生平时的课堂表现进行期末评分。

【环工1班级群】

叱咤风云的徐振龙：啊啊啊啊啊啊啊啊！

万众仰望的刘慕：你觉醒的是土拨鼠吗？

叱咤风云的徐振龙：不用考试了啊哈哈哈哈哈哈！

飞流直下的庞冬冬：[鄙视你.jpg]

我是班长的邓荼荼：你确定根据平时课堂的表现打分，你就不会挂科了吗？ @叱咤风云的徐振龙

叱咤风云的徐振龙：……

钟灵毓秀的孙月涵：会心一击。

林雾看着班级群聊，不知怎么就想起了另一位学渣。

林雾现在跟王野聊天，已经不用开场白了，直接进入正题：看见学校通知了吗？

王野秒回：看见了。

林雾：心情如何？

王野：[我现在不能发语音不然会泄露我狂乱的快乐.jpg]

林雾：……

还能不能行了！

王野：假期去哪儿？

林雾：不去哪儿啊。

王野：行，到时候找你玩。

林雾：嗯？

王野：你不是沈阳的吗？

林雾一愣，他不记得和王野说过自己是本地人。

林雾：你怎么知道的？

王野：原思捷说的。

林雾：原思捷又怎么知道的？

王野：你们宿舍那个说的。

林雾：我们宿舍哪个？

王野：就那个，跳羚。

林雾：……

人名没记住，动物你记得倒挺清楚。

林雾：你是说夏扬告诉原思捷，原思捷又告诉了你？

王野：有问题吗？

林雾：当然，夏扬和原思捷啥时候聊一起去了？

王野：我哪知道。[墨镜一戴，谁都不爱.jpg]

哎？等一下，林雾差点让王野带偏了。

王野说找他玩，那口气就像是……

林雾：你也是沈阳的？

王野：嗯，你就在家里待着吧，别瞎跑。

林雾：……

往哪儿跑啊！

也就王野，能把找人玩都营造出追债的气氛。

放假前的最后一天，第二个国家宣布开始觉醒普查，其他国家也陆续动起来了，在国家能力的范围内，对觉醒者进行检测。

刷到这条新闻的时候，333里只剩林雾了。

夏扬、李骏驰、任飞宇早在前几天就踏上了回家的列车，只有林雾在宿舍里待到了最后。

明天宿舍就要封寝，除了提前申请假期留校住宿的，其余同学都要离开。

林雾本来是想申请的，从大一开始，上学期的寒假、下学期的暑假，他都是一个人在333里度过的。

因为家里和333里并没有太大区别，甚至，333外有其他留校的同学、有熟悉的校园，相比之下还多了一份温暖和热闹。

可是最终，林雾还是没有递出这个寒假的留校申请。

因为王野说，要去家里找他玩。

第二卷

冬日

第六章　放假

　　离校这天，林雾一直睡到上午九点，自然醒后收拾东西，宿舍楼安静得让他有一种只剩自己一个人的错觉。

　　整整一个学期，林雾几乎都待在学校里，先是大雾封校，接着大雾散了又野性觉醒，即使到后来学校有限度解封，他也依然响应学校号召，没有特殊事情不去校园外面。

　　冬日北风呼啸。

　　林雾拖着行李走出校门，恍如隔世。

　　还是记忆中的车水马龙，但好像昨天还是夏季，他们还在翻墙出去帮行李箱剐了别人车的大宇解围，今天就一夜入冬了。

　　马路上的雪已经被扫净了，只有走在街旁的人行步道上，才会偶尔看见被堆到花坛里的雪。

　　不多时，便到了地铁站。

　　林雾乘扶梯下行，发现两边墙壁上的广告位，只剩一半还张贴着商家或品牌的广告，另一半则全部变成了同一款公益广告，以猛兽剪影为底图，上面印了四句倡议——

野性觉醒来势凶，

稍有大意就冲动，

文明城市靠你我，

安全第一记心中。

　　安检口还和从前一样，随身携带的东西过一下机器就行，但除了负责安检的地铁工作人员，周围还多了警力。

　　坐上地铁，车厢里也张贴了同样的公益广告。早已习惯这些的乘客们没谁多看它们一眼，大家都低头玩着自己的手机。

　　就林雾一个人，四处张望。

　　不经意间，站着的他和坐在面前座位上的一个六七岁小朋友对上了眼。

　　小朋友脸蛋圆圆，扎着两个羊角小辫儿，可爱极了。林雾的第一反应是，小姑娘的科属会不会是羊？

　　这个城市乍一看什么都没变，但仔细看，又好像哪儿哪儿都变了。

　　林雾自己也一样。

　　对有地铁的城市来说，地铁站附近不一定会形成商圈，但繁华的商业区一定有地铁站。

　　花园公寓就在这样一个位置。左右相邻的都是大型商场，街对面就是地铁站。

　　花园公寓本身也是商住两用，下面三层裙楼都是商场，上面才是高层公寓。整栋建筑被设计得高低错落，就没有一个平面是规整的，据说设计师的本意是打造一座"宝石山"，建成之后也确实让其成了这一商区中的标志性建筑，就是苦了施工单位。

　　公寓里住的多是附近的白领，还有一些搞直播的小网红，租金虽然不便宜，但房子新，精装修，房间不大，便于打理，楼下又有商圈，对年轻人来说舒适又方便。

而在这里置业的人，多半就为投资了。

林雾他爸就是其中之一。但他爸不指望着租金，单是房价上涨就够赚了，所以买完之后就扔给林雾住，林雾在学校的时候，公寓就直接空着。

林雾挺长时间没回来了，坐直梯一路上到空中花园，穿过露天花园，进入公寓，继续坐电梯到二十一层。

去年他爸资金周转不灵，好像把这里抵押出去了。林雾把手按上指纹锁的时候还在想，如果等下提示指纹不识别，八成就是他爸那边钱没还上，这公寓已经易主了。

"欢迎回家。"随着指纹锁的语音，门应声而开。

还好。

公寓里很暗，林雾摸着墙壁开关按下。房间大亮，满屋狼藉。林雾吓了一跳，差点退出去看看门牌，别是自己走错了。

窗帘挡得严严实实，遮住了外面的所有阳光。屋内床歪桌斜，地上到处是各种食品的包装纸，有些还没吃完就被扔在那儿，薯片、虾条撒了一地，灶台上也全是用过的一次性纸杯、纸碟和各种空了或没空的饮料瓶。

这是来开 Party（派对）了？

林雾无语。

但作为一个一年也回不来住几次的人，他对于他爸把公寓抵押出去都没意见，借几个朋友当个 Party 的场子，也实在不算大事。

整个下午，林雾没干别的，就收拾屋子了。

傍晚时分，房间总算有了个能住的样子。

拎着收拾出来的几大袋垃圾下楼，到空中花园的空地上丢进垃圾箱。

夕阳西下，楼宇间的影子倾斜下来，拉得老长。

空中花园就算是公寓住户的空地了，下了班的年轻人三三两两回来，周围一圈都是小店，养生的、美甲的、花店等等，各有特色，门脸都精致漂亮。

肚子空了一天，林雾现在都饿过劲儿了。但饭还是要吃的。

他走进一家便利店。

"欢迎光临。"店员抬头微笑，是个长相甜美的小姐姐。

店里没有其他顾客，空气有些安静。林雾也朝她笑笑："你好。"

今天的晚饭，明天的早餐……林雾一路拿着，送到收银台的时候差点因为拿的东西太多没捧住。

小姐姐连忙帮着接过去，然后乐了："没看出来，你还是食肉动物科属。"

林雾正盯着柜台旁的串点，本来想再加两个照烧鸡肉串，闻言一愣："啊？"

"你买的都是肉啊。"小姐姐把柜台上的东西摊开，动作麻利地挨个扫码。

盖浇牛肉饭，猪排三明治，牛肉馅饼，肉粒火腿肠，午餐肉罐头……

林雾愣愣看着，自己拿的还真全是肉。

在学校里的时候好像没什么感觉，可能因为每次去餐厅也就打两个菜，对男生来说，打两个荤菜并没什么特别的，林雾现在甚至有点想不起他在觉醒之前每餐都吃什么了。

可有一点他确定，野性觉醒前的自己，对肉食绝对没有这样偏爱。

所以野性觉醒真的会让人连口味都改变吗？

林雾记得之前学校论坛里那个"鳄鱼先生"，发帖求问自己渣不渣的时候，好像也说过，觉醒之后，他的兔子女朋友变得更爱吃沙拉……

"会的哦。"店员小姐姐扫完了最后一个商品。

林雾这才发现，自己无意中把心里想的问出了口。

"一共77.5元。"店员小姐姐报完消费金额，才继续道，"像经常来我们这里的熟客，有些以前很喜欢吃肉串和鸡排的，现在觉醒了食草动物科属，就更喜欢吃沙拉和菜包了。反过来也有以前喜欢吃素的，现在觉醒了食肉动物科属，就顿顿都想吃肉了……"

林雾结了账，有点恍惚地拎着购物袋走出便利店。

觉醒科属虽然检测完了，可野性觉醒就像是不断随着你成长的影子，又或者一本永远翻不到尽头的书，每翻一页便又有新内容。

看着电梯数字不断往上跳的时候，林雾才后知后觉地想起，店员小姐姐刚才说的是"没看出来，你还是食肉动物科属"。

怎么就没看出来了？他多有狼的气质啊！

【333 宿舍群】

林雾：[图片][图片]

夏小爷：晚餐？

夏小爷：哥哥，你这是按着冬眠的量来，吃完就睡一冬天是吗？

林雾：还有明天的份儿，但这不是重点。

AAA 李骏驰：重点是你买的全是肉。[嫌弃.jpg]

请赐我一条锦鲤吧：肉多好呀，你为啥嫌弃？

林雾：可我以前都是荤素搭配的，今天去便利店才发现，拿完了全是肉。

夏小爷：你才发现？

夏小爷：完了，我说什么来着，你一个正数第一的天天跟倒数第一的聊，三力就容易全方位立体式地开倒车。

AAA 李骏驰：三力？

夏小爷：观察力、感知力、判断力。

林雾：……

请赐我一条锦鲤吧：倒数第一？咱仨虽然成绩一般但也没倒数第一啊？

夏小爷：大宇我服了你行吗，好事你一个不往自己人身上揽，这事你是拖家带口拽着我们往前冲啊。

AAA 李骏驰：这阵子林雾天天跟谁聊微信，聊得跟网恋似的，你再好好想想？ @请赐我一条锦鲤吧

林雾：你这都什么奇葩比喻……

请赐我一条锦鲤吧：啊，王野，对吧对吧对吧！

AAA李骏驰：[完美.jpg]

请赐我一条锦鲤吧：你一说网恋我就想起来了哈哈！

林雾：……

这都是什么缺德室友！

AAA李骏驰：行了，说正事。要我看，你就是再喜欢吃肉也得讲究荤素搭配营养平衡，多少来点菜。

夏小爷：带着我所有朋友和七大姑八大姨举起双手双脚赞成。油麦菜它不香吗？空心菜它不绿吗？鸡毛菜它不可爱吗？你不能为了一坨肉放弃整片森林和草地！

林雾：……

林雾：大宇你怎么想？

请赐我一条锦鲤吧：其实，肉挺香的……[快速溜掉.jpg]

林雾果断相信任飞宇。

毕竟，夏扬和李骏驰属于"站着吃草不腰疼"。

夏扬（跳羚），李骏驰（阿拉伯马），食草动物科属。

林雾（丛林狼），任飞宇（游隼），食肉动物科属。

333宿舍和谐的饮食口味，面临来自觉醒科属的强烈冲击。

吃完牛肉盖饭，把其他的放进冰箱，林雾在小沙发里刷了一会儿手机新闻，忽然觉得都离开宿舍了，必须找点不一样的活动来度过晚间时光。

比如，看电视。

综艺的欢声笑语让公寓的冷清瞬间被一扫而空，林雾这阵子光顾着刷新闻了，满脑袋觉醒剧变、世界风云，这会儿突然回归轻松娱乐，看得津津有味。

而且综艺节目看起来和他记忆中也并没有什么不同。

负责搞笑的男嘉宾正在强烈地要求上场："这个游戏必须我来，我的科属是非洲水牛，这下水的游戏我不上谁上——"

林雾："……"

收回前言，是他武断了。

不知不觉，林雾窝在沙发里看到了深夜，等想起来是不是该睡觉了，一看表，居然已经凌晨一点半了。

放假第一天，林雾才调整回没多久的作息就隐隐有崩盘趋势。

赶紧关掉电视，上床睡觉。闭眼睛睡啊睡。

两点，醒着。

两点半，依然没睡着。

三点，林雾终于睁开眼睛，放弃。

窗帘在白天收拾屋子的时候拉开，就没再遮上。此刻，外面霓虹多彩，星光明亮。没了白天必须上课的压力，体内的那股向往夜的躁动仿佛又回来了。

林雾顺着本能起床、下地，走过去打开窗户。

冬夜的寒风呼啦啦灌进来，凛冽得像刀子，一下子就把林雾的脸吹木了。

他从身体到灵魂霎时清醒，"啪"地把窗户重新关上。

他毕竟还不是一匹真正的狼，而且就算是真正的狼，在东北近零下二十度的冷风里也够呛。

不过就刚才那一下夜的冷空气，便让他浑身的毛孔都打开了似的舒畅。

冷是真冷，爽也是真爽。

站在窗前，才真正看见了月亮。今天是上弦月，一半光明一半黑暗，光明的皎洁更盛，黑暗的与夜空融为一体。

可林雾感觉自己能看见那隐匿在黑暗中的半个边缘，这所谓的半月，在他眼里，仍是亮暗分明的整个圆月亮。

不知不觉，他哼起了很久之前的一首港台歌曲，唱的就是狼，随着低沉悠远的旋律，他好似真的化身为狼，在荒凉的旷野孤独前行。

"叮咚。"

没静音的手机在床上响起信息提示声，林雾刚起头的第二首歌，就这样被打断了。

王野：到家了？

看清信息内容，林雾想把王野送到他刚才神游的荒野去。

林雾：这位同学，现在是凌晨三点十一分。

王野：看来是到了。

林雾：理论上我不光应该到了，还应该在香甜地睡觉！

王野：香甜你还回我信息。

林雾：……

王野：睡不着吧？

王野：满屋溜达呢？

王野：还是又看月亮唱歌了？

林雾：……

王野：哦，唱歌了。

王野：别对着月亮了，对着我吧。

林雾：你也睡不着？

王野：也？

林雾：好吧你赢了，我就是睡不着。也不知道怎么的，我在学校作息调整挺好了，这才回来第一天，就崩了。

王野：睡得着就睡，睡不着就不睡，哪儿那么多事。

林雾：别装潇洒，你要不想睡，让我唱什么歌？

王野：你的歌是多功能的。

林雾：哎？

王野：想睡的时候催眠，不想睡的时候提神。

林雾：……信不信我拉黑你。

王野：[谁给你开天辟地的勇气，盘古吗？.jpg]

林雾彻夜服了，王野同学的装备那是"气场 + 气势 + 气质 + 发型 + 表情包"的五重护甲，一路碾压，所向披靡。

不过——

睡得着就睡，睡不着就不睡，哪儿那么多事。

又往上看他回的这条信息，林雾勾起嘴角。也是，都放假了，爱睡不睡，谁管得着！

墅林水岸。

沿着城市最繁华的河段，闹中取静的别墅区。王野仅穿着薄外套坐在三楼卧室外的露台上，也没觉得冷。

树影掩着河畔，月光照在结了冰的水面上，像刷了一层银色。

终于，安静了好几分钟的微信那头发来了今夜单曲，歌名就一个字：狼。

王野直接点击语音外放，林雾的声音便悠悠扬扬飘散出来——

"我是一匹来自北方的狼……走在无垠的旷野中……"

歌一如既往地令人上头。

十分钟后。

王野：再来一个。

那边的小歌手林同学估计也唱 high 了，二话不说又丢过来新作品，歌曲是全新的，但歌名还和上一个一样：狼。

"我害怕一到月圆时分……一转身一闪神一下失去了方寸……"

听着是挺来劲儿，但王野同学不乐意了。

王野：怎么都是狼？

王野：来个老虎。[百兽之王的怒吼 .jpg]

有求必应点歌机林雾："两只老虎两只老虎……"

王野：你是嫌夜太短还是命太长？

林雾：哎哟，这回竟然不是表情包！[发现新大陆 .jpg]

王野：……

林雾：行啦行啦，给你一首正经的金曲。

十五分钟后。

动感光波来了。

"问谁主沉浮……男人一生不会服输……做到顶天立地一身正气……气势如虎……"

王野：……

一个夜晚，两人聊天，四首金曲，八个画风。林雾一直跟王野聊到早上，旭日东升，天光大亮。

城市苏醒，窗外喧嚣起来。

林雾终于打了个哈欠，和王野说不聊了，要睡了。哪承想这边刚结束，333已经有兄弟起床了。

AAA李骏驰：[照片][照片][照片]

林雾无缝切换到333聊天群，点开照片，就见李骏驰在雪地里打滚，滚得自己全身都是雪，然后来了几张牙比雪还白的自拍。

林雾：帅到模糊了。[点赞]

AAA李骏驰：哎？你起挺早啊。

林雾：……你是夸我还是夸自己呢？

AAA李骏驰：我这不是兴奋吗，真的，我现在就在山上呢！

李骏驰家山清水秀，夏天有麦浪，冬天有冰河，春天山花遍野，秋天森林落叶。

AAA李骏驰：这一路狂奔，爽死了，我刚才还在山头吼了两嗓子，哈哈。

AAA李骏驰：学校操场根本没法比！

林雾：嗯，充分感觉到你扑面而来的兴奋了。

AAA李骏驰：唉，在学校吧，就觉得跑得比以前快了，其他也没什么。

AAA李骏驰：但这一回来我才发现，我真变了。

AAA李骏驰：就村后头这座山，我早就跑腻了，高中以后再没上去过，一点想法都没有，但今天我往山上跑，巨开心、巨释放，就像我本来就应该这样，就应该无拘无束漫山遍野地跑。

　　林雾：那就跑呗，我想去荒野进行狼嚎，还找不到地儿呢。

　　AAA李骏驰：可我怕回学校以后也这样，咋办啊？

　　林雾：你想太多了，你这就是刚放假，还新鲜呢，等野够了你就消停了。

　　AAA李骏驰：我就是怕我真变成马了。

　　林雾：不可能。

　　AAA李骏驰：野性觉醒这玩意儿科学家都没研究明白呢，你敢确定？

　　林雾：我不确定野性觉醒，但我确定你。

　　AAA李骏驰：啊？

　　林雾：[红包]

　　AAA李骏驰领取了你的红包。

　　AAA李骏驰：怎么才一块钱？

　　AAA李骏驰：还有你给我发红包干啥？

　　林雾：不知道干啥你还接这么快？

　　AAA李骏驰：红包不抢，脑子白长！

　　林雾：所以放心吧，你和你的觉醒科属之间有着无法逾越的鸿沟。

　　林雾：马爱草，你爱钱。

　　AAA李骏驰：……听君一席话，胜读十年书。

　　放宽了心的李骏驰继续奔跑，林雾本来还想等其他兄弟起床也聊上两句，可等着等着，就抱着被子睡着了。

　　直到被开门声惊醒。

　　或许是因昨天一屋子的狼藉留下了疑影，刚听到隔着一层门板并不那么真切的指纹锁语音提示"欢迎回家"，他就猛地睁开眼睛，鲤鱼打挺似的从床上坐了起来。

接着才是真正门锁转动开启的声音。

一个十三四岁的初中少年带着一帮同龄的朋友，鞋都不换就这么大咧咧进了屋，除了带头的，后面每个人都抱着一大袋零食或饮料。

进来了他们才发现床上有人，吵闹嬉笑声立刻没了。

空气突然安静。

穿着名牌羽绒服的带头少年，愣愣看着床上的林雾，先是错愕，好半天才缓过神，叫了一声："哥……"

林雾看这熟门熟路的架势，再联想昨天的场面，大概懂了。

假期天寒地冻的，小朋友们不爱在外头跑，找个据点关起门来撒野最惬意了。

"我爸没说你回来……"带头的少年——也是林雾同父异母的弟弟——林川，有点不知所措。

"没事，"林雾爽朗笑笑，下床开始收被子，"我今天本来也要出去，你们在这儿玩吧。"

林川松口气，朝他咧开嘴，连声音都比刚才活泼了："谢谢哥！"

林雾很快穿戴完毕，把公寓留给小朋友们闹腾。

防盗门开了又合。

待人走了，屋里那几个从头到尾没敢吱声的小伙伴，才凑到林川旁边问："那谁啊？你亲哥啊？"

"我爸和以前那女的生的。"林川满不在乎道，找着游戏机，"switch 呢，谁拿着了？"

总觉得自己是鸠占鹊巢的小伙伴们还是有点心虚："这是他的房子还是你爸的房子啊？"

"当然是我爸的，"林川把别人递过来的 switch 熟练连上电视机，"就是暂时给他住。"

"那咱们今天还能像上回那样通宵吗？"

林川说："必须的啊。"

"他要是晚上回来了呢？"

林川说："我就再说点好话呗，他心软，一求就管用。"

"你咋那么尿，这不是你爸房子吗？"

林川说："那也是我爸答应给他住的，以为他不回来，才让我用，我要是太过分，我爸该说我了。"

"以后咱们是不是得换地方了？"

"估计是。"林川盘腿坐地上，一边看着电视慢慢清晰的游戏画面，一边托着下巴烦恼。

大学生为啥也要放寒假，真让人闹心。

日光正好。冬天的太阳晒在身上虽然感觉不到多少热度，可只要看得见阳光，就好像能驱散一些心里的寒冷。

"欢迎光临。"便利店换了上午班的店员，是个戴眼镜的小哥，但同样亲切友好。

林雾要了几串关东煮，又让眼镜小哥多放一些热乎乎的汤，然后端到了旁边窗户前的餐台上，一个人坐下。

他现在困得要死，所以在吃完关东煮之前，他得想好去哪里补一觉。

林雾最终找了一家快捷酒店。

冬天客人少，酒店贴心地给他升级到了高层河景房，说是可以在房间内俯瞰绝美河景。

林雾听得直心动，到了房间特意忍着困倦，满心期待地走到落地窗前。

河景有，就是稍微远点儿。

视线得穿越近处众多高楼大厦间的缝隙，才能捕捉到那遥远的、影影绰绰的河面。

好在他也不是奔着这个来的。

简单洗个澡，林雾倒头就睡，终于可以全身心地投入沉沉梦乡。

醒来已经入夜。月光从落地窗洒进来，就是最难以抗拒的勾引。

林雾退了房，一路走到了河边公园，这回可以看河景了，随便看，各种看，在冰上打出溜滑都行。

当然林雾不准备这么浪，万一哪块冰面没冻瓷实，他再掉冰窟窿里。

这座公园沿河而建，面积很大，大片大片的草坪随地势微微起伏，外围绿树成荫，树下是向前延绵的自行车道和人行道。

天气暖和的时候，很多人都会来这里散步或骑行，周末还会有不少人过来扎帐篷。

冬天人就少了，更别说夜里。

夜色很浓，寒风刺骨。林雾裹紧了厚厚的羽绒服，沿着河堤旁的僻静小道，踩着残雪斑驳的草地，穿过低矮光秃的灌木，一路往前走。

四下寂静，除了呼啸的风声，只剩草木间偶尔的窸窣。有时窸窣声大而轻巧，像野猫跑过；有时小而细碎，像老鼠或其他小动物。

林雾可以轻易分辨这些声音。

这是觉醒的丛林狼基因带给他的敏锐听觉。还有一点点的"耐寒"属性，也是他觉醒后才拥有的。

这让他可以比大部分夜行性科属的人更有勇气在冬夜的河边漫步。

这个城市其他夜游的人在哪里呢？林雾想，恐怕即使睡不着，也只能因为畏惧严寒而窝在房间里……

夜风里忽然飘来音乐声，打断了林雾的思绪。

他微微一愣，离开小道，踩过灌木，一路寻到那声音的源头。

公园广场。

路灯暗淡，音乐也调到了不扰民的较低音量，但阿姨们的舞姿丝毫不受影响，甚至在寂寥夜色的衬托下，更显活力。

林雾也终于听清了那律动的旋律。

"花儿舞起来……杨柳舞起来……我们在这星空下……一起舞起来……"

恐怕即使睡不着，也只能因为畏惧严寒而窝在房间里？对不起，他又武断了。

以阿姨们的广场舞方阵为起点，林雾继续往前走，夜变得热闹起来。

大爷们跟不上舞蹈节拍，选择举着手电筒下棋，还有一些不知道觉醒了什么凶猛科属的大哥，选择因水面一直流动而没结冰的河段，一个猛子扎下去，开始冬泳。

林雾叹为观止，这才是真夜游啊。

走出公园回到街道，大部分店基本都还亮着招牌。林雾仔细看，才发现很多以前夜晚关店的，也都改成了 24 小时营业。

他还看见一个店门前放着招聘夜间店员的启事：本店诚招夜间店员，薪资面议，形象气质佳，夜行性科属者优先。

"夜行性科属"几个字就这么毫无违和感地平滑插入了招聘需求里。

那以后大学毕业找工作，是不是也要分科属？不同的用人单位会根据自己的岗位需求来制定科属招聘范围？

还在读大二的林雾，第一次开始思索未来的就业问题。

就这么晃荡了一夜，之前调整的作息彻底崩了。

回到公寓是第二天上午，林川他们已经走了，屋里没上回那么乱。

林雾简单收拾收拾，正准备把窗户打开通风，手机响了一下。

他以为是宿舍群里谁在说话，毕竟这个时间王野同学早该在梦里饿虎扑食了。

拿过来一看却不是。

妈妈：期末考试完了吗？

林雾在沙发里坐下，回复：考试取消了，已经放假了。

妈妈：已经放假了？那这个礼拜六妈请你吃饭，还去你最喜欢的那家饭店。

林雾静静看了手机屏幕很久，才回复：好。

每个假期，父母都要各自请他吃一顿饭，这已经成了固定模式，好像请了这顿饭，就算联络感情了。

他曾经很期待这样一顿饭，可后来他才明白，那就只是一顿饭。

"叮咚。"

刚放下的手机忽地又响了一声。

林雾疑惑地拿过来，以为是母亲又想起了别的什么。

结果——

王野：[睡不着，起来 high 啊 .jpg]

林雾让那小表情逗得乐不可支：大上午的，high 什么 high。

王野：真没睡？

林雾：你不也没睡。

王野：昨天白天睡多了。

林雾：……

王野：[照片]

林雾还没见过王野晒照片，好奇点开。

一张王同学不知道在谁家院子里搂着一只阿拉斯加的自拍。

确切地说，是他极其主动地揽着阿拉斯加的脖子，威风凛凛的阿拉斯加看起来和他也很熟，就是那抵在他脸上的爪子分明是在表示用全身心抗拒。

林雾"扑哧"乐出声，打字：你这是又强撸谁家的狗子了？

王野：什么谁家的，我家汪汪。

养狗没问题，但——

林雾：……汪汪？

王野：[全世界都知道猫叫咪咪狗叫汪汪 .jpg]

林雾：这么帅的阿拉斯加，你敢不敢给人家一个大名！

王野：雅各布。

林雾没想到还真有。

他记得在一部外国吸血鬼电影里，狼人就是叫这个名字，刚想说这个名儿多好听，就收到了王野紧接着发来的——

王野：别人起的，我不喜欢。

王野说不喜欢，那就是绝对没商量的不喜欢，这个人从来不会掩饰自己的好恶。

林雾无条件站边，只能对不起帅气的阿拉斯加了：汪汪好听。

王野：对吧！[小样，还和我争.jpg]

对。[你是真理在发光.jpg]——林雾毫不手软地进行表情包回击，笑意却牵着嘴角越来越翘起。

大雾那天，骑在墙上的他怎么也不会想到，自己会和墙下那个说着"我不喜欢人"的家伙，成为像现在这样的朋友。

有些你想要的，怎么等都等不到。

有些你从没想过的，横冲直撞就来了。

星期六。

北院小馆是这条街上最有人气的饭店，主营东北菜，锅包肉的味道、火候都是一绝。

林雾和母亲坐在提前订好的包房里，随着菜一道道放上来，开始默默吃饭。

母亲偶尔会给他夹菜，说"这个你爱吃"。然后，就没有然后了。

空气安静得让人喘不过气，进来上菜的服务员都觉得别扭，但真正吃饭的两个人都已经习惯了。

母亲今天穿了一件宝蓝色羊毛衫。

林雾偷偷打量，觉得这个颜色很适合她，衬得她气色很好。

母亲年轻的时候很美，即使是现在，仍比同龄人显得年轻。

林雾突然起了好奇心："妈，你的觉醒科属是什么？"

他冷不丁地一问，母亲愣了愣，才道："胡狼。"

一顿饭吃了不到一小时就结束了。林雾和母亲在饭店门前分开，一个往东，一个往西。

刚走过一条街，林雾猝不及防接到了父亲的电话。

"听林川说你放假回来了，怎么也不跟爸说一声，明天咱爷俩儿吃饭啊，还去你最喜欢那家……叫什么来着……对对，北院小馆！"

林雾："……"

翌日，星期天，北院小馆街对面，某小超市。

葛亮百无聊赖地坐在收银台前，在给一位买水的顾客结完账后，又走出来站在店门口看对面。

对面是个人气很旺的饭店，葛亮这几天给自家超市看店，有时候馋了，也会打电话过去订两个菜打包，再算着时间过去拿——几步路的距离，犯不上花外送费。

但现在，他双臂环抱站在超市门口，琢磨的不是订餐问题，而是他好像已经连续两天看见同一位同学和不同的人走进这家饭馆了。

昨天是一个挺漂亮的阿姨，今天是一个精神抖擞的大叔。至于林雾，则两天都穿着同一件羽绒服，实在太好认。

葛亮和林雾不算熟，但他知道王野和林雾关系不错，反正闲着也是闲着，索性拿微信语音联系王野，准备八卦一下。

响了很久，那边才接，满满的起床气："干啥？"

啊，忘了王野夜行性这事了。

葛亮连忙说："没事没事，你睡你的。"

王野最烦说话说一半："有事说事。"

"也没啥事，"葛亮想哭，他是心多大啊，非来找王野八卦，"我就是看见林雾了……"

"林雾？"电话那头愣了下，"在哪儿？"

"就在我家小超市对面那个饭店，"葛亮说，"他连着来两天了，昨天和一个女的，今天和一个男的。"

王野问："啥样的？"

葛亮说："四十来岁不到五十，看那样像他父母，但昨天我看他从饭店出来的时候，好像挺低落的……"

王野问："刚进饭店？"

葛亮说："现在吗？对啊，我刚看着他进去。"

王野问："今天高兴吗？"

葛亮说："没看太清，反正也不活泼。"

王野说："等我。"

葛亮说："嗯……呃？等啥？"

半小时后。

葛亮远远看见一辆蓝色共享单车风驰电掣狂飙而来，犹如冬天里的一团蓝色火焰。

他瞬间从等待的门口退回超市里面，怕被车刷着。

随着一个急刹车，单车停在超市门前。

葛亮这才看清王野今天穿了一件机车夹克款的外套，难怪能把单车骑出重机车的效果。

但——

"你妈不是刚给你弄了一辆越野吗？"葛亮还指望着新车下来，跟着蹭坐兜风呢，这咋变自行车了。

"划花了，"王野从单车上下来，"还没开呢，又送回4S店喷漆了。"

"刚提车就划花了？"葛亮听着都心疼，可是又一想，"不对啊，你家不是有自己的车库吗，没开出去怎么还能被……"

问到一半，葛亮忽然悟了。他眼神有些复杂地看向王野："又是你弟啊？"

"小崽子正划着呢，让我逮个现行。"手在骑车时被吹得有点僵，王野把指关节掰得咔咔作响。

葛亮问："然后呢，你揍他了？"

王野瞥过来："不揍留着过年？"

"不揍？我是觉得揍一顿根本不够好吗！"葛亮快气死了，"你那是新车，就这么被划花了，完了他才挨顿揍，你还是亏啊！"

"哦，"王野觉得还行，"揍完之后我又盯着他，让他亲手把自己的保时捷也划了一遍，就照我那辆越野一比一复刻，少划一道都不行。"

葛亮："……"

弟弟啊，你这回回挑衅，回回又被灭得更惨，图啥呢！这世上能让王野忍气吞声的事根本不存在。

原谅是上帝的事，野哥只负责送你见上帝。

"儿子，你多吃点，你这也太瘦了，你看爸最近锻炼的，看这胳膊……"

北院小馆包厢里，一顿饭都快吃完了，林父的话匣子也没停过，且精气神还有越来越饱满的趋势。

"行，我回去就锻炼……"林雾把最后一块锅包肉夹到碗里，努力给他爸捧场。

今天他们点了四个菜：锅包肉，小鸡炖榛蘑，地三鲜，五彩拉皮。

其中小鸡炖榛蘑是招牌硬菜，上菜的时候服务员会抬着花轿敲锣打鼓送来，小时候林雾来这儿吃饭，最热爱的就是这个环节，百看不厌。

"别光吃肉，也吃点蘑菇。"林父见锅包肉都光盘了，小鸡炖榛蘑还剩一半，便给林雾夹了一筷子榛蘑，"咱们虽然是狼，但也得膳食均衡……"

林雾没忍住乐了："狼是食肉动物，吃肉就是膳食均衡了。"

林父一看儿子有了笑，满腔慈父柔情登时上线，开始怀念往昔："儿子，你还记得不，小时候你最爱来他们家，还每次来就必须点小鸡炖蘑菇，看轿子抬来了，你非要自己坐进去……"

林雾记得，小时候的所有事情他都记得。

但他想父母可能忘了，他们决定离婚的时候，也是带他来这里，说今天带你吃好吃的，看大花轿，然后在他最高兴的时候，对他说：儿子，爸爸妈妈以后要分开了。

"爸。"林雾轻声开口。

林父停下滔滔不绝，不明所以地看着儿子。

"下次换个饭店吧，"林雾脸上还留着先前被逗笑的余韵，轻松的语气像个和爸爸随意抱怨两句的孩子，"再好吃也不能回回吃啊。"

"行！"林父一脸"这有什么难的"的神情，"下次爸带你去吃烤羊腿！"

马路对面，葛家超市。

又一个客人结完账，脚步飞快地离开，那架势仿佛害怕走得慢一点，就会惹祸上身。

葛亮看着站在窗边的罪魁祸首，深深叹口气："野哥，咱不求你笑脸迎人，但你也别板着脸啊，知道的清楚你是我同学，不知道的还以为我家惹了什么麻烦，让人堵门了。"

王野人高马大，五官轮廓本来就凌厉，要是拿发型柔和一下，还能落个英俊深邃的样子，结果这哥们儿非剃个圆寸，简直自带不好惹的 buff（效果），往窗边随便一倚，都跟凶神镇宅似的。

"你确定和他吃饭的是他爸妈？"屋里暖气给得足，王野把外套脱了，里面就穿个单 T 恤，宽肩窄腰的，好身材一览无余。

"今天这个男的不确定，"葛亮说，"但昨天那个女的从饭店出来之后过马路了，就从我门前过，我看得真真儿的，绝对是林雾他妈，那眼睛那鼻子那嘴，都一个模子做出来的。"

王野皱眉看向窗外对街，问："亮子，你觉得他这是什么情况？"

葛亮也跟着看饭店那边："怎么说呢，要是他回回都高兴，那可能父母都忙，今天这个有时间，明天那个才有时间……但我感觉吧，纯粹是我男人的直觉啊，我觉得他家可能有点问题……"

王野说："离婚了？"

"保不齐，"葛亮回忆道，"昨天他和他妈一从饭店出来就分开了，看着气氛怪怪的。"

王野不言语了，侧倚着窗若有所思。

"我发现你对他挺上心啊。"葛亮知道王野和林雾关系不错，但没想到会这么不错，"我找你出来，你说等提车的，他这就吃个饭情绪不好了，你噌就飞过来了。"

王野终于转头看过来，给了葛亮一个正眼，微挑的眉毛仿佛在问：有问题吗？

当然有！

葛亮拍案而起："哥们儿是哈士奇，四舍五入也算狼，我还比狼亲人呢，咋不见你对我也关心关心？"

王野认真倾听，虚心接受："行啊，你要啥？"

葛亮："……"

王野特走心地看着他："别不好意思，大胆点，你要月亮都行。"

葛亮不敢相信自己的耳朵："你连月亮都给我摘？"

王野说："摘是摘不着了，但可以给你一脚送上去。"

葛亮："……"

王野问："还要吗？"

葛亮说："要个狗头保命行不行……"

两人正扯淡呢，林雾和那个中年男人已经从饭店里出来了。

中年男人看起来心情不错，似在让林雾上他停在饭店门前的车。林雾不知说了什么，男人拍拍他肩膀，然后就自己开车走了。

林雾目送对方的车汇入主干道的车水马龙，就那样原地站着，目送了很久。

这样的表现，其实不用看神情，单是远远的那身影，都落寞得让人心里不是滋味。

葛亮叹口气，想问王野怎么办，是喊人啊还是假装没看见啊，一转头，发现人家语音通话都拨通了。

马路对面，林雾收回目光，刚想转身，手机忽然响了。

"王野？"他有些疑惑地接听语音通话。

"过马路。"电话里说。

林雾一愣，下意识抬头看街对面。

王野站在一家超市门口，旁边还有热情挥着手臂的葛亮："林雾——"

葛亮看着林雾从人行横道上走过来，也看着他朝他们扬起笑脸，就像先前的那些落寞根本不曾发生。

"你们怎么在这儿？"一到跟前，林雾就惊讶道。

葛亮正犹豫怎么解释，王野先开了口："过来找你玩。"

林雾更诧异了："你们怎么知道我在这儿？"

王野往超市招牌上看一眼："这是亮子家开的店。"

林雾随他抬头，上面赫然四个大字——葛家超市。

这名字果然很有辨识度，林雾刚想这样打趣，忽然看见了超市的窗户，他直觉地回头望去，果然，窗户正对着街对面的饭店门口。

王野又不是未卜先知，怎么可能这么精准地定点蹲守。

葛亮记得原思捷说过，林雾学习特好，盘逻辑特强，此刻一看林雾的动作和神情，就知道对方这是把前因后果都捋出来了。

得，他这个偷窥加八卦加通风报信的满是槽点的人设是坐稳了。

不料林雾只是笑了一下："哦，和家里人过来吃个饭，"随意说完，他又很自然地问王野，"找我玩什么啊，不会是咱仨斗地主吧？"

天气很冷，在外面讲话都带着白气。王野回店里把外套重新穿上："兜风。"

葛亮不可置信地看向那辆"小蓝"："野哥，你骑自行车带人家兜啊……"

林雾也蒙。

180

再次出门的王野一边伸手拦出租车，一边拨通了离这里有些远的 4S 店的电话："我辽 A××××××……对，先不喷漆了，现在过去取车。"

起风了，不那么严实的窗户缝发出"呜呜"的声音。

好在超市内暖气充足，即使漏点风进来，也不觉得凉。

葛亮一边给顾客扫码，一边瞄着站在窗前等待的林雾。很巧的是，他站的和王野之前站过的几乎是同一个地方。

林雾的身材也很修长，虽然没王野那么有压迫力，但站在超市里，还是挺显眼的。

顾客结完账往外走，不可避免要和他打照面。视线相遇，林雾习惯性地报以友善微笑。顾客愣了下，也微微颔首算是回应，然后离开。

葛亮默默看着，第一百零一次在内心发出感慨，这人和人的气质真是差距太大了。王野往那儿一戳，就是大哥来讨债，凶兽来镇宅；人家林雾就是一笑春天到，万物复苏百花开。

就这么一会儿工夫，他感觉店内流水都增加了。

随着客人离开，超市归于安静。林雾打了个哈欠，好像有些困了。

葛亮怕尴尬，正想找话题活跃气氛，林雾倒先看过来了，半认真半玩笑道："我小时候最希望家里开超市，这样我想吃什么随便拿就行了，省得哭着喊着我妈还不给我买。"

"你想得太美好了，"说到这个，葛亮可最有发言权，"我小时候要吃，我妈死活不让，说都是钱，我吃了咱家就得喝西北风。"

林雾看他："你就乖乖不吃了？"

"那哪儿能啊，"葛亮昂首挺胸，"咱们不能被困难吓倒，她不让我吃，我就偷吃。"

林雾歪头："然后盘点库存对不上，你遭到了深刻教育？"

"你是不是在现场偷看了？"葛亮现在梦回童年，还觉得屁股蛋疼，"好家伙，先是我妈给我一顿揍，然后我爸加入，混合双打！"

林雾听得直乐。

"我就是觉醒得太晚，"葛亮深觉遗憾，"要是那会儿就觉醒了，撒丫子就跑，绝对不能被收拾得那么狠。"

"提醒一下，"林雾徐徐举手，"你要是觉醒了，你爸妈也就觉醒了。"

葛亮说："就不能让我幻想幻想吗?!"

预想中的尴尬气氛并没有出现，葛亮发现林雾就和他的名字一样，没有王野那样强烈的存在感和棱角，不知不觉间，就已经让你和他走近了。

葛亮上回见林雾还是体检那次，那一次他只觉得林雾长得挺好看，性格也开朗。这回他才知道，林雾长得像妈妈，所以才会在帅气里又多了一分温柔的好看。而那份开朗，内里可能藏着不想给任何人看的落寞。

葛亮忘记曾在哪里读过一段特文艺的话——

心里的伤口会结成锋利的冰，有的人拿它刺伤所有靠近者，有的人却害怕伤到别人，于是就在那冰上生出一片阳光。

一个半小时后，一辆黑色越野吉普停在了葛家超市门前。

见棱见角的车身造型硬朗凶悍，越野轮胎撑起高底盘，车头大灯和车顶猎灯仿佛猛兽的眼睛，随时准备着冲向荒野，同兽群一起奔腾。

但这些气质在越野车周身毕加索抽象画一样的划痕线条下，全都黯然失色。

冬日暖阳下，每一道划痕都闪烁着银光，犹如给越野车加上了一层耀眼特效。

林雾："……"

这是兜风? 不，这是"花车"巡游。

王野打开车窗，直接招呼："上来。"

林雾从超市走出去，都不敢总盯着车身，怕看花眼睛："你这是怎么划的啊……"

王野从驾驶位伸手过来把车门推开："少废话，上车。"

林雾立刻猫腰，乖乖钻进副驾驶——吃人嘴软，坐人腿短。

王野皱眉看向还站在超市门口，仿佛要目送他们离开的葛亮："你不来？"

"我？还有我的份儿吗？"葛亮先惊后喜，胸口热流滚滚的。

王野等待两秒，耐心到头："哦，你不来。"

"别价啊，我来啊——"葛亮飞快行动，觉醒潜能全开，以哈士奇拆家的速度把超市给关了，卷帘门哗啦啦拽下来，地锁咔嗒一合，转身如利剑蹿进越野后座，手往王野椅背一拍，"野哥，开路——"

引擎启动，越野汇入车流。

葛亮激荡的内心仍未平复，他是真以为王野没打算带自己一起，于是这会儿越想越感动，越想越觉得必须跟王野郑重表个态："野哥，兄弟这辈子跟定你了，绝对的——"

十五分钟后。

越野车在二环上驰骋，刺骨的冷风早就顺着敞开的车窗，把车里灌得和外面没任何温差。

不，还是有点的，车里因为有强劲冷风加持……更冷！

葛亮紧紧抱住自己那犹如二哈般弱小的身躯，在肆虐的狂风中哀号："野哥，我改主意了，我下辈子再和你做兄弟行不行啊——"

林雾这回必须同意葛亮。什么坐人腿短，去他的吧，命重要啊，"王野，你给我把窗户关上——"

一上二环，王野就把四个车窗全放下了，林雾和葛亮联手在第一时间关上三个，但王野驾驶位那个，他们够不到啊！

罪魁祸首还振振有词："兜风兜风，不开窗你兜什么风。"

林雾要疯："同学，今天最低气温零下21℃！"

王野说："正好给车里降降温。"

葛亮快在后座蜷成一团了："降温？大哥你这是速冻——"

限速八十的路，王野才开到六十，自觉很收敛了。

"脑袋吹木没？"他目视前方，问林雾。

林雾一怔，下意识说："那倒没有……"

王野直接挂挡，上八十："那就是吹得还不够。"

"木了木了！"要不是安全带绑着，林雾能从副驾驶弹起来，"我现在绝对必须百分之百的大脑一片空白！"

王野满意地勾起嘴角："那就对了。"

一辆大货车驶到相邻车道，林雾在骤然增大的强风噪声里，听见王野的声音，比一切都更有力。

"满脑子事那叫散心，大脑空白才是兜风——"

第二扇车窗被按下来。

副驾驶，林雾主动按的。

风狂啸着直扑面门，林雾被吹得脸疼，可在冬日的严酷与肃杀里，却有了一种久违的恣意与释放。

缩在后座，已经默默把坐垫拆了裹到自己身上的葛亮："……"

同学如狼似虎，而他只是一只普普通通的哈士奇啊！

好在，东北虎和丛林狼两位同学也没真不要命，吹一阵爽透了，也就把车窗关了。

毕竟真要一直这么吹，北极熊也扛不住。

王野走完二环再走国道，一路把车开到了城郊。

到后面国道都没了，变成了颠簸不平的土路，越过一整块一整块的庄稼地，连村庄都看不见了，路也终于到了尽头。

一望无际的荒地，积雪仿佛一直覆盖到遥远的天边，灌木杂乱生长，大小不一的岩石被雪包裹成了高低起伏的小球，几棵歪脖树像孤独的稻草人，守望着白色旷野。

葛亮身体前倾，把脸贴到前排两座位中间的空隙，往风挡玻璃外张望：

"野哥，没路了。"

"路才开始，"王野说，"坐稳了。"

一脚踩下油门，越野车如飞跃般冲入荒野雪地。

葛亮在惯性下猛地坐回后排，下一个反应就是去找安全带。

林雾全程系着安全带呢，但这也不够，他一看王野那张跃跃欲试的侧脸，都不用等王野踩油门就知道要坏，简直是靠着求生欲"啪"地抬手抓住了车窗上的拉手。

手刚抓稳，王野那车也飙出去了。

雪地的寂静被打破，歪脖树上仅有的几只麻雀呼啦飞走。越野车犹如出来撒欢的野兽，在荒野里尽情飞驰，轰鸣声是嘶吼，车辙是爪印，呼啸的北风是山林松涛。

轮胎卷起飞雪，飞雪又洋洋洒洒落向大地。冬季的阳光把一切染成淡金色。

天空，北风，树，雪。

又一个刺激的雪坡俯冲，已经适应车速的葛亮和林雾只觉得过瘾。

葛亮再也按捺不住，主动按下车窗，直接朝外面大喊："爽啊啊啊啊啊——"

林雾也被带动，打开自己的车窗放声呐喊："啊——"

一丛林狼一哈士奇比着看谁气息长似的，喊得天地间全是回音。

王野单是驾驶着越野车，就很爽了。

鬼哭狼嚎？

喊，他们老虎才不搞这个。

雪地越野结束的时候，黄昏的颜色已在大地上铺开，荒野过于明亮的雪色，变得温暖柔和。

王野将车停在一棵歪脖树旁边。

葛亮的兴奋劲儿还没过呢，或者说，哈士奇的活力是无穷的，一从车上下来，就张开双臂扑进了厚厚雪地里，各种打滚。

滚一身雪，还惦记着呼朋引伴："你俩过来啊——"

林雾乐不可支，但忽然想起另外一个更重要的事，回头问刚从车上下来的王野："你找得到回去的路吧？这地儿看着可不像有导航信号。"

王野懒得拉外套的拉链，就那么敞着，双手插兜："放心，我闭眼睛都能开回去。"

"你俩在那唠啥呢，"葛亮同学躺在雪地里孤单很久了，"过来和我一起玩儿啊——"

王野看他一眼，满脸写着拒绝。

葛亮坐起来，捧起一捧雪往天上一扬，然后仰起脸，在雪花纷飞里寻找冰雪女王的美好体验，连声音都浪漫柔美了："野哥，你是东北虎，你不往雪地里扑，对得起你的科属吗……"

王野："……"

趁葛亮吸引了王野的全部注意力，站在背后的林雾悄悄蹲下，拿手团了个雪团，又无声站起。

"王野。"他轻声呼唤。

王野条件反射回头。

"啪——"

雪团正中王同学面门，那叫一个脆生。

王野顶着一鼻尖的雪，静静看着林雾。

那边坐雪地里的葛亮，即时给野哥内心配音："林雾，你完了……"

完？

林雾敢挑衅，就做好万全准备了，雪团一扔，身子一转，觉醒全开，狼奔而逃。

跑？

王野要能让他跑了，王字倒过来写！葛亮摇头叹息，有点不忍心看林雾的下场。

果然，没过十分钟，林雾就让王野给按雪地里了。王野从来不会以牙还牙，他都是加倍乘个系数再还。

系数大小取决于对方招惹他的程度和野哥的心情。

比如林雾，鉴于他大多数时候比较听话，埋雪里就差不多了。不用埋完了再埋。

"王野——"林雾第一次感觉到了觉醒科属之间的差异，王野那手就跟虎爪似的，说给他按雪里就按雪里了，根本撼动不了。按完了还不算，居然拿雪埋他！

林雾刚想再喊第二嗓子，就吃进来一口雪，然后眼前的世界就只剩下一片凉了。

好在那家伙没往死里整他。

林雾挣扎着从雪里坐起来，头发全湿了，但又想乐，就是明明被虐了，还觉得特开心，也不知道是不是被风吹傻了。"我就扔你一个雪球，你要不要这么打击报复啊。"

林雾湿了的头发沾在前额，王野忽然很想把它们都撩上去。他也这么做了。

果然，林雾的额头和他想的一样，光洁漂亮。

不过半湿的头发手感还挺好的，王野撩完，又顺势撸了两下，给狗狗顺毛似的，然后说："别得了便宜还卖乖。"

林雾被摸头，还以为是对方良心发现，准备安慰一下惨败的自己，闻言差点吐血。

他都被碾压得这么惨了，得什么便宜了？

刚想这样问，后方赶过来的葛亮先一步进行了科普："你问问我们整个高中，哪个打雪仗时跟野哥挑衅的，最后能全须全尾活蹦乱跳？"

林雾："……"这是什么大魔王！

哎，等一下。

林雾捕捉到新重点，从雪地上站起来。"你俩是高中同学？"

王野的手随着林雾站起从对方头上滑下来。他有点留恋那个手感，又抬手摸了摸自己脑袋。

果然，圆寸不行。

"嗯，"葛亮回答林雾，"虽然不是一个班，但野哥当年可是叱咤风云，全校没有不知道他的！"

林雾问："怎么个'叱咤'法？"

总感觉这里面一片血雨腥风。

"这个，"葛亮偷偷看王野，还是决定安全第一，清清嗓子，认真看向林雾的眼睛，"你懂的。"

林雾："……"还不如直接说了，无限脑补更恐怖啊！

"你哪个高中的？"王野忽然问林雾。

葛亮惊讶，在他印象中，王野从来没主动问过别人的事，因为野哥根本不喜欢人，别说八卦之心，连一点点好奇心都不存在。

林雾没觉得什么，照实回答："省实验。"

王野挑眉，有点意外："那你高考没发挥好啊。"

葛亮简直想给王野一胳膊肘子，心道：你会聊天就聊，不会聊天就装酷行不行，你这是一句话把咱们高中我们大学和林雾一起黑了啊！

三合一，特别黑。

林雾要因为葛亮丰富变幻的表情笑死了，完全能理解葛亮的心情。

可要问林雾自己，那正好相反，他太爱和王野聊天了，就是想什么说什么，特痛快。"谁说我发挥失常，我那天高烧都烧糊涂了，完全是超常发挥好吗！"

"烧糊涂了还能考上咱们大学？"葛亮震惊。

林雾认真看向他的眼睛："你懂的。"

葛亮："……"他这个只比王野好一点的学渣不懂啊！

葛亮仿佛有着用不完的精力，看天快黑了，赶紧趁着落日余晖，又开始在雪地里撒欢。

"你现在不冷了？"林雾见状打趣道，"之前在车上不是还哭着喊着要关窗。"

葛亮从雪地上气势非凡地仰起脸："我那时候还把自己当人呢，现在不一样了！"

林雾："现在彻底变成二哈了？"

葛亮："请叫我的学名——西伯利亚雪橇犬。"

夕阳落尽，夜幕渐渐低垂。

林雾一脚深一脚浅地踩着雪回到歪脖树下，见王野慵懒地躺在越野车里，车门车窗都大开着。

驾驶座的椅背放下，他双手枕在头后，眼睛半闭半睁，像在看夜空，又像是要睡着了。

听见积雪发出的声音，王野慢悠悠转过头来："疯够了？"

猫科动物理解不了犬科动物的活力。同样是玩耍——

犬科：（一小时后）继续来呀，快活呀。

猫科：（十分钟后）没意思了，睡觉。

"咱俩到底谁疯，"林雾直接上手给他把车门关上了，然后胳膊搭上车窗，真心发问，"同学，你这和躺在雪地里有什么区别？"

"椅子软。"王野也是经过深思熟虑的。

林雾服气了，这是软硬的问题吗！

"我这跑半天还觉得冷呢，你就一动不动躺着，嫌自己冻得不够快？"

王野终于坐起来，也趴到车窗边，和林雾近距离面对面："你是不是忘了什么？"

林雾说："啊？"

王野说："我是东北虎。"

林雾："……"

东北虎，也叫西伯利亚虎。

远处，西伯利亚雪橇犬不知疲倦；近处，西伯利亚虎在寒风里打盹。

自己，丛林狼。他和人家两个物种的耐寒度根本没法比好吗！

认命地坐进副驾驶，林雾毫不犹豫把自己这边的门关上了。

虽然也顶不了太大的作用，但能挡一点是一点。

王野瞥他两眼，长腿一迈，下车。

接着林雾就看他绕车一周，把能关的车门都关上了，末了回到车里，又关上了全部车窗，然后发动汽车开了暖风，不过模式调的外循环，以便空气流通。

算你有点良心。

"谢啦。"林雾也学他把椅背放倒，舒舒服服躺下。

暖风渐渐驱散了车内的寒意，林雾终于彻底放松下来。

郊外的夜空，广阔清澈，月亮美得不像话，仿佛那上面也刚刚下过雪。

远处的葛亮正在奋力爬上一块大岩石，看样子是准备过一把狼瘾，来个月下长嚎。

越野车里很安静，只有暖风和发动机低低的嗡鸣。林雾没去看王野，但他知道王野没睡。

内心是久违的宁静。

林雾已经很长时间没有过这种心情了，松弛、安逸，好像所有的事都不算事，所有难言的隐秘都可以坦然面对。

可能是月亮太漂亮，也可能是王野让人莫名安心。

"我中午和我爸一起吃的饭，"林雾轻声开口，自然得就像闲聊天，"昨天中午是和我妈，连着两天在同一家饭店，我都怀疑他俩是不是约好了……"

王野闻言偏过头，发现林雾并没有看自己，而是一直望着天。

月色映在他的眼睛里，淡淡的。

"其实我倒真希望他俩是约好的，"林雾嘴角勾起一抹酸涩，"他俩离婚很多年了……

"在我六岁的时候，他俩以为我那时候小，都忘了，其实我记得特别清楚，就在今天的那家饭店里，他俩和我说，爸爸妈妈以后不能在一起了，但是爸爸妈妈都爱你……

"我当时哭闹得特别厉害，不明白什么叫爸爸妈妈不在一起了，我只知道这是很坏很坏的事，但我从来没怀疑过那句，爸爸妈妈都爱你……"

说到这里，林雾笑了一下，像在笑小林雾的天真和傻气。

"后来他俩有了各自的家庭，都不想要我，我就跟着姥姥住，和姥姥家的小舅一起玩，再后来小舅读大学，我也上了初中，然后就开始住校……

"从初中到高中，从高中到大学，"林雾深吸口气，又慢慢呼出，"然后就到现在了。"

这是林雾第一次和别人说这些。他觉得讲到这儿可以打住了，再往下说，既难以启齿，又给好心倾听的人增加负担。

可是下一秒，他转头看见了王野。

王野不知什么时候改成了侧躺，就那么盯着他，脸上没什么表情，既没跟着他一起伤感，也没对他显露什么同情，仿佛就是在听一个故事，你说，他就听，你停，他就算了。

林雾鬼使神差就继续了："其实我要的不多，他们可以分开，可以重新组建家庭，只要给我一点点关心和在意就行，让我知道，他们没把我真的忘了，他们心里还有我……

"可是无论我学习多努力，考试成绩多好……"

林雾的情绪和声音一起低下来，低到荒野的沙砾泥土里："他们还是不要我。"

故事说完了，王野等了一会儿，确定再没有后续了，总算给了一个回应："哦。"

林雾眼底刚冒的那点热气，瞬间被憋了回去，他一眨不眨瞪着王野："就一个'哦'？"

王野问："不然呢？"

林雾说："正常的发展你不是应该多少安慰我两句吗?!"

王野说："这种事你自己想不通，别人怎么安慰都没用。"

"……"道理是这个道理，但也至少走个朋友间的流程啊，"你……阿嚏！"

吐槽没成功，喷嚏先来了。

王野这回总算有了表情，皱眉道："不是开暖风了吗？"

林雾没好气地揉鼻子："我又不是西伯利亚狼。"

王野毫不掩饰地嫌弃他："作为狼你这耐寒力也太脆了。"

林雾："……"

雪中送炭没有你，雪上加霜你最行，这什么破朋友！

带着体温的机车夹克外套突然从天而降，把林雾整个人罩住了。

林雾好不容易从厚外套底下把头探出来，就听见王野不耐烦的声音："得了，以后我罩着你吧。"

林雾怔在那儿，在 333 宿舍，他都是罩着别人的，第一次有人要罩他。

"怎么罩？"林雾有点好奇，还有点别的说不清的感觉在心底乱窜。

王野理所当然道："你欺负别人，我帮你助阵；你被欺负了，我帮你揍人。"

林雾问："有没有不那么暴力的？"

王野一脸"这么优渥的条件你还不知足"，不过还是给面子地想了想，总算脱离了武力范畴："你郁闷了我带你兜风，你不开心了我就带你看月亮，行了吧？"

林雾愣愣地看了他很久。

然后猛地坐起来，拿王野的外套把自己裹得紧紧的，特别认真地回应："那以后我给你制订学习计划，保证你一学期脱离后进，两学期名列前茅！"

王野有点理解林雾刚才的心情了："能不能给个和学习无关的？"

最怕空气突然安静。

林雾苦思冥想再苦思冥想："真没有。"

"算了，我就吃点亏吧，"王野也坐起来，大手拍上林雾脑袋，温暖有力，"谁让我罩你呢。"

林雾傻乐，心情很好，至于头顶上的爪子，就让他摸一把吧。

两分钟后。

"差不多就行了你还真拿我当狼撸啊——"

春节将近。

自上回兜风之后，林雾的好心情就一直延续了下来，哪怕看到街上开始卖对联，看到父母带着孩子在烟花摊前挑挑选选，他都没像往年感觉那样孤单。

街边除了这些，还有卖台历的，虽然按照西元纪年，已经进入新一年了，但农历新年还没到，也就不算过期。

林雾一路走走逛逛，该买的都买了，鞭炮、对联、台历，一个不差，走到公寓底下的时候，还顺手买了一小盆多肉。

他特意挑了个觉醒风的台历，每一页都有不同动物的觉醒科普。

回到家，他第一件事就是把台历翻到当天，二月十日，腊月二十九。

明天就是除夕。

宿舍微信群里很安静，333的兄弟们都在忙着过年，不是陪爹妈买年货，就是出去理发、洗浴一条龙，以昂扬的精神面貌迎接新一年的到来。

王野那边也很安静，估计也是忙着呢。

林雾把房间收拾整洁，打扫得干干净净，然后坐在沙发里，看着茶几上的多肉和台历，两个都小小的，一个绿意盎然，一个还有满满的日子待翻，同样的生机勃勃。

再无事可做，林雾又拿过手机刷了一会儿，无意识点进微信。

父母最近都没发来任何消息，好像吃完了那顿饭，假期任务也就结束了。

点进两个人的朋友圈。

父亲的最新一条是去查干湖参加冬捕节，带着林川，父子俩合力抱着一条硕大的鱼，相似的五官轮廓，笑脸灿烂。

母亲的最新一条是妹妹的短视频。小姑娘在学芭蕾，在舞蹈教室里，穿着漂亮的芭蕾裙，跟着老师做动作，偶尔没做好，吐吐舌头，天真烂漫。

林雾静静看着视频，任由它不断重播，忘了退出。

直到一声"叮咚"强势插进来。

王野：定位发我。

林雾：啊？

王野：你的定位，初一我过去找你。

第七章　新年

除夕这天，鞭炮从下午开始就没停过。

每一次爆竹声响起，就代表又有一个家庭开始了年夜饭。或许是对大年初一有了期待，林雾第一次没有在大年三十这天觉得孤单。他早早地贴了对联，然后就抱着被子在床上呼呼大睡，偶尔被鞭炮声吵醒，翻个身，继续美梦。

一梦过白昼。

醒来，夜色喧嚣，万家灯火。

外面听起来比白天更热闹，林雾看一眼时间，春节晚会已经开始了。但他没有打开电视。

他已经很多年不看春晚了，太阖家欢乐的氛围，欢笑之后，只会让人更寂寞。

关掉公寓顶灯，只留一盏夜灯，林雾打开了笔记本电脑，找到了先前一直收藏，但还没机会静下心来看的关于狼的纪录片。

片子一共五集，主要讲的是灰狼。

事实上大部分关于狼的纪录片，都偏重于这个世界上分布最广的种群。

不过丛林狼和灰狼是近亲，林雾也就当成是自己科属的科普片看了。

窗外霓虹和屋内夜灯，勾勒出柔和多彩的氛围。

纪录片开始，一幅狼世界的画卷，伴随旁白低沉有磁性的嗓音，徐徐展开……

"作为犬科的一支，灰狼种有 39 个亚种，北半球几乎处处都有它们的身影，无论是茂密的森林、开阔的平原、荒芜的冰原，还是严寒的北极……

"它们以群体方式狩猎，互相协作，成员各司其职，共同进退……"

林雾看得很认真，渐渐地，外面的鞭炮声好像变得很遥远，反而是纪录片里的风声、林声、狼群奔跑声，还有那一声声或低吼或高亢的狼叫，近在耳畔。

公寓似乎成了林间小屋，狼群好像就在周围，玩耍着、嬉闹着、捕猎着。

一集播放完毕，自动进入下一集。

林雾看得投入，也惬意，偶尔甚至还想学里面帅气的头狼嚎叫几声。

直到第三集——

"狼群有着高度复杂的社会结构，由一只头狼领导……

"狼是一夫一妻制，在一个狼群里，只有头狼及其配偶有生育权……

"被生下来的小狼会在整个狼群的照顾下成长，但两到三年后，一些年轻的雄性小狼必须离开狼群……"

画面对准了一匹小狼，它已经到了该离开狼群的年纪，可它不愿意走。

旁白声音没有任何波动，仍是那样低沉平稳——

"这头小狼不愿意离开，可是狼群不再接纳它……

"几匹成年的雄狼对它露出了獠牙……

"小狼试图靠近它的母亲，却被头狼低吼喝退……"

整整一集，都是小狼不断在尝试，狼群不断在驱赶。林雾看着它一次次努力，又一次次灰溜溜地逃开，周而复始。

终于，它放弃了。

在第三集的末尾，狼群围在冰湖上狩猎，团结严密，并然有序。小狼却只能默默离开，走向未知的森林。纪录片摄制组可能也和林雾一样，关心小狼的命运。从第四集开始，镜头就完全跟随着小狼了。

"离开群体的小狼会设法加入其他狼群，它嗅着丛林里的每一处，泥土、青草、石块、树干，寻找同伴的气味……

"它好像找到了，然而找到并不意味着可以加入，大部分狼群都非常排外……"

在接下来的时间里，小狼成了纪录片绝对的主角。林雾也好，摄制组也好，都显而易见地被它的命运牵扯住了，在不同的时空，却是同样放不下。

他们看着它找到新的狼群，却又再次被拒绝，看着它在森林里孤独而顽强地生存，继续寻找其他狼群……

它才成年，有着敏锐的嗅觉和年轻的力量，这让它可以在找到真正接纳它的狼群之前，独自捕猎而不至于饿死。

可就像离开原始狼群时的情境重演，小狼一次次找到新的狼群，又一次次被拒绝，其中两次它甚至在和狼群的冲突中受了伤。

"小狼终于遇到了愿意接纳它的狼群……"

整部纪录片接近尾声，旁白第一次有了细微的情感波动，仿佛漫长的黑夜终于迎来曙光，连那平静低沉的声音都好像轻轻舒了一口气，多了些许欣慰。

"雌性头狼默许了它的靠近，这通常意味着，狼群已经接纳了新的成员……"

林雾也替小狼高兴，或许是跟着镜头全程追随了小狼在森林里挣扎生存的坎坷，这一刻，他甚至激动得眼眶发酸，心底发热。

"然而小狼好像在迟疑，它靠近狼群，得到了头狼的许可，可它现在又开始后退……"

林雾微怔，目不转睛地盯着画面里的小狼，和狼群一样茫然。

"它退到了一块岩石上，开始嚎叫，这样的叫声足以穿越整片森林……

"这不是示威，而是一种告别，在即将被新狼群接纳的这一刻，它放弃了融入，选择成为一匹真正的孤狼……

"嚎叫之后，小狼转身跑向了森林之外……"

镜头离开森林，便没再追逐，小狼的身影在平原尽头渐渐消失。

最后的旁白平缓而沉静："它离开了狼的社会，奔向了属于自己的旷野。"

窗外的鞭炮声忽然集中而猛烈，林雾从恍惚中惊醒。抬头，时钟上时针和分针重合在十二点，秒针刚从那里经过。

旧的一年，过去了。

但林雾自己没什么真实感，整个后半夜，他听着窗外的热闹，满脑子想的却只有那头小狼。

月落日升。

阳光洒向大地，河畔别墅掩映在晨晖之中。

长长的餐桌旁，一家四口正在共进早餐。

昨夜刚过完除夕，年夜饭也吃了，饺子也煮了，但在今早的餐桌上，再找不到一点春节的喜气。

完完全全的西式早餐，阿姨放下最后一盘新烤制的欧式面包，回到厨房继续忙碌。

餐厅里静得压抑，只有刀叉同餐盘碰撞的声音。

王野吃了几片火腿，便放下刀叉，起身说："我去找同学。"

父亲头也没抬，仍在专注地看着报纸，偶尔喝一口咖啡。

母亲拿餐巾擦了擦嘴，淡淡叮嘱："注意安全。"

唯独坐在一旁的王锦城，挑事似的提高音量："大年初一就往外跑啊。"

王野眯起眼睛，锁定他。

王锦城缩缩脖子，也不知道想起了哪次被揍的恐惧——次数太多，难以分辨——不吱声了。

他比王野小一岁，眼睛像妈，鼻子和嘴像爸，走出去谁都能一眼看出他是王海辞和田蕊的儿子。不像王野，明明都说第一个孩子会更像父母，但偏偏王野跟谁都不像，小时候王锦城还总说王野不是他亲哥，后来闹得王海辞和田蕊也起了疑虑，担心是不是在医院生产的时候哪个环节搞错了，虽然是找了最好的医院，但当天医院有好几个男婴出生。

后来两人还真带着王野去做了亲子鉴定，就是亲生，确凿无疑。

王野那时候已经记事了，但当时还不明白，后来长大了，回过味了，也没太大感觉，偶尔想一想，只觉得特逗，两个在商场拼搏一辈子、什么尔虞我诈都经历过的人，最后让王锦城一个孩子哄得杯弓蛇影的。

"妈，我也要出去玩儿。"在王野这里讨不到便宜，王锦城又换了路子。

果然，田蕊比刚才表情丰富多了，语气也多了一点宠溺："别淘气，天天去外面疯，过年就不能在家里陪陪妈妈。"

"哦——"王锦城拖长尾音，胜利的眼神故意炫耀似的往王野那边瞟。

王野走出餐厅，才转身道："王锦城，过来。"

王锦城有点惧，但一想，父母都在呢，王野应该不敢动手，于是壮着胆子也就过去了。

待他走近，王野一把将人揽过来，"亲兄热弟"似的，然后在他耳边说："傻×。"

花园公寓。

直到敲门声响起，林雾才发现自己竟然坐在窗前，对着书桌上的笔记本，发了整个后半夜的呆。

"啪——"

敲门声只有一下，但那厚重的力道跟猛鬼拍门似的。

打开门，王野站在门口，运动外套，板鞋，简单利落得好像外面已经是阳春三月了。

"你是真不怕冷啊。"林雾把人让进来。

王野走进玄关，一边换鞋，一边打量公寓："这么小？"

林雾想拿拖鞋拍他："你给我买个大的，我来者不拒。"

王野环顾一圈，只看见电脑，没看见别的："你昨天晚上吃啥了？"

"本来打算煮饺子的，"林雾想起那两盒还躺在冰箱冷冻格的速冻饺子，"后来忘了。"

"今天早上呢？"

"还没吃。"

王野这才发现林雾有点没精打采："你一晚上干啥了？"

"呃，"林雾犹豫了一下，抬眼看向王野，"如果我说看了一晚上狼的科普纪录片会不会显得有点凄凉？"

这不是凄凉不凄凉的问题。

"你大过年的看科普纪录片？"这种匪夷所思的刻苦学习行为在王野这里完全超纲了。

"不是一般的纪录片，"林雾必须为自己付出的时间和专注正名，"特别引人深思。"

王野点头："嗯，没吃饭正好。"

林雾心道：你这话题切换还能再简单粗暴点吗！

林雾服了学渣对知识性话题的顽强抵抗，不过下一秒反应过来对方说的话，愣住："你也没吃？"

王野说："吃了。"

林雾问："你给我带饭了？"

王野说："没。"

林雾说："那你正好什么！"

王野伸手拿过林雾放在沙发上的羽绒服，丢过去："带你出去吃。"

林雾翻白眼："大年初一，哪有饭店开。"

王野说："哦，你家楼下的全开了。"

林雾："……"

花园公寓下面，早餐店热气腾腾，顾客熙攘，连锁快餐店、便利店依旧 24 小时营业，有一些店门上的晚间招牌灯，也不知道是不是店员忘了关，还在旭日里亮着。

林雾和王野找了一家粥铺。

虽然王野说早上吃过了，可一锅排骨粥端上来，都不用林雾让，他就很自觉地给自己盛了一碗。

林雾看他牙好胃口也好，颇为感慨："难怪你是老虎。"

王野瞥他："知道丛林狼为什么瘦吗？"

林雾问："为啥？"

王野说："话多。"

林雾："……"

老虎欺负狼了，有没有狮子大象啥的出来管一管啊！

没有路见不平的好汉，林雾只得乖乖安静专心地啃小排骨。

其实没有王野，林雾一个人下来照样可以吃得饱饱的、好好的。可有人在一起吃，感觉又不一样。

热气在冰冷的窗玻璃上熏出水雾，两人对着喝粥。天很冷，粥很烫。

"接下来干啥？"一顿早餐吃完，林雾在饱腹感中打个哈欠，眼皮有点沉。

王野也跟着打了个哈欠，反问："你想干啥？"

林雾继续打哈欠："你来找我玩，不是应该提前做好玩耍攻略吗？"

王野继续打哈欠："那是啥玩意儿？"

林雾："……"

王野："……"

林雾问："咱俩是不是该睡觉了？"

早上八点，如狼似虎组合标准的睡眠时间。

于是在这个美好的大年初一，两位吃完早饭的同学又一起回到公寓，在动物性本能的召唤下，双双睡了个天昏地暗。

好在公寓里那张两米的双人床也够大，林雾和王野各占一边，空间富余。

但这宁静的和谐只持续到睡着之前。

林雾是被人一脚蹬到床下，生生摔醒的。那是中午十二点。

他坐地望床，终于知道什么叫一山不容二虎了。王野同学呈大字状躺在床榻中央，呼吸悠然，胸膛规律起伏，如果天地有灵气，日月有精华，那绝对都得奔着王同学去。这都不是鸠占鹊巢了，这就是明晃晃的占山为王！

林雾气得牙根直痒痒，老话怎么说来着，恶虎架不住群狼，他得给他们狼的科属维护尊严。思及此，林雾愤然而起，再向虎山行。

伸手到王野身下，用尽全力把人往旁边一翻。王野顺势翻滚，仰躺变成俯趴。

居然没醒，这睡眠质量林雾是服气的。

趁着空间空出来，林雾立刻躺下，也呈大字状，占据双人床大半壁江山，一边的胳膊和腿随着舒展直接搭到了王野身上。

爽啊。

林雾闭上眼，有点明白百兽之王的快乐了。就着这份快乐，林雾进入了梦乡。

直到傍晚，他在一阵胸口憋闷中艰难睁开眼睛。

王野还是俯趴，但这回是趴他身上了，头拱着他颈窝，身体重量全扑在他身上，猛虎压顶似的，林雾感觉自己能活着醒来，都是奇迹。

像是感觉到了身下的不安分，王野也醒了，缓缓抬起头，睡眼惺忪地看着近距离的脸，皱眉看了好半天，才咕哝一声：“林雾啊。”

林雾努力在压迫性的呼吸困难中，扯开灿烂假笑：“不是我，还能是谁呢？”

王野说：“我梦见我变成老虎了，然后抓到一只狼。”

林雾磨牙，一字一句：“你一个老虎不抓兔子不抓鹿，抓狼干啥！”

王野困倦地哈了口气：“有挑战性。”

晚上六点，华灯初上。

对夜行性的两个人来说，这元气满满的一天才算真正开始。

林雾从床上下来，去卫生间洗了把脸，神清气爽，出来之后问王野："想吃点什么？"

问完他才发现，他俩好像什么都没干，光吃了，睡前吃一顿，睡醒又饿了想吃。

还懒洋洋地趴在床上的王野没林雾这么多虑，向来凭本能行事，饿了就是饿："你这里有什么？"

"我这儿？"林雾本来是想和早上一样，也到外面解决的，闻言下意识看向冰箱："就两盒速冻饺子……还有几罐饮料吧。"

王野不挑："那就煮饺子。"

"我煮？"林雾发现王同学一副理所当然等吃的架势。

"我煮也行。"王野很给面子地说，就是身体一动没动。

"……"得，来者是客，"您老就稳稳当当在那儿趴着吧。"

从冰箱里拿出速冻饺子，林雾顺手打开了电视。春晚还在重播，这会儿正演到一个小品，观众乐得哈哈地笑。公寓的空气立刻被晚会的氛围感染，也显得热闹起来。

林雾拿着饺子走进厨房。

王野在床上伸了一个大大的懒腰，就像猫科动物在舒展身体，然后才慢悠悠地坐起来。

厨房的燃气灶被打开了，即使有电视声音的掩盖，他还是听得见火苗欢快的倏倏声。

王野的视线向四周环顾了一圈。

小小的公寓在明亮的灯光下一目了然。白色墙壁，木色地板，小巧的沙发和茶几，蓝色的窗帘。

这里谈不上有什么装修风格，只是满足了最基本的需求，简单、实用。房间里也没什么装饰和摆件，就茶几上放了一个小台历、一盆多肉。

整间公寓也就和他的卧室差不多大。

装修更是没的比，他家是请了著名设计师设计的，屋内布局基本都重新改过，为的就是区间分隔更合理，整体更开阔大气，装修全部走的现代轻奢风，连一把椅子都要从国外订购。

他家更不会看春晚。

昨天年夜饭，除去他爸讲人生道理和成功学的部分，其余时间都在安静进餐中度过。

水开了，饺子下锅了。

王野不用往厨房看，滚水的咕嘟声、饺子落下溅起水花、林雾的一举一动，他都听得一清二楚。

地方太小，一点点声音就会很热闹，一点点热气就会很暖和。

过年这件事，王野没太大感觉。但如果非要二选一，他宁愿在这里，像现在这样过。

林雾在厨房忙活了半天，连饺子带醋碟一起端出来的时候，就见王野已经从床上下来了，正站在玄关研究鞋柜上的一挂红色鞭炮。

"这玩意儿是不是得吃饭前放？"王野转头问。

"是年夜饭之前放，"林雾把饺子放到茶几上，又转身回厨房取碗筷，"但我昨天忘了。"

鞭炮是林雾腊月二十九买的，本想着除夕夜放，结果昨天光顾着看纪录片，鞭炮忘了放，饺子也忘了吃。

"有打火机没？"王野拿起鞭炮。

林雾问："你要现在放？"

"不然呢，你准备留到明年？"王野说着，已经开始穿鞋了。

林雾买鞭炮时一并买了打火机，但为安全起见没放在一起，见王野打定了主意，他立刻回身去羽绒服里摸出打火机递过去。

两分钟后，楼下响起了噼里啪啦的鞭炮声。

楼层太高，林雾扒在窗口也看不清下面的王野，连鞭炮的火光都捕捉得很困难。但他知道这一阵噼里啪啦是属于他家的。

他的年夜饭迟到了一天，好在，还是来了。

很快，王野带着寒风而归。

两人一起坐在沙发里吃饺子，吃完了就继续窝在一起看电视，晚会重播再重播，好像永远都不会结束。

窗外又开始放鞭炮和烟花，这样的喜气大概要一直延续到正月十五。

今天是初一，可林雾却觉得，这就是他的除夕。

零点整的时候，他伸手去翻茶几上的台历。指尖碰到页面的时候，他才发现，昨天忘翻了，日期还停留在旧历年的最后一天。

轻轻翻过一页，新年终于开始。

"王野。"林雾忽然叫身旁的人。

王野正认真钻研晚会里的科属魔术呢，听见自己名字，条件反射地转头。

然后就看见林雾朝他一笑，眼睛弯得像月亮："新年快乐。"

窗外，又一朵烟花绽放。中秋国庆，除夕初一，两个时空好像在这一瞬间重合了。

王野从来没觉得过节有什么可快乐的，但林雾笑起来特别乖。

"同乐。"那天晚上，他就想这样说了。

一夜如水而过，东方既白。晚会的重播终于结束，换上了早间新闻。林雾拿胳膊碰碰已经开始打盹的王野："哎，你是不是该回家了。"

大初一的跑出来玩，还一玩玩了一宿，再不回家报到，也说不过去。

王野却一脸无所谓："不用。"

林雾还想说什么，手机忽然响了。他拿过来看见来电人，眼睛倏地亮了，脸上的困倦一扫而空，接电话的语气是完完全全的惊喜："小舅，你回来了？"

小舅？王野微微抬眼。

那个林雾在姥姥家和他一起玩，后来一个读初中一个读大学就分开了的小舅？

"嗯嗯……有时间……没问题……行……"

简短交谈后，林雾结束通话，高兴劲儿还在脸上："我小舅回来了，等下中午我去找他。"

"从外地回来？"

"嗯，北京。"

"那你也不用乐成这样吧。"王野还没见林雾因为谁这么高兴过，就连他带林雾兜风那天，都没在林雾脸上看见过这么灿烂的笑容。

林雾对此全然没有自觉："我乐了吗？"

王野说："眼睛都没了。"

林雾有点不好意思，稍稍平复了一下飞扬的心情，才道："我是不是没和你讲过我小舅。"

王野的眉心微微动了下，就算回应了。

和那天车里一样，你说，我就听，你不说，也无所谓。

林雾偏偏就喜欢这种没什么热情的听众，也是奇了怪了，和别人从来不讲的事，对着王野，好像就特别容易开口。

"我小舅叫陶其然，比我大六岁，我刚到我姥姥家的时候，就是他带着我玩……"

林雾抬头望着屋内顶灯，在光影中，仿佛又看见了那段时光。遥远，却快乐如昨。

"有好吃的，我俩一起吃；有好玩的，我俩一起玩；谁要欺负我，他第二天就能帮我报仇去……"想到了什么，林雾"扑哧"乐了，"不过他打架不行，只要和对方的年龄差小于三岁，他十次里就有八次铩羽而归。"

"那是真不行。"王野客观评价。

"因为他就不是打架的料啊,"林雾笑着道,"他的手是拿画笔的。"

"画画的?"王野眼底闪了一下。

"对,他从小画画就特别有天赋,"林雾带着自己都没察觉的自豪,"后来考上了中央美院的油画系,还没毕业呢,作品就已经被人高价收藏了,前几年毕业直接留校,我现在一年都难得见到他一次……"

"寒暑假也不回来?老师不都有假期吗?"

"很少,"林雾说,"他寒暑假都要去山上创作。"

王野说:"山上?"

林雾说:"对,一住就是一个假期,说只有这样才能彻底静下心来创作,而且他本身就喜欢画风景和动物,不喜欢画人,去山里最合适了。"

说完这话,林雾突然意识到了什么,转头看向王野,神情微妙。

王野语气不善:"你瞅啥?"

林雾莞尔一笑,他现在不怕王野凶了,甚至还想嘚瑟地摸摸虎头:"就是觉得你俩有点像,都不喜欢人。"

王野不以为然:"他是不喜欢画,我是压根不喜欢。"

"我知道,大雾那天你就说过了,"林雾终于还是上了手,不过没敢真摸头,就拍了拍老虎肩膀,"借你吉言,现在全世界都不是人了。"

王野:"……"

一语成谶,全球野性觉醒这个锅,王同学是背定了。

时间还早,林雾想抓紧睡上两三个小时,这样中午赴约的时候就不怕犯困了。奈何他心情实在太好,躺床上翻来覆去也没睡意。

倒是王野,舒舒服服补了三小时觉,然后外套一穿,板鞋一踩:"约的哪儿,我送你。"

年前他的车就喷完漆了,初一是开车过来找林雾的,这两天车一直停在花园公寓的地下停车场。

"不用,"林雾不想麻烦他,"我打车就行。"

王野一巴掌拍他脑袋上:"哪儿那么多话。"拍完,又顺手撸了两把。

林雾："……"

要不他也剪个圆寸得了。

年初二，人都出来走动了，街上有点堵车。

王野开了大概四十分钟，才抵达林雾说的那条街，那家咖啡店。

王野把车停在路边，发现咖啡店大门紧闭，并没有开张。

林雾也看见了，但似乎对此早有预料，拿出手机给小舅发语音："我到啦。"

没过多久，店门就从里面打开了，两个男人走出来。他们的年纪差不多，都比林雾和王野大六七岁的样子。一个身材高大一点，穿着工装款的外套，五官硬朗，一个清瘦一点，穿着长羽绒服，兜起来的帽子快把他那张不大的脸全挡住了。

"小舅！"林雾开门跳下车，径直走到穿长羽绒服的男人面前，站定后又看向旁边穿工装的男人，乖乖喊了一声，"赵里哥。"

名叫赵里的男人微微颔首。

穿长羽绒服的男人则温柔地笑，伸手捏了捏林雾的脸，然后看向越野车里的王野。

王野这才看清陶其然的长相，白白净净，斯文秀气，眉宇间自带一种清逸，不太像画油画的，倒像画国画的，有那么点不食人间烟火的仙气儿。

"你同学？"陶其然问林雾。

林雾差点把王野忘了，连忙道："嗯，同学……"

哦，同学。

王野收回视线，重新目视前方，踩离合，挂挡。

林雾说："关系特别好的同学。"

差一点就踩上油门扬长而去的王野同学若无其事又把脚收了回来。

"特别好的同学？"陶其然打趣似的轻轻重复林雾的话，看向王野的眼睛带上了笑，"留下来一起吃个饭吧。"

陶其然眼睛的形状和林雾有一点像，但给人的感觉截然不同。

林雾的眼里总像笼着淡淡的雾，那些不愿宣之于口的心情、秘密，都藏在薄雾的森林里。

陶其然的眼里则是一片天空，广阔、清澈，仿佛洞悉一切，却又对一切顺其自然。

王野不打算留下来，林雾走亲戚，他没必要凑热闹。正想拒绝，林雾却先行转身回到车边，开心地二次邀请："对啊，一起来呗。"

对林雾来说，这不是家庭聚会，而是一个可以涵盖所有美好意象的相聚。所以最亲的人坐左边，玩得好的朋友坐右边，左拥右抱，多美滋滋。

王野知道林雾是真邀请，不是假客套，但还是觉得没必要，便直截了当道："没……"

林雾眼底闪过失落。

王野说："没……地方停车。"

林雾还以为王野要用"没必要"进行无情拒绝，闻言立刻打起精神："有啊，就停在咖啡店门前就行，"说完还生怕不作数，回头问，"赵里哥，你家店门前是不是就可以停车？"

赵里说："没问题。"

林雾立刻往旁边退，让出店门前的位置，招呼王野："来吧，就停这儿——"

王野："……"

什么叫搬起石头砸自己的车。

待王野停好车下来，林雾立刻给他介绍："这是我小舅，陶其然，这是赵里——你就跟着我叫赵里哥吧——我小舅的发小，最铁的哥们儿……"

"屋里说吧，"赵里话不多，但声音沉稳，"外面冷。"

陶其然是这个决定最积极的拥护者，立刻裹紧羽绒服，第一个往店里回。

赵里跟着转身。

"这家店就是赵里哥开的，"林雾小声和王野道，"我小舅每次回沈阳，都来这里。"

王野看着陶其然的背影，有点疑惑："你小舅的科属，不是狼？"

根据觉醒统计，通常有血缘关系的，科属都会相近。

"应该是……吧。"林雾还没问过陶其然的觉醒科属，但看着对方怕冷的背影，对这个"觉醒血缘论"也有点不那么自信了。

狼虽然没"西伯利亚动物们"扛冻，但耐寒力也应该还说得过去啊。

咖啡店内的装修走的复古艺术风格，进门先看见了一台老式留声机。

王野对这种拿腔拿调的东西敬谢不敏，倒是满墙挂着的画挺有意思，油画、素描、印象派、抽象派、种类、风格那叫一个大杂烩，简直是奔着破坏整个店的风格去的，把精致装修和老式留声机营造的低沉复古风彻底搅和了。

"赵里哥，你今天不开店吗？"林雾发现他们刚进来，赵里又重新把大门锁上了。

以前就算在店里聚，生意也是照常做的。

"不是今天，"赵里把外套脱掉，搭到手上，"以后都不开了。"

林雾一时诧异，第一反应是："把店面租给别人了？"

这个门市一二两层，产权都是赵里的，咖啡店不好开，租出去倒也省心省力。

赵里却摇头，平静道："卖了。"

"卖了？"林雾愣住。

"行了，"赵里笑了一下，硬朗的五官稍稍柔和，就显出了一种深邃的英俊，"吃饭的时候再聊。"

林雾满腹疑惑，但赵里现在不想说，那他就不问了，毕竟这是个人的选择。只是小舅很喜欢这里，不知道他知不知道这件事。

林雾抬头去找陶其然，发现对方和王野一起站在去二楼的楼梯上。

通往二楼的楼梯，一侧墙壁上都是画，是这个咖啡厅里画作最集中的地方。林雾走过去，才看清是王野在看画，自家小舅更像是在旁边优哉游哉地凑热闹。

也是，这咖啡店里的画，林雾自己闭着眼睛都能逐一数出来，更别说陶其然了，实在没什么新鲜的。

王野正在看的是一幅素描，寥寥几笔，勾勒出了一座山间小屋，画面很淡，甚至有些潦草，在周围众多浓墨重彩的画作里极不显眼。

林雾却很诧异，因为摆在店里明面上的所有画作，就这一幅，是真真正正陶其然画的，虽然只是高中时的随手涂鸦，其他画则都是赵里从路边瞎买的。

王同学还挺有眼光。

林雾刚这样想，就听见陶其然问王野："喜欢这幅？"

王野双手插兜："谈不上。"

"……"林雾心口一梗。

陶其然说："画得不好？"

王野说："一般。"

"……"林雾想上去拿麻袋把他套下来。

陶其然忍着笑，故作伤感道："就这一张是我画的。"

王野点头，完全不意外："也就这一张还能看。"

陶其然收敛起玩笑的神情，看王野的眼神有了几分认真："你会画画？楼上有画室，一起玩玩？"

林雾赶紧开口："他一个学机械的，哪儿会画画，顶多就是机械制图，和你们这种也不是一个门类。"

王野看过来，不说话。

林雾挑眉，心道：怎么的，我给你搭台阶下来还不对了？

为了别人的看法来用力证明自己，是这个世界上最愚蠢的事情。王野一直这么认为。

"画室在哪儿？"一直这么认为的王同学，言简意赅地问。

陶其然的画室在咖啡馆二楼。

王野虽然搞不懂为啥咖啡馆里会搞个画室，但一走进去，就什么都忘了。

画室里只有一幅作品，或者说，是半成品，放在画架上，旁边的颜料还未干，显然创作者才刚离开不久。

画布上是森林和溪流，几头梅花鹿正在溪边喝水，森林像刚下过雪，银蓝色的颜料铺开一片雾凇。

小鹿还没画完，只是淡淡的轮廓，却也透出精灵般的轻盈和灵动。

王野看得出神。

这是一幅好画，哪怕未完成。

"来这边。"陶其然不知何时摆上了新的画架，问王野，"你要画纸还是画布？"

王野说："纸就行。"

画纸铺开，王野拿根铅笔，连构思都不用，随随便便就画起来。

之后的一段时间里，画室里就只有铅笔的唰唰声。

林雾看着一片截然不同的森林出现在王野的画笔之下……呃，是森林吧？

虽然山林好像机械结构，大小兽类都走硬核齿轮风，整个画面是完全彻底的蒸汽朋克感，但那种山中走兽倾巢而出的气势和野性，被描绘得淋漓尽致。

林雾不懂艺术，通常在这种时候，只能说一句：画得真好。

他从来不知道王野有这种技能，以至于现在看王野都有滤镜加成了，就拿转笔来说，以前他觉得这是学渣在走神，现在看王野转一下铅笔，就觉得是画家在灵感的思维殿堂里徜徉。

赵里先去店里的后厨收拾了一下，才上二楼，就发现所有人都挤在

212

画室。

他站门口看了下，大致知道是什么情况了，便低声和离门口最近的林雾道："我去准备午饭，你和你同学喜欢吃肉还是吃菜？"

野性觉醒之后，再熟悉的人也得重新问一下口味。

林雾指指自己："肉，"接着又指指王野那边，"多多的肉。"

赵里笑："收到。"

王野最终并没有将作品真正完成，顶多算画完了 70%，很多地方还是大致轮廓，并没有精细雕琢，但他也懒得弄了。

太久没画，总归手生。

但陶其然很喜欢，王野这边刚起身，他就马上坐到画前，左看右看，各种近距离欣赏。

林雾却更在意王野，他现在对对方除了震惊、惊艳，还有巨大的困惑："你为什么不学美术相关的专业？"

王野莫名其妙看他："为什么要学美术？"

这还用问？

林雾说："你画画这么好，不学浪费了啊。"

画架前的陶其然听见他俩说话，看过来，问："王野，你喜欢画画吗？"

王野耸肩："没什么特别的感觉。"

陶其然朝林雾摊手，有点可惜，但又很快释然："就是这样，天赋有时候不一定和热爱挂钩。"

"那你喜欢机械？"林雾又问王野。

王野说："也没什么特别感觉。"

林雾深深叹口气："同学，这个世界上有没有什么东西是你有感觉的，喜欢的？"

王野毫不迟疑说："动物。"

林雾："……"

陶其然被逗得前仰后合，感觉听俩小孩儿说话能乐一天。到吃饭的时候，他还带着笑。

赵里从后厨把做好的午饭端上来，都是咖啡店的简餐，半成品加工一下就行——黑椒牛排、咖喱猪排、盐酥鸡、石板烤肠、红烩牛肉、凯撒沙拉。

因为每份分量都不大，所以全弄了双份，除了沙拉。

作为唯一的蔬菜，它只一盘孤零零躺在最边上，独自美丽。

四人就座。

林雾一看这菜式，四个肉食动物没跑了，总算找到机会问："小舅，你和赵里哥觉醒的都是什么科属啊？"

陶其然故意卖关子，和林雾道："先说你们的。"

"我是丛林狼，"林雾不兜圈子，"他是东北虎。"

陶其然看看自家外甥，再看看王野，颇为认同地点头："气质相符。"

不是，怎么就相符了？

"我这身高，这气场，明明应该是大狼！"林雾至今对于丛林狼的体形都有点意见，潇洒有余，凶猛不足啊。

王野愉快地吃着盐酥鸡，不做评价。

"丛林狼既能适应野外，又能在城市及周边生存，"陶其然说，"挺好的。"

林雾哭笑不得："这话怎么这么别扭，我是觉醒了，又不是真的变成狼，不管觉醒什么都能在城市生存吧。"

"我是苔原狼。"陶其然公布了自己的科属。

"苔原狼？"林雾脱口而出，"那你还怕冷？"

苔原狼多分布在寒带草原、西伯利亚针叶林这种温度低的地方。

"也不是一直怕啦。"陶其然咕哝。

"赵里哥呢？"林雾看向一直没说话的男人，"你的科属是？"

赵里说："苍鹰。"

林雾一瞬间脑海里全是雄鹰展翅翱翔的画面。"好帅。"

王野一口咬掉半根石板烤肠。

本以为互通完科属，这场午餐就可以进入自由闲谈的时光了。林雾还想和陶其然说说学校的趣事呢。

陶其然却先淡淡开口："我辞职了。"

从有编制的大学里离职，陶其然说得就像在路边扔了一棵大白菜一样简单。

林雾刚努力往嘴里塞一口沙拉，差点咬到舌头。赵里显然早知道一切，有条不紊地继续吃饭。王野自觉和此事毫无关系，也专心进餐。

就剩林雾一个人艰难地消化信息："辞职了？从大学？"

陶其然点头："嗯。"

"然后呢？"林雾努力往好的方面想，"找到更好的单位了？"

"不找了，"陶其然轻松一笑，"上山。"

林雾问："上山？"

陶其然说："我一直喜欢山上，你知道的，只有在那里我才能静心创作。"

林雾说："可是寒暑假你都可以上山啊。"

"不够。"陶其然静静道，眼里像是盛着一片远山，"我在山里待的时间越长，越不想回城市。"

林雾理解不了："那你也不用把工作辞了啊，停薪留职，或者请长假不行吗？难道你还真要一辈子待在山上？"

"为什么不呢？"陶其然单手撑着下巴，认真地眨眨眼。

还问为什么……

"我先确定一下，你是准备像寒暑假上山那样，找个没人的地方自给自足，跟野外求生似的，还是找个村庄，和乡里乡亲一起田园牧歌？"这两种在林雾看来还是有本质区别的。

陶其然没半点犹豫："当然是和以前上山一样，找没人的地方，如果有人，那就不叫回归大自然了。"

"这就是问题啊，"林雾快急死了，生怕小舅脑袋一热，不管不顾，"人都是有社会属性的，寒暑假上山，就当闭关了，那可以，但你不可能真在山上待一辈子啊，你总要回来的。"

陶其然笑，不疾不徐的声音里带着已经彻底落定的沉静："以前寒暑假在山上创作的时候，我就总在想，要是假期不会结束，我能一直生活在那样的环境里就好了。但就像你说的，人都有社会属性，很多时候，不是你想怎样就怎样的……"

林雾说："对啊……"

陶其然说："说个最现实的问题，单凭人的体能和生存力，就很难像动物一样在山林中生存……"

林雾说："对啊对啊……"既然道理都懂，就要过好这一生啊。

"但如果我不再是了呢？"陶其然的声音忽地轻到缥缈。

林雾怔怔地说："什么不再是？"

陶其然把面前的餐盘挪开，手放到了桌面上。

空气中突然响起窸窸窣窣的响动。不，不是空气里，是陶其然的手。

那只白净修长的手，正在迅速地长出银灰色的狼毛，随着骨骼的变形，最终成了一只狼爪。

陶其然说："既然生命给了我第二次选择的机会，为什么要视而不见呢？"

幻觉，这是幻觉吧？

林雾看着陶其然的手，太长时间忘了眨眼，几乎要把那银灰色的狼爪看出虚影。

大脑完全空白，思维彻底停滞，人在这种时候会本能地寻找同伴。

缓缓向右转头。右边的王野在做同样的动作。

两人的视线在咫尺间交会，世界都安静了，林雾耳边只剩下王野不久前才回答过他的——

"同学，这个世界上有没有什么东西是你有感觉的，喜欢的？"

"动物。"

你这嘴是开过光吗?!

陶其然给了两人足够的反应时间,但现在看来,好像还是不太够。他轻笑着出声:"来,看我。"

林雾和王野木然地遵循着指令,缓缓看回陶其然。

陶其然继续说:"来,嘴合上。"

两人一令一动,不过目光却不受控制地往下,再度紧紧地锁定那只毛茸茸的狼爪。

这是真的兽化吗?是只有手能变,还是全身都能变?变了之后还变得回来吗?

为什么会这样……

巨大的疑惑带着无数个为什么一齐涌出来,在两人心里、大脑里横冲直撞,如狂奔的兽群,又如惊涛骇浪。

他们有太多想问的,可原来人在过度震惊的时候,是什么都说不出来的。

陶其然明白两人现在的心情:"我知道你们现在肯定有很多想问的,"他的声音舒缓而温柔,带着奇异的安抚力量,"不着急,我会把……"

咖啡店上锁的落地玻璃门,毫无预警被敲响。指关节叩击玻璃的"咚咚"声,打断了陶其然的话。

四人坐的桌子在咖啡店里侧,和门口隔着转角墙壁以及一大片书架,根本看不见"来客"。

但陶其然就像知道是谁似的,懊恼地咕哝了一句:"这么快。"

与此同时,放在桌上的狼爪也以极快速度恢复成了人手的样子。

"我去开门,"他和赵里说,"你带他们从后门走。"

赵里默契起身。

林雾:"……"

什么情况啊!

王野不好奇敲门的,也没太认真听赵里要带他们撤,他的全部注意力还在陶其然又变回原样的手上，所以他是真的能在两种形态之间来去自如？

赵里把两位彻底蒙了的同学带到后门外的暗巷，沉声叮嘱道："你们先回去，今天的事情不要和任何人说。"

"可是……"林雾现在不光一脑门子问号了，他更担心陶其然啊。

门外到底是谁？为什么一来他们就要从后面跑？小舅一个人去应付真的没问题吗？

赵里将他的担忧看在眼里，却只道："放心，有我在。"

就这么五个字，林雾悬着的心，奇异地放下了大半。

可能是小时候赵里哥就给他留下了"保护神"的印象，不管小舅惹了什么麻烦、捅了什么娄子，赵里都会挡在他前面，所以潜意识里，林雾无条件地相信他。

越野车停在了前门，现在肯定是不方便过去取了，王野和林雾只能先拦了一辆出租车，回花园公寓。

一路上两人都没说话。

到了花园公寓，下了车，林雾才想起来问王野："你不用回家吗？"

王野初一来找他玩，这眼看着初二都要过去了。

"回什么回，"王野现在哪儿还有心思想别的，"先把这事搞明白。"

信息时代，想调查一件事，除了询问当事人，还可以在互联网世界搜寻所有可能提供线索的资讯。

北风呼号，今晚是个阴天，星星和月亮都看不见。或许是知道，此刻在公寓房间内无比忙碌投入的两人，也根本没有望天的心思。

林雾坐在桌前对着笔记本，用鼠标不断滚动、点击。

王野靠坐在沙发里刷手机，却不似平日慵懒，一边神情专注地盯着手机屏，一边提醒林雾："你别什么关键字都搜，先重点查两个方向：第一，国内外都算上，有没有觉醒到兽化的例子，小道消息也算；第二，觉醒研究上有没有这方面的成果或者进展，不用非有实例，纯理论就行。"

林雾还真就是按这两个方向搜的，但让王野这么逻辑清晰条理分明地讲出来……

林雾偏过头看沙发："你还是王野吗？"

王野迷惑抬头："嗯？"

"当初夜游，我给你讲怎么观察身体变化、怎么通过盘逻辑的方法推断自己的觉醒方向，你可是没听到一半就放空了。"林雾回顾往事，简直历历在目。

"那不一样。"王野不假思索道。

林雾说："有什么不一样？"

王野说："上次是觉醒，这次是兽化。"

林雾敏锐地捕捉到了王野比平时更快的语速。

王野兴奋的时候，语速就会微妙地变快，眼睛也会像现在一样，亮而有力，像蓄势待发的野兽。

这一夜，两人最终搜到了两条新闻和一个论坛帖子涉及兽化，但均无法证明真实性——

【新闻1】

觉醒还是兽化？

随着野性觉醒的常态化，一些人又提出了"兽化觉醒"。该理论的支持者认为，人类的觉醒是循序渐进的，现在的 A-A 只是初级阶段，属于"低程度觉醒"，一旦基因全部打开，觉醒程度逐渐加深，人类最终将不会只局限于体质和行为习惯的改变，而是会完全走向觉醒科属的形态。

但至今还没有任何证据来支持这种理论猜想。

【新闻2】

惊！太平洋某岛国一居民浑身长出兽毛，野性觉醒终将走向兽化？！

近日，太平洋某岛国出现了一名特殊觉醒者，该觉醒者声称自己的野性基因已经完成了 100% 的觉醒。

记者实地探访，发现该觉醒者身材魁梧，面部、四肢都被长长的黑棕色毛发覆盖，经检查，这些毛发的确是觉醒者自身长出的。

但很快记者就发现，该觉醒者的科属为金刚鹦鹉。金刚鹦鹉是色彩最艳丽的鹦鹉，觉醒者只长出黑色毛发，似乎并不符合觉醒科属的进化方向。

最终当地居民揭开了真相。原来该觉醒者从小就已经浑身长满黑色毛发，经诊断，是"返祖现象"，即身体偶然出现了人类祖先的一些特征。但这些变异与野性基因无关，该居民声称自己是觉醒之后才出现这些毛发的，只是为了制造新闻，吸引眼球。

"……"认真读完第二条新闻的林雾和王野，只觉得自己看了个寂寞。

以后就该把"惊""震惊"这类标题的新闻全扫进垃圾桶！

唯一的帖子，是在某著名的网络论坛里——

主题：如果野性觉醒最终演变成兽化，你会怎么办？

发帖人：脑洞大过天

内容：如题。

1 楼：全球兽化？你脑洞也开太大了吧。

2 楼：怎么办？当然是爱了啊！

3 楼：兽人世界，绒毛控的天堂，我现在已经控制不住脑内奔驰的火车了！

4 楼回复 3 楼：克制一下，小心帖子被举报。

5 楼：你们能不能理智点，先想想自己的科属，让你变成你自己的科属，你乐意？

6 楼：哥们儿仙鹤，福寿延年啊哈哈哈！

7 楼：都是福寿延年，凭啥我是海龟啊！

8 楼回复 7 楼：仙鹤只是个意象，你是真长命百岁。

9 楼回复 8 楼：滚。

10 楼：真兽化还找什么对象啊，我松鼠，到时候尾巴往怀里一抱，自己撸自己，嘿嘿嘿。

11 楼回复 10 楼：你还能再猥琐点不？

12 楼：我觉得全兽化没必要，有兽耳和尾巴就行，揉一揉耳朵，柔柔软软，咬一咬尾巴，香香甜甜。[口水][口水]

13 楼：[图片][图片][图片]

14 楼回复 13 楼：哇！刺激！

15 楼回复 13 楼：求原图啊啊啊！

16 楼回复 13 楼：一分钟之内我要知道画手的名字！

17 楼回复 13 楼：[鼻血][鼻血]

18 楼：图裂了，求补啊！[大哭]

19 楼 – 管理员：帖子违规，进行锁定处理。

王野："……"

林雾："……"

王野说："晚了。"

林雾说："嗯？"

王野说："早点应该还能看到图。"

林雾说："你关注的重点是不是有点偏！"

时间一天天过去，雪都下了几场，林雾再也没联系上陶其然。

他和王野第二天就回去取车了，可咖啡店已经关闭，大门紧锁，里面再没一个人。

林雾给陶其然打电话，也给赵里打电话，但永远是关机的。

后来再去咖啡店，那里已经围起来准备装修了，说是要改成面包房。

那个中午发生的一切，就像一场来去匆匆的梦。可林雾不知道那场梦是在敲门声响的时候就醒了，还是他现在仍在梦里。

转眼到了二月下旬，距离开学只剩下一个星期了。

王野没比林雾好多少，自从回到家里，他每天连卧室都不怎么出了，就是泡在网上查各种信息，甚至还考虑过要不要雇人去调查陶其然的下落。

兽化这种事，哪怕只是一个可能，都让王野兴奋难耐，更别说他还亲眼见到了陶其然的"兽化"。

也因为真正见过了，所以哪怕在网络信息上一无所获，对他的好心情也没任何影响。

这两天就连王锦城来挑衅，他都包容大度，能踹两脚解决的，也就没暴揍一顿。弄得王锦城还有点心慌，怀疑他是不是憋着什么毁天灭地的大招。

这天父母都在外面应酬，下半夜，王锦城泡吧回来，路过王野透出灯光的卧室，晕晕乎乎地从门缝看见王野还保持着他出门泡吧前的姿势，一副发愤图强的模样坐在写字台前，跟对着电脑认真学习似的。

"喂，"王锦城踢开卧室门，酒喝多了，有点大舌头，"你这几天犯什么病……"

王野早闻到门外的酒气了，本来懒得理，结果对方竟然上门踢馆？那对不起了。

王野正好坐累了，起来一边活动筋骨，一边走向门口。

王锦城下意识后退："你……你干啥……"

王野拎着他后脖领，直接把人提到走廊，然后一推，王锦城就坐地上了，重重摔了个屁股蹲。

王锦城喝得五迷三道，半天爬不起来，突然就开始哭："×你妈，都是老虎，凭什么就你削我——"

王锦城，觉醒科属：孟加拉虎。

"嗡。"

放在桌上的手机突然短促振动。

王野直接转身回屋，拿起来一看，是林雾发的信息。

林雾：联系上我小舅了！他和赵里哥这些天都在长白山上，现在已经安顿好了，想接我俩过去玩几天，那天没说完的事，小舅说会把一切当面告诉我们。

第八章　深山

王野"啪"地关了房门，把王锦城连同他的鬼哭狼嚎一起屏蔽。

然后走到露台，站在夜的寒风里给兴奋的心情降降温，不然王野怕现在就忍不住直接去找林雾。

深吸一口冷空气，通体舒展。

王野这才回复：可以，哪天去？

林雾那边秒回，显然是发完就一直捧着手机，也激动着呢：后天？小舅说随我们定，但我怕再往后拖就开学了。

王野挑眉，敲字：你明天有事？

林雾：没啊。

王野满意点头，一锤定音：那就明天。

林雾：……

王野：[上山不积极，脑袋有问题.jpg]

林雾：你是不是有一键生成表情包的软件！

去长白山那天，集合地点约在赵里咖啡店所在那条街的路口。因为车程较远，为赶在天黑之前进山，集合时间定在早上六点半。

林雾六点二十抵达，冬日的天还未亮。

不承想王野已经先到了，倚靠在路灯下，微茫的灯光打在他脸上，沿着眉峰、鼻梁、下颌线，勾勒出黑夜里最霸道也最英挺的轮廓。

他今天穿了一件蓝灰色外套，款式简洁，颜色低调柔和，为了带上山的东西，还背了个双肩包。

林雾第一次见王野背双肩包，在这种自带"乖巧上学"属性的装备加持下，终于有点"对方是自己同学"的感觉了，要不然他以前看王野，总感觉像是社会闲散青年溜进他们学校了似的。

"你也太早了吧。"林雾来到路灯下。

"早吗？"王野从兜里掏出手机看时间，"都六点二十了。"

林雾认真打量他，说："同学，你知不知道你现在看起来特着急？"

王野当然急，如果可以，收到林雾那条信息的时候他就想即刻出发了。

"你不想快点见到你小舅？"

"想啊，"林雾长长呼出一口白气，"但又怕见到之后真打开新世界的大门。"

他是真怕从陶其然口中证实，每一个觉醒者或早或晚都要兽化。

林雾觉得自己还没做好世界颠覆的准备。

王野一看他多思多虑的样儿，就想再把越野车开过来兜个二十圈："你什么时候能想点有用的？"

林雾抬起下巴："怎么没用了？"

王野低头凑近他："这玩意儿是你不想打开就不打开的？门缝现在已经开了，你不进，就一直卡在门上，我可不陪你。"

"……"林雾从王野的眼睛里根本看不见自己，只能看见对未来期待的光。

这个见兽忘友的王八蛋！

王野皱起眉："是不在心里骂我呢？"

林雾无辜的眼睛一眨不眨："没有啊。"

王野怀疑地盯了他一会儿，倒也没什么破绽，点点头，伸手摸上他的脑袋："把心放肚子里，你就是真变成狼了，我还带你兜风。"

"拉倒吧，"林雾翻白眼，顺着扯淡的话题故意找碴，"你都变成虎爪了，怎么握方向盘？"

王野说："现在有自动驾驶。"

林雾说："你还真切实考虑过?!"

疯了。

王野先疯，然后他被王野逼疯——林雾仿佛已经看见了自己的悲惨未来。

"嘀——"身旁突然响起短促的汽车鸣笛音。

两人一齐转头。

一辆双排座黑色皮卡停在路边，赵里从车上下来。

"赵里哥。"林雾一边打招呼，一边往车里看，没看见第二个人，"我小舅呢？"

"他已经在山上了，我回来接你们。"赵里说着绕到车后面，又检查了一下码放在无顶货厢里的大小纸箱，确认捆好了不会随着行车惯性移动或掉落。

"这是要带到山上的?"林雾问。

"最后一点东西，"赵里拍拍箱子，笑一下，"这下是真把家搬到山上了。"

林雾想起了卖掉的咖啡店。

"赵里哥，你是要一直和我小舅住山上了吗？"陶其然喜欢山里，林雾知道，可他也知道赵里和自家小舅不一样，他就是个踏踏实实生活着的人，没艺术家那么与众不同的精神追求。

"嗯。"赵里简单应一声，简单得像答应一个周末聚会。

226

林雾忽然想到一种可能："难道你也……"

"没有。"赵里知道他要说什么，遗憾否认，"我还是单纯的野性觉醒。"

原来赵里不能像小舅一样兽化，林雾问："那是我小舅让你陪他的？"

"我非要陪他的。"赵里打开后车门，向两位同学道，"上车。"

王野和林雾坐到后排。

赵里关上门，透过放下的车窗，朝还有点蒙的林雾笑了一下："你放心让你小舅一个人待在山上吗？"

林雾下意识摇头。

赵里在那笑容里难得温和地舒展眉眼，沉稳可靠："我也不放心。"

皮卡发动，汇入街道，天的尽头刚泛起一抹白。

林雾知道陶其然和赵里关系铁，但没想到能铁到这种程度。虽然未来无法预测，也许小舅在山上住一段时间就后悔了，但至少在当下，赵里许下的是一个足以让他的生活彻底颠覆的承诺。如果陶其然一直住在山上，那可能赵里搭上的就是整个后半生。

这样的友情，林雾只在书里看到过。

廉颇相如，刎颈之交；角哀伯桃，舍命之交；刘备关羽张飞，生死之交……

"想啥呢？"王野发现林雾在上车之后一直恍惚。

林雾回过神，看一眼前面，赵里正专心开车，这才重新看回王野，在皮卡颠簸的嘈杂里，低声感慨："我就是忽然觉得，一辈子能交赵里哥这样一个朋友，就足够了。"

这都哪儿跟哪儿？

王野从内视镜里瞅瞅赵里那张又恢复了严肃的脸，难得盘了一下逻辑，盘到上车之前的对话，有点悟了。

喊。

"我陪你。"这还值得感慨一下？

林雾没领会精神："啥？"

王野一把揽住他肩膀，真情实感道："你住山上，我也陪你。"

林雾在东北虎强健的臂弯中，艰难转头，看他："我并没有这个需求，谢谢。"

王野不放弃，循循善诱："你可以有。"

林雾一字一顿："我真没有。"

王野眉头锁起，沉默了。林雾发誓自己在对方眼里看见了失望。

他俩到底是谁想住山上啊！

皮卡驶出城区，上了高速。

两边的景色变得单调起来，就是树连着树，还都是光秃秃的没一片叶子。

夜行本能终于稍稍盖过兴奋，一狼一虎肩膀挨着肩膀打起了哈欠。

赵里从内视镜往后看，道："大概要开七个多小时，你俩先睡一会儿吧。"

林雾说："没事，我们不困。"

王野说："精神着呢。"

十五分钟后，高速行驶的皮卡来到车流多的路段，不得不减速。

后排两人随着刹车东倒西歪，也没影响他们悠长的呼吸和香甜的梦境。

林雾和王野一路睡到了高速服务区，和赵里一起短暂休息，吃点东西后，继续上路。

下午两点，皮卡终于离开高速，驶进山路。睡了大半天的林雾和王野彻底精神了。

车窗外的景色已悄悄发生了改变，随着盘山公路，冬的感觉越发强烈。

沈阳的雪早化了，可在更冷一些的吉林，在这样的山里，依然是一片白雪皑皑的世界。

在此之前，林雾印象里的长白山就是天池。爬到山顶，一览天池碧波，想象当年火山口喷发的壮观，再感叹一下大自然的鬼斧神工。

但真正去了解长白山就是昨天的事，在知道了小舅以后要住在那里之后。

长白山其实是绵延两千多公里的山脉地区，除了山峰，还有更广阔的山地森林，那里有着极其珍贵的原始森林生态系统。一望无际的林海和多种多样的动植物，才是长白山对人类最大的馈赠。

"赵里哥，这里离天池有多远？"林雾忽然起了好奇心。

赵里问："你想去天池？"

"那倒不是。"林雾其实想的是，如果这里离景区近，那其实还算热闹。

赵里说："去天池的路在另一个方向，我们现在不是往山顶去，是往山里去。"

林雾："……"

一字之差，前路截然不同。山顶是景区，山里，那就真是深山老林了。

林雾默默看向窗外，盘山路边的树已经从光秃秃的阔叶树变成了红松。

他记得资料里说，长白山脚下都是阔叶林，到了海拔一千米，就是红松、落叶松的针阔混叶林了。

半小时后。

很好，彻底变成针叶林了，红松被云杉和冷杉取代，针状的枝叶被厚厚的积雪覆盖，还是努力露出了一点苍绿。

针叶林分布在海拔一千到一千八百米，等到了两千米以上，就只剩地衣和苔藓等了。

林雾对着照在山林的阳光虔诚许愿，千万别让他一会儿连树都看不见了。海拔一千多米的山林就足够严酷了，要是再往上……小舅你是要修仙吗？

幸好，皮卡车在还看得见树林的时候就开进了一个村庄，接着穿过村庄，继续往森林深处去了，没再绕着盘山路往上转。

可是周围也越来越荒凉，再无人烟。

渐渐地，连路都没了，皮卡在林间穿行，阳光越来越淡，都被森林挡住了。

不知开了多久，前方终于出现一片开阔地。几幢小木屋零落地立在那儿，一眼望过去，就知道是上个世纪的产物，说破败荒废都是好的，有两个连屋顶都没了。但其中一间明显被修缮过，可能还进行了扩建和加固。屋前积雪被扫得干干净净，用篱笆围出了不大的院子，一切井然有序。

"这里是八几年的时候，附近村民为了进林子打猎能有个落脚点，临时住住，一起建的，"赵里停好车，"后来不让打猎了，就荒废了。"

林雾问："附近还有村子？"除了最开始那个村庄，后面他可一个人影都没看见。

"以前有，"赵里解释道，"现在最近的村子，就是我们一小时前经过的那个了。"

时代发展得太快，林雾记得自己看过这样的报道，年轻人口往大城市流动，很多村庄都荒废了。

三人下车。

王野跟搜寻似的，左看右看的。林雾知道他在找什么，直接问赵里："我小舅呢？在屋里？"

赵里没说话，抬头看向不远处。林雾和王野跟着他看过去。

那里有一棵巨大的雪松，树冠低低压下来，几乎要落到地面。树下，是一匹银灰色的苔原狼。

安静，优雅，又帅气。

下午三点半的阳光洒下来，透过松枝，斑驳地落在它的皮毛上，闪闪发亮。

北风停歇，山林安静。

林雾和王野不是没设想过这种情况，当在咖啡店里第一次看见狼爪时，他俩就有了这样的预感，在来的路上，他俩甚至还讨论过王野变成老虎之后怎么开车带林雾这头小狼兜风的技术性问题。

可当一切真正发生在眼前，他俩还是惊呆了。完完全全的一头狼，你在它身上看不到任何人类的痕迹。

这真的是陶其然吗？

雪松之下，苔原狼忽然动了。它朝他们走来，踩在雪地上的每一步，都平缓、安静。背部随着走动而起伏，它是那样矫健，又那样漂亮。

明明还没有相信这就是陶其然，可林雾站在原地，看着它这样一步步走近，没有感到任何害怕。仿佛正在走近的并不是一头野兽，而是一个美丽的幻梦。

上次出现这样的感觉，还是他第一次夜游的时候，听从不知名召唤的他，就像踩着柔软的梦境，走出宿舍，投入夜的怀抱。

苔原狼走到他们面前，却并没有停下，而是经过他们，径直走向了小木屋。

林雾低头看着银灰色的皮毛轻轻擦过自己腿边，再挪不开眼，视线随着它的背影而去，直到消失在木屋的门内。

几分钟后，一个身影从木屋里出来。不再是苔原狼，而是裹着厚厚羽绒服的陶其然。

呃，他也不能算是出来，因为脚还站在门内呢，好像再往外多迈一步都不愿意。

"小舅……"林雾终于发出声音，想问那真是你吗，却被陶其然抢了先。

"你们能不能先进来，外面真的好冷。"刚才还威风凛凛的苔原狼，这会儿拿羽绒服把自己包得跟粽子似的。

"进屋说吧，"赵里在旁边帮腔，"他是真怕冷。"

林雾疑惑："苔原狼不是生活在寒冷地带吗？"

苔原狼，又名西伯利亚狼。

作为一个拥有雪橇犬和东北虎两位西伯利亚同学的专业人士，林雾现在对西伯利亚动物们的耐寒性认知非常深刻。

赵里说："他变成狼的时候就不怕冷了。"

跟随赵里，林雾和王野第一次走进木屋。

一共三间房，和篱笆一起，围成了整个院子。赵里带他们进的是最中间的房。

进门就是一张大大的火炕，炕上一侧贴墙立着炕柜，透过玻璃柜门，可以看见里面叠放整齐的被褥；炕下有烧火口，隐隐的火光从里面透出来，底下持续的燃烧会为整张炕提供热量，抵抗外面的严寒。

陶其然坐在热乎乎的炕上，舒服地眯起眼睛，还不忘拍拍旁边的炕面："过来一起坐啊，特别暖和。"

耐心等待林雾和王野在炕头坐好，陶其然才点点头："嗯，就是你们看到的这样。"

林雾："……"

什么就是这样啊！

"我能变成狼，"陶其然顽皮一笑，像在说天气一样轻松，"就是变回人的时候，穿衣服有点麻烦。"

"你怎么变的？"王野迫不及待地问。

"就在这里，"陶其然道，"你要问我怎么变的，我也说不清……"

那是刚放假不久，他已经在山上住了几天了。

那天就和今天一样，天气很冷，但阳光特别好。他把画架搬出来，才坐下，就看见了一只野兔，一蹦一跳进了树林。

"那一瞬间我就把笔放下了，"陶其然看向窗外，雪山连绵，森林松涛，"我当时就想，我已经觉醒了，为什么还要通过作品去看这片山林呢，我不想只当一个旁观者，我想去感受、去融入……"

他像着了迷一样，跟着野兔走入了密林深处。

那一刻，他好像忘了自己是人。他就像一匹真正的狼，嗅到了野兔的气息，听见了雪从针叶上落下，他不再是这片山林的闯入者，而成了这里的一部分，被大自然温柔拥抱、接纳。

他开始奔跑，追逐穿过林间的风，追逐被风吹起的的雪，追逐山涧流淌的溪水，用耳朵去聆听自然万物的声音，用身体去记住每一棵树、每一丛灌木的位置，他追寻着勃勃生机，也是这勃勃生机的组成，他向往热情的生命，又在这向往中真正体会到了生命的热情！

"等我回过神，太阳已经落山了，"陶其然收回目光，看向王野和林雾，却藏不住眼里如生命跳跃般的光，"我也变成了一匹真正的狼。"

黄昏的森林，晦暗不明。

它从松软的雪地上起身，视野里不再是树干，而是低矮的灌木。

羽绒服和里面的衣服缠得它难受，挣扎了半天，才从那层层叠叠的衣物里钻出来。

年轻的苔原狼甩动着头和身躯，发出穿透山林的狼嚎。不多时，遥远的山那边也传来了狼嚎，一声接一声地回应着同类，像是感受到了那份新生的喜悦。

王野说："就这样？"

陶其然说："就这样。"

王野说："中间怎么变的完全没印象了？"

陶其然摊手。

王野退而求其次："那你现在呢，可以在人和狼之间自由切换？"

陶其然说："嗯。"

王野说："变的时候什么感觉？"

"骨头会特别疼，"陶其然不假思索就说出了最大苦恼，"不过忍一忍也能过去，暂时性的，形态稳定之后就好了。"

王野说："你是想变就能变，还是要走什么流程？"

陶其然说："流程？"

王野说："姿势、口诀或者咒语什么的。"

陶其然说："我是野性觉醒，不是魔仙变身。"

被王野问得头疼，陶其然索性看向林雾。

亲外甥好像还没从冲击里缓过来。陶其然伸手捏上林雾的脸："喂——"

林雾一个激灵，回过神："啊？"

陶其然又心疼又觉得好笑："你同学都要问出一篇深度采访了，你不想问点什么？"

林雾捂着半边脸颊，大脑还是运转迟缓。

如果说野性觉醒震荡了全球的进化观，那陶其然的觉醒就是彻底地将之颠覆、击碎、推倒重来。

冲击太强烈，林雾需要时间来消化。与此同时，他也无比佩服王野在这时候还能问出那么多问题。

林雾默默看向身边。

王同学还在盯着自家小舅，仿佛觉得再目不转睛地看一会儿，就能看出个中奥秘。

林雾第一次在王野眼里看到这样多的情绪。那双总是慵懒的、好像对什么都提不起兴趣的眼睛，此时盛满了羡慕、向往、兴奋，还有不得其法的懊恼和失望。

屋里很安静，只有炕下柴火燃烧的噼啪声。

突然，所有人一起抬头，四双眼睛同时现出警觉。

外面有声音。很细微，像某种兽类刻意放轻脚步，踏着雪悄然靠近的声音。

"你们在这里待着别动。"赵里起身，说着就要走出屋子。

陶其然眼疾手快拉住他，跟着下地："一起去。"

林雾和王野互相看看，也立刻跳下火炕。

荒山野岭，就算是野兽，他们有四个人，不，陶其然可以人狼切换，顶一个半，联起手来战斗力也不弱。

四人走出屋子，一直来到院门，再没往外去，而是守着院门，警惕地往声音传来的方向看。

斜前方，一片茂密的冷杉，有什么东西在其间走动，被积雪压弯的外围枝条轻轻颤抖。

林雾有些紧张地咽了下口水，凭野性的直觉感受到了来者的威胁，在心底发出警报。

杉树枝的颤动越来越明显，上面的雪几乎要抖落尽了。一块皮毛从针叶的空隙间闪过。

林雾极快地眯了下眼，捕捉到了那色泽：灰白底，黑色斑点。

这是什么野兽？

林雾迷惑地蹙起眉。长白山上凶猛的兽类无非那么几种，熊、老虎、野猪啥的，哪一个有这种斑纹？

"唰啦——"

最外围的冷杉枝被挤开，一头灰白底黑色斑点的豹子从里面钻了出来。

健硕的四肢，毛茸茸的大尾巴，冰蓝的猫科眼眸。

雪豹？！

林雾惊诧地瞪大眼睛。

他记得雪豹分布在高海拔山地，新疆天山还有青海什么的，虽然书上说内蒙古那边的低海拔山地也有一些分布，但长白山？认真的？

东北的山大土不应该是熊瞎子、东北虎吗！

钻出树林的雪豹并没有再往前逼近，而是站在原地，观察敌情似的歪着脑袋盯住院门口的四个人。

林雾这才注意到，雪豹背上还有东西。好像是一个……布满标志性LOGO印花的名牌双肩包？

陶其然和赵里在看清雪豹的那一刻，同时放松下来。

"没事了，"陶其然悠闲地倚靠住院门，"认识的。"

雪豹低吼一声，不满似的，转身又钻回了茂密的冷杉里。

树丛内一阵窸窸窣窣。

再出来，已经是一个高挑的短发女人，穿着夹克和高筒靴，背着双肩包，利落飒爽。

"这两个小子是怎么回事？"她人没走近，声音先穿透过来了，不满的视线在林雾和王野之间来回，"陶其然，你可是答应过要乖乖等我们来的！"

我们？

林雾条件反射地四下看，还有人吗？

"我很听话啊，"陶其然举起双手，以示清白，"我一直待在山上。"语毕，他又看了一眼女人的靴子，实在好奇，"你的长筒靴也放在双肩包里了？"

女人没有开玩笑的心思，明艳的脸上神情严肃起来："陶其然，泄密是要负法律责任的。"

陶其然不再调侃，眼眉间只剩淡淡的坦然："我好像还没签保密协议。"

女人微微蹙眉，明显不悦，又无话可驳。

林雾的视线在两人之间来回，越发一头雾水。起先他以为女人是自家小舅的朋友，可现在看，好像又不对。

满心疑惑间，他下意识去看王野，毕竟在场就他俩是蒙的。

谁料一转头，目光扑了个空，视线再往下移，王野不知什么时候蹲下了，背对着他们，正朝后方微微伸手。

这友善的姿势林雾太熟悉了，大雾墙下也好，国庆深夜也罢，王同学都是这么原地蹲下，伸出不安分的大手招猫逗狗的。

一般这个姿势出来，猫狗也就不远了。

顺着他招呼的方向，林雾瞥过去。

这回更过分—— 一只通体雪白的狐狸。

鉴于一分钟前刚见过能变成美女的雪豹，林雾此刻的心态已经很淡定了——俗称，破罐破摔。现在别说是一只白狐狸，就是一只别的任何什么，他都能微微一笑，云淡风轻。

小白狐狸很是大胆，面对王野，照样自信迈步，跟走 T 台似的来到了他的面前。

王野脸上没什么表情，但进一步往前伸的手出卖了他："啾啾。"

林雾："……"王氏起名大法又来了。

小狐狸一个甩头，连耳朵尖都没让王野碰着，同时大尾巴一抽，还狠狠给了王野手心一下。

林雾："……"

不冤，一点都不冤。

正和陶其然说着话的女人，被王野、林雾这边的动静吸引了注意力，待看清地上的小狐狸，二话不说就两步上前。

小狐狸像被吓到了，转身就要跑。

无奈女人更快。

只见她一把抓住小狐狸的后颈肉，拎小猫似的把狐狸提了起来。

白狐狸蹬着四条小腿可怜巴巴地挣扎。

女人不为所动，转身走回她换装的冷杉树丛，连白狐狸带自己身上的双肩包一起丢进了树丛里："给你两分钟。晚一秒，下山路你就自己跑。"

不用两分钟，一分钟不到，白狐狸就出来了。

当然，他现在不再是狐狸了，而是一位年轻男士，穿着柔软的白色针织衫，像来山里采风的摄影师。

林雾看着他自动自觉走到女人身边，同其并肩而立，终于明白前面女人说过的"我们"是什么意思了。

同事就位，女人不再浪费时间，伸手按了一下肩膀，打开微型工作记录仪，开始按流程办事："周漫，许朔，野性觉醒兽化分类风险预防控制管理局，今天来给陶其然录入信息兼签署保密协议，应到 2 人，实到 4 人，知情者范围扩大，具体情况有待深入了解。"

林雾和王野面面相觑，又带着疑惑不约而同看向陶其然。

林雾问："什么局？"

陶其然说："野性觉醒兽化分类风险预防控制管理局。"

林雾说："这名字还能再长点吗……"

陶其然说："缩写，兽控局。"

王野说："可以。"

林雾说："简单明了，风格清晰。"

"那个谁，你别给我们乱起简称……"白狐狸，也就是许朔同志，对于自家部门还是要维护的。

周漫没那个闲心，直接问王野和林雾："你们俩知道多少？"

两位同学说："啊？"

周漫说："兽化觉醒的事，你们知道多少？"

"不多，"陶其然插话进来，"他们只知道我能兽化，不知道现在全国的兽化觉醒者算上你们部门的，一共也不超过三十人，更不知道你们正在抓紧研究兽化觉醒的原因和变异机制，可是目前还没有……"

"陶——其——然。"周漫跳动的额角显示她的忍耐已经到了极限，"你再多透露一个字，我就把你和赵里打包带回局里。"

陶其然无辜地眨眨眼，不让说话了，只能用眼神重复：我又还没签保密协议。

林雾莞尔一笑，第一次发现自家小舅还有这么狡黠的一面，就跟店铺搬迁之前都要有清仓处理似的——反正要签署保密协议了，那就趁着落笔前的最后一秒，把能共享的信息都抖搂了。

王野静静看着陶其然装无辜，严重怀疑这个技能是林雾他们家祖传的。

所有人都关心陶其然，就许朔一个人同情赵里，一言未发就被陶其然牵连，落了个"打包带回局里"的威胁。

"不管什么事都进屋再处理吧，"赵里毫无预兆地开口，同时把陶其然已经兜上的羽绒服帽子，又往下压了压，让它更挡风："外面冷。"

许朔："……"

就这关系，打包带回局里不冤，一点不冤。

六人一起进了屋。

屋里没桌子，就一张炕，周漫无所谓，直接就地办公，拿出手机，登录系统——

【野性觉醒兽化分类风险预防控制管理局】

用户登录：[周漫]

兽化觉醒者管理：[新增]/[修改]/[保密协议]/[脸部信息录入]/[指纹信息录入]……

"野性觉醒兽化分类风险预防控制管理局，主要负责兽化觉醒者和相关知情者的信息录入、保密协议签署，以及后续的风险管控，"周漫一边说着，一边点击打开保密协议的文本页面，将手机递给王野和林雾，"这是保密协议，希望你们能从头到尾认真读完，因为兽化觉醒是最高保密级，一旦签署协议，泄密就要负刑事责任。"

"我俩也要签？"王野皱眉，不太喜欢这种被束缚的感觉。

"可以不签，"周漫说，"这样跳过泄密环节，直接负刑事责任。"

王野："……"

林雾接过手机，把王野拉过来，俩人坐在炕上看，比上课都认真。

随着阅读的深入，林雾一点点紧张起来，好像正在往下拉的不是保密协议，而是一个全新的、未知的世界。

屋里唯一惬意的只有许朔。他一进来，就在炕上坐下不动了。实在是……太暖和了，没有人能在冰天雪地里拒绝一铺火炕，北极狐也不行。

陶其然和赵里早就看过保密协议了，确切地说，在他们和林雾吃饭被打断的那天，就已经和周漫、许朔会面，并完成了前期沟通。

其实今天周漫过来，就是走个最后流程，将他们的信息彻底录入，完成保密协议签署。

没承想一到山顶，陶其然就送了她两份大礼。

"你确定没有再告诉第四个人？"趁王野和林雾在阅读保密协议，周漫郑重地问陶其然。

陶其然保证："真的没有了。"

赵里是第一个，林雾是第二个，王野其实不在陶其然的预计内，可那天，不知怎的，他就觉得王野眼里有一股劲儿，一股烦躁于钢筋水泥的困缚，更向往在广阔山林里撒野的劲儿。加上林雾那么认真地说，是关系特别好的同学，他就把人留下来一起了。

周漫头疼地揉揉额角："最好是这样。"

兽化觉醒和野性觉醒不同，现在仍是极小概率事件，但它对社会的冲击是完全不可控的，一旦泄密，哪怕 99.99% 的人都不会兽化，也必然引起恐慌和各种无法预测的震荡。

想到可能发生的意外状况，再看优哉游哉的陶其然，周漫还是心累，压低声音，用只有她和陶其然能听得见的音量深深叹了口气："何必非告诉他俩呢。"

陶其然静静看着她，忽然问："你兽化的事，告诉家里人了吗？"

周漫怔了下，才缓缓道："我妈。"

"何必非告诉她呢？"陶其然用周漫的句式反问。

周漫沉默。陶其然很浅地笑了下，说出了大家心照不宣的原因："总要让在乎自己的人，知道究竟发生了什么。"

他的父母，也就是林雾的姥姥姥爷，已经过世了，他和自己的姐姐，也就是林雾的妈妈，其实走得并不近。兽化觉醒最终会变成什么样谁也不知道，或许某一天醒来，他就再也变不回人了，他不希望突然有一天，林雾发现再也找不到自己的小舅了，却连发生了什么都不知道。

保密协议很长，林雾和王野看了很久很久，每次以为读完了，往下一滑，还有新内容，林雾怀疑兽控局这是起草了一本兽化保密大辞典。

其实总结起来，就十二个字：兹事体大，严禁泄密，违者严惩。

终于看到了文本最末，落款签字的空白位置。林雾长长舒出一口气，把手机还给周漫。

"看完了？"周漫接回手机。

林雾说："嗯。"

周漫说："有任何疑问吗？"

林雾说："没有。"所有想得到想不到的，都在协议里了，清清楚楚，明明白白。

"我最后再和你们确认一次，"周漫严肃道，"你们真的没有把兽化觉醒这件事再告诉任何人？如果有，现在说出来就行，法不溯及既往，一旦签署了协议，再发生泄密，并且最终查到泄密源头在你们，就要负责任了。"

因为答应了赵里要保密，所以林雾和王野的确没有把这件事告诉任何人。

"行。"前期沟通完毕，周漫转向陶其然，"那我们就开始录入信息。"

陶其然的信息录入步骤是最烦琐的，因为他是兽化觉醒者，除了基本信息，还有兽化相关的信息。

手机填表，提交，再填表，再提交，继续填表……感觉祖宗十八代都要写进档案了，才开始扫描脸部信息、虹膜信息、指纹、声纹。

一切都弄完，陶其然再变成苔原狼的形态，继续扫描脸部信息、虹膜信息、指纹、声……呃，嚎声纹……

林雾和王野第一次亲眼看见陶其然全身兽化的过程，强烈的视觉冲击力，和咖啡店那天仅仅兽化一只手，根本不可同日而语。

直到陶其然的所有信息都录入完了，到另外的屋子里变回人形，穿上衣服回来，林雾和王野还在那儿傻着呢。

陶其然之后，便是赵里。

他就简单多了，录入基本信息，科属信息，面部、虹膜、指纹等生物信息，最后再签个保密协议。

赵里弄这些的时候，王野、林雾两位同学终于稍稍回过了神。

周漫忙碌着，许朔却很清闲。王野瞥向他，若有所思。

许朔敏锐地感觉到目光，抬头。

王野开门见山："怎样才能兽化？"

"涉及机密，本来我应该回答无可奉告，"可因为就算想奉告也实在没什么有用的，所以许朔两手一摊，"但实话就是，我也不知道。"

王野问："那你是怎么兽化的？"

许朔说："就，很突然。"

王野说："也是在山上？"

许朔说："自己床上，你能理解那种一觉睡醒，发现自己满身白毛的感觉吗？"

"可以想象，"王野点头，"那种快乐。"

许朔："……"

在周漫雷厉风行的工作效率下，四人顺利完成了信息录入和保密协议的签署。

每一个信息录入者，都会在签署保密协议后得到一个电话号码，这可以让他们第一时间联系上自己的兽控局负责人。

负责陶其然、赵里、林雾、王野的，自然就是周漫和许朔。

虽然目前还没有证据表明兽化觉醒和血缘有关系，但防患于未然，周漫还是又特意叮嘱了林雾："密切关注自身情况，一旦发现异常，随时和我们联系。"

林雾点头："好。"

夕阳沉落，长白山的黑夜寂静降临。

完成一切工作的周漫和许朔，变回了雪豹和北极狐，如来时一样，走入下山的松林。

豹爪和狐爪在雪地上留下两串并行的脚印。

"累了吧。"关好院门，陶其然问林雾，带着宠溺。

"累，"林雾毫不犹豫。先是坐了七八个小时的车，接着又马不停蹄录信息、签协议，能不累吗？"我一个夜行性科属现在都想赶紧睡觉。"

他的声音里带着一点软，一点可怜巴巴。那是王野从来没听过的，很明显的撒娇语气。

林雾全然无觉，还在追问陶其然："小舅，我和王野住哪儿？"

院里一共三间房，一个是他们一直在的火炕这间，一个是刚刚周漫、许朔交替进去换衣服的左边间，还有一个一直关着的右边间。

"右边是画室，"陶其然道，"你俩住左边那间吧。"

赵里去准备晚饭，林雾和王野带着自己的东西去了左边间。

只两间房能住，那就意味着他和王野的到来，其实是占了赵里的房间，让对方只能和自家小舅挤着住了。

林雾推开房门的时候还是这样想的。

结果房内收拾得干干净净，没有任何赵里的东西，就一张同样宽敞的火炕，一个只放了寝具的炕上柜。

"赵里哥提前收拾了？"林雾疑惑。因为今天大家全程在一起，赵里根本没时间过来收拾屋子，那就只有一个可能，在赵里下山回沈阳接他们之前，屋子就已经收拾出来了。

还是说……

林雾忽然想到另外一种可能，自言自语道："这屋，该不会本来就没人住吧？"

王野说："什么意思？"

"我小舅怕冷，赵里哥会不会……"一直和他住一个屋？

多个人，多点热气，林雾越想越觉得有可能。

林雾用力甩头。

其实两个男的睡一起也没什么，但赵里对陶其然实在太好了，好到林雾有时候都觉得，就算陶其然哪天真谈了恋爱，那个人都不一定会有赵里对他那么好。

现在行了，小舅一门心思回归山林，恋爱遥遥无期，与赵里朝夕相处。万一哪天赵里哥也兽化了，狼行林野，鹰击长空，我抬头就能看见你在天空盘旋，你低头就能看见我在视野里奔跑……

完了，脑子里的画面不光停不下来，还精彩升级了。

吃晚饭的时候，林雾总是控制不住去偷瞥陶其然和赵里，倒也没发现什么特别的，就还和以前一样嘛。

再回房间，已是夜深。林雾心里的胡思乱想总算消停了。

房间的火炕下面已经烧起来，火很旺，连带着整个屋的空气都热腾腾的，一进门都扑脸。

"这么热？"王野望"炕"却步。

别说王野，林雾的脑门都开始出汗了："估计按照我小舅的热量需求烧习惯了。"

王野脱了外套又脱了单衣，最后直接打了赤膊才跳上炕，打开炕柜拿被子。

林雾羡慕的视线追随着对方的一举一动，从肩颈到腰腹，再从前胸到后背。

身材是真好啊。肩是肩腰是腰，肌肉线条十分漂亮。

几个月前刚知道王野是东北虎的时候，他查过的那个科普网页怎么说来着？

东北虎身体厚实而完美……运动时背部和前肢肌肉起伏，仿佛在林间滑行，安静、有力、迷人……

林雾当时还心道撰写者带"虎控"滤镜，吐槽王野和描述判若两虎。

现在只觉得自己太年轻，太幼稚，太没见过世面。

"看啥呢，过来搭把手！"王野忙得满头大汗，回头一看林雾还戳地上呢。

眼见着东北虎同学的暴躁值和火炕温度同步上升，林雾连忙把羽绒服一甩，卫衣一脱，也赤膊跳上炕，和王野一起把被子铺开。

林雾问："你这身材咋练的？"

王野说："打架。"

林雾："……"

王野问："没了？"

林雾说："啊？"

王野说："你不是应该继续问怎么打吗？我正好教你几手。"

林雾说："不问，不学，不听。"

王野问："为啥？"

林雾说："我要给你讲高数，你不也'不听不听小狗念经'。"

王野："……"

林雾："……"

王野问："小狗念经也是我说的？"

林雾说："你发的表情包。"

被褥铺好了，两层。

别人铺被是保暖，他俩是隔热。

"关灯，睡觉。"奔波了一天的林雾终于能踏踏实实躺下了。白天没睡成，困倦久违地在夜晚来袭，林雾感觉自己的生物钟可能又要调整了。

王野又站在地上一口气干掉了一瓶矿泉水，才真正躺下来休息。

关掉灯。月光渐渐清晰起来，炕上、地上，都像落了一层霜。

林雾朝天棚顶长长呼出一口气："这一天真是……"

是什么，他也说不清。

从沈阳到长白山，见了小舅，知道了他真的可以兽化，突然又冒出了兽控局的人，录信息、照虹膜、签协议……一天之内发生了太多事情，发生的时候来不及想，直到现在这样静静躺下来，才后知后觉地被这些巨大的信息量重新包围。

夜很静，静得可以听见森林深处的兽类低嗥。山林似乎睡着了，这些夜行性的生灵们却开始苏醒。

王野侧躺着，单手枕在头下。他转过来本来是想和林雾聊一会儿的，因为实在热得睡不着，可现在一点不想出声了。

林雾正好躺在最皎洁的那一抹月光里。

如雪月光勾勒了他略显清瘦的肩膀、手臂，还有薄却漂亮的腰线。

王野从来没有觉得哪一个"人"的身体好看，包括他自己的。

林雾，是第一个。

"叮咚。"

放在林雾外套口袋里的手机，突然响了一声短促提示。幻梦一样的静谧，被骤然打破。林雾咕哝着"谁啊"，起身下地去找手机。

大半夜发来信息的是夏扬。

夏小爷：[图片]

一张泥塑摆件照片。

林雾：嗯？

夏小爷：你要的"泥人张"，打包放行李箱了啊。你就说你惊不惊喜，感不感动，是不是得抱着我嚎一嗓子友谊地久天长夏扬宇宙最强？[嘚瑟.jpg]

林雾：我什么时候要这个了？

夏小爷：上学期开学回到宿舍，你吃十八街麻花碎渣渣哗哗掉的时候和我说，每次放假回来伴手礼种类不要太单一，除了吃的，还可以弄几个"泥人张"嘛。

246

林雾心道：他只是随口一说啊！

夏小爷：我买了仨，那嘛，对他俩先保密，要留点悬念和惊喜。

林雾：[真好.jpg]

夏小爷：得嘞，睡了，困得我眼皮都打架了，好嘛，你们夜行科属天天晚上倍儿精神都怎么做到的，太违反人体科学了。

夏小爷：[晚安晚安晚安×100.jpg]

林雾全程被夏扬带着，直到聊天结束，对面估计都开始会周公了，林雾才如梦初醒。什么伴手礼，什么泥人张，现在是讨论这些的时候吗？兽化觉醒都已经出现了啊！

可林雾也知道，在野性觉醒已经被社会和人们普遍接受的现在，对于夏扬，今天不过是临开学前再普通不过的一天。

林雾对着结束对话的手机屏发呆。

王野问："咋了？"

"没事，"林雾叹口气，把手机放到枕头旁边，"就是觉得守秘密真的太难了。"

这才第一天，他就想拿扩音器喊给全世界。

难吗？

王野倒没什么感觉，他对兽化本身更感兴趣。

比如，林雾要是兽化，会变成什么样的狼？

爱叫、乱扑腾、鬼点子多，王野忍不住想，绝对是这样，但同时也活泼、柔软、可爱。

想着想着，他忽然来了好奇心，问林雾："你怎么不劝你小舅了？"

"这还怎么劝。"林雾苦笑，"我以为小舅想进山林，只是因为创作的需要和喜欢，可现在他兽化觉醒了，那这份喜欢里，也许就含了本能和天性。"

又或者，陶其然对大自然发自内心的向往，催化了这份觉醒。

林雾不知道。他唯一知道的，就是今天听陶其然回忆兽化那天的经过，字里行间，都是真挚的感情。

陶其然是真真切切喜欢这里，喜欢到一片落叶、一捧溪水，都能让他欣然。

王野问："你想兽化觉醒吗？"

"我？"林雾摇头，"不知道，我脑子现在还是乱的。"

"这有什么可乱的。"王野觉得这玩意儿简直有百利而无一害，"到时候想兽化就兽化，想变人就变人，多个选择，没一毛钱损失。"

林雾翻身，对着王野的方向侧躺："但谁也不能保证现在就是兽化的终极阶段，万一以后发展成只能以兽形存在呢？"

王野双手枕头后，望着窗外："那就当野兽呗，自由自在。"

他的声音很轻，像玩笑。

"王野，"林雾放低了声音，问出了心底长久以来的疑惑，"你为什么不喜欢人？"

王野转过头来，定定地看了林雾一会儿，像是在思考要随意敷衍，还是认真回答。

林雾不知道他做了什么选择。只看见他似有若无地勾了下嘴角，说："没劲。"

林雾欲言又止。

王野踢了他小腿一下："想问就问，别自己在心里瞎琢磨。"

林雾："……"不耐烦就踢人，在炕上也踢，还能不能行了！

林雾不酝酿了，直截了当地问："那你想兽化吗？"

王野毫不犹豫："想。"

林雾说："即使可能不受控？可能再也变不回人？"

王野说："即使，也想。"

林雾望着他的眼睛，沉默良久，忽然道："明天去天池吧。"

王野说："天池？"

林雾说："我怕以后带着东北虎就不让进景区了。"

到天池山顶的时候，风极大。

观景台旁边的工作人员拿着扩音器，不间断地大声提醒："请各位游客注意安全，不要拥挤，更不要攀越围栏……那位游客说你呢，不要翻越围栏……鸟类科属也不行！"

林雾没往观景台挤，扯着王野去了旁边人少一点的地方。

天池是一个圆形的火山湖，其实从山顶哪里往下看，都是美的。但冬日的天池，是林雾从没想过的模样。

印象里，天池该是一片碧蓝的湖水，如宝石一样镶嵌在群山环抱中。可眼前的天池，整片湖水都被白雪覆盖了。

湛蓝的天空之下，群山仅露出顶端那一点苍黑的火山岩，皑皑的积雪如银瀑般，从山体一路铺到山下，最终在天池铺开了一片晶莹耀眼的纯白。

这样的美在照片里是体现不出的。

可林雾还是情不自禁地拿出了手机，将这一瞬定格。来过，看过，总该留一张照片的。

拍完，他却还握着手机，偷瞄身旁的王野。正静静欣赏大自然鬼斧神工的王同学感觉到微妙的视线，转头。

林雾晃晃手机，眼睛亮晶晶的："咱俩自拍一个？"

王野不为所动。

林雾再接再厉："来都来了，合个影呗。"

王野果断把头转回去，侧脸写满拒绝。

林雾眯起眼睛磨磨牙。

突然，他向后转，抬头看天，同时急切地拍王野后背："哎，你快看——"

王野以为他有什么新发现了，条件反射地回头，跟着往上看。

"咔嚓。"自拍偷袭成功。

照片里，林雾得逞地笑，王野一脸虎式懵圈，而在他俩身后，是天空，是群山，是雪湖。

寒假结束了。

这个冬天在林雾心底留下了太多清晰的东西，剐花的黑色越野车，迟了一天才翻过旧年的台历，长白山上的森林和雪。

第九章　开学

开学那天，又是李骏驰第一个到 333 宿舍的。

林雾进门看见李骏驰行李在人没在的时候，恍惚间还以为回到了上学期开学。

仿佛还是昨天的事，李骏驰去火车站替学长接亲妹妹，他在宿舍里刷手机，等来了大包小包给他们带十八街麻花的夏扬。

当时的他们怎么也不会想到，即将到来的是那样一个兵荒马乱的学期。

现在一切终于回到正轨了，或者说，在往新的正轨上去。

"爷儿们，人见人爱花见花开星星见了不眨眼月亮见了会更圆的夏小爷回来了——"

夏扬热情似火地推开宿舍门。

满屋空荡，就林雾一个人趴在上铺昏昏欲睡："欢迎……"

"你这是欢迎还是催眠，"夏扬环顾全宿舍，"嘛情况，他们人呢?"

林雾说："大宇一会儿就到，刚在群里发的信息。"

夏扬摸出手机一看，还真是，他刚才光顾着往 333 狂奔，没听见信息音。

那就剩一个人了。

"李骏驰呢？"夏扬蹲下开行李箱，"不会又替人接站去了吧？"

"不知道，"林雾揉揉惺忪睡眼，"我来了他就没在，发微信也没回。"

夏扬正小心翼翼地把仨泥人张的盒子往外捧呢，闻言一愣："不能出事吧？"

"不能吧，"林雾让夏扬问得也有点没底，索性道，"我联系他一下。"

李骏驰业务庞杂，也不是没有惹上麻烦的可能。

语音邀请发过去。一直响到自动切断，对面都没接。

林雾看了夏扬一眼，又直接给李骏驰打电话。

电话响了半天，就在林雾和夏扬不抱希望的时候，那边终于接了："喂……"

是李骏驰的声音，但嗓子压得很低，像怕吵着谁似的。

而且不等林雾说话，电话那头便语速极快地道："我在派出所呢，等回宿舍再和你们说。"

通话结束。林雾和夏扬面面相觑，一脸茫然。

半小时后，任飞宇顺利归队333，没晚点没堵车地铁没停运，给这个大二下学期开了个好头。

晚上，李骏驰终于回来了。

不是带着一脸惹了麻烦事的苦恼，而是春风满面，喜气洋洋。

要不是他们仨都趴在床上，林雾感觉李骏驰能把他们挨个抱起来转一圈。

"犯罪分子终于落网！"不等兄弟们问，李骏驰就迫不及待宣布。

夏扬感到云里雾里："嘛犯罪分子？"

"抢我手机那帮家伙啊，"李骏驰义愤填膺，不是对犯罪分子，是对夏扬，"在你兄弟我心上拉了那么大一口子，你说忘就给忘了?！"

夏扬：“……”他反省。

任飞宇吃惊道：“真抓到了？不是监控都没拍清吗？”

“是没拍清，但贪心不足蛇吞象啊，这家伙抢完我了，尝到甜头了，居然开始连续作案，”李骏驰一屁股坐到自己椅子上，说到这个，又来气了，“他仗着自己跑得快，监控拍不清，肆无忌惮，猖狂至极……”

“跳过负面排比，”林雾赶紧回到正题，“你就说他是怎么落网的。”

“怎么落网？当然是被咱人民警察一举擒获的！我今天就是去认人的。”李骏驰昂首挺胸，就跟歹徒是他抓到的似的，“喊，那家伙以为自己的科属是尖尾雨燕，就没人能追上了？”

“真是尖尾雨燕？”林雾没想到自己当初随口一说竟然蒙对了。

“嗯，要不能这么狂吗？”李骏驰道，“这回是刚抢完，被抢的那姑娘一喊，附近正好有民警在给社区讲解重新办理身份证的事，一听就追出来了。那家伙也狡猾，专门往人多路窄车进不去的犄角旮旯里扎，跑了好几条街，才被按住。”

“纯靠腿追的？”夏扬震惊。

林雾直接从上铺坐起来，认真请教李骏驰：“那位民警的科属是？”

李骏驰浓眉一扬，气宇轩昂：“金雕。”

金雕，猛禽，以大中型的鸟类和兽类为食，飞行敏捷而有力，速度同样可以达到 300 千米 / 小时。

再狡猾的狐狸也斗不过好猎手。

每个人都在觉醒，犯罪分子在，维持和守护着社会秩序与规则的人，也在。

一切都变了，一切又都没变。

太阳总会照常升起。

【环境工程系群】

辅导员高老师：各位同学，新学期马上就要开始了，因为众所周知的原因，这学期的课程会有一些新的调整，希望大家能以良好的精神面貌和饱满的热情迎接明天下午五点的晚点名。[迷之微笑.jpg]@ 全体成员

全环工系同学收到这条信息时，是晚上八点十五，333 的李骏驰同学刚讲完犯罪分子落网记没多久。

"不是应该以良好精神面貌和饱满热情迎接新学期吗！"任飞宇差点因辅导员的转折闪到腰。

"众所周知的原因……嘛原因？"夏扬想了半天也没想明白，"和觉醒有关？没听说要调课表啊，怎么地，上什么课还要和科属挂钩了，科属不对口还得转专业？"

事实证明，夏扬想多了。

十五分钟后，晚上八点半，院系群和学校官网上，同步下发了正式公告——

【环境学院群】

李老师：[公告] 根据教育部文件精神，从本学期开始，学校教学工作调整为"昼夜双班模式"，即昼行性科属同学白天上课，夜行性科属同学晚间上课，保证每一位同学的作息遵循身体的自然规律，健康成长，快乐学习。

"分白班和夜班了？"李骏驰看向林雾，"之前不是还让你们调整作息，适应白天上课吗？"

"估计那时候一个学校一个样，"林雾说，"都自己摸索呢。"

野性觉醒带来的影响是方方面面的，相对应的改变，也只能一个个来，逐渐地从大方向到小细节，从混乱到明晰。

"意思是以后你都不能和我们一起上课了？"任飞宇才发现这个严峻问题。

林雾点点头，目光扫过三位室友："所以兄弟们，以后再被老师提问，我就没法回头隔空提示了，只能靠你们自己了。"

任飞宇、李骏驰、夏扬无语，他们集体申请去夜班行不行！

"但是明天就上课了，新课表呢？"林雾把学院群、院系群、班级群看了个遍，也没有新发现。不料刚嘀咕完，班级群就响了。

我是班长的邓茶茶：[课程表（昼）.xlsx]

我是班长的邓茶茶：[课程表（夜）.xlsx]

我是班长的邓茶茶：[夜班上课统计表.xlsx]

我是班长的邓茶茶：第三个表，咱班夜行性科属的同学填一下就行。

林雾先点开第三个表，主要就是让填一些基础信息，姓名、性别、年级、专业、科属这一类，其实就是统计各班上夜课的人数。

另外三人没有夜班需求，上来就先把第一个课程表打开了。

因为都是白天作息，分了昼夜的"课程表（昼）"也并没有比上学期放假前提前发给他们的旧款课程表有什么大的改变，还是一样的排课时间，很多主课的安排连动都没有动。

然而三人还是一眼就发现了混在众多熟悉课程中的陌生面孔——

李骏驰说："这个《野性觉醒概论》是啥？"

任飞宇说："还有《大学生野性觉醒的心理健康教育》……"

夏扬说："《野性觉醒的潜力激发与控制》？这都是嘛啊——"

尚未点开"课程表（夜）"的林雾："……"他还是缓一缓再面对疾风吧。

我是班长的邓茶茶：明天就按照新课表上课了，有一些新课的教材还没到，高老师说后天应该就可以领书了。

飞流直下的庞冬冬：新身份证呢？什么时候办？

我是班长的邓茶茶：这个还没通知。

逛吃逛吃的尚海涛：你急啥，全国人民一起换身份证，还能把你漏了？@飞流直下的庞冬冬

飞流直下的庞冬冬：我这不是有点小兴奋吗？你想，以后的身份证上，除

了姓名、性别、生日、民族，旁边又加了一个觉醒科属，就问你帅不帅！

觉醒科属为单峰驼的尚海涛同学脑补了一下：还行，可以。

一直默默窥屏，觉醒科属为土拨鼠的徐振龙：[我不想说话 .jpg]

全国统一更换新的身份证，这是两天前才公布的，新身份证上会多出一项"觉醒科属"，内置的芯片信息也会同步更新。

和觉醒普查一样，一经公布，各方面工作就已经有条不紊地开始推进。

这也意味着，觉醒科属，将和年龄、民族这些一样，成为个人的必要属性。

同样收到新课表的还有 509 宿舍。

原思捷把填好的夜班上课统计表发给班长，抬头看见和他床顶床的葛亮正盘腿而坐，深深盯着他。

原思捷心道：这种凝重的眼神实在很让人心里有负担。

目光对上，葛亮语重心长开口，就像某种郑重的交接仪式："以后上课分白班夜班了，野哥就交给你了。"

责任太沉重，原思捷缓缓摇头："我接不住。"

"其实也没什么，"葛亮以丰富的经验宽慰他，"就是万一有不长眼的撩闲挑衅，你第一时间把野哥带走就行。"

"怕他揍人？"原思捷从葛亮这里听过王野在高中的辉煌战绩，但没亲眼见过，"他好像没在咱学校里动过手吧？"

高中归高中，至少从大学住进一个宿舍开始，原思捷还没见过王野真和谁打过架。

"以前没有不代表现在不会有，"葛亮压低声音，"你不觉得他最近状态有点不对？"

这个"最近"原思捷没法判断，因为从假期结束返校到现在，他拢共还没和王野在 509 里待满一天。

低调往王野床铺上瞥一眼，那位同学靠墙坐着，像在漫无目的地放空，又像在思索什么，很难判断，因为神色淡淡的，情绪并不明显。

"怎么个不对法？"原思捷实在看不出来，只能猜，"生气了？低落了？烦躁了？"

"不，是兴奋，"葛亮随着原思捷的目光一起往王野那边偷瞥，言之凿凿，"而且是过于兴奋。"

原思捷真心求教："你怎么看出来的？"

葛亮说："他从回宿舍到现在，玩过一次手机游戏没？"

原思捷："……"还真没有。

葛亮说："所以我敢肯定，他心里藏着事呢，这事让他在意到已经没办法静下心来玩游戏了。"

原思捷说："藏事那叫心事重重，不叫兴奋。"

葛亮说："我刚才喊他老王，但我现在还活着。"

原思捷："……"

那这都不是一般的兴奋了，是大赦天下普天同庆那种。

葛亮说："我听说野兽兴奋的时候都比较好斗，我能活着，不代表其他撩闲的也能活着，所以从明天开始，以后的每一夜都只能你多费心了。"

"别，"原思捷还想多活两年，"交给林雾吧。"

葛亮震惊："你怎么知道他俩寒假一直在一起玩，还偷偷摸摸去长白山上住了好几宿？"

原思捷："……"他不知道啊！

原思捷说："我只是想说上学期夜游的时候他俩相处得不错。"

葛亮："……"

原思捷："……"

葛亮说："我刚才说的话你能忘了吗？"

原思捷说："我三岁背的古诗现在还记得。"

葛亮欲哭无泪。

换作以前，他绝对不担心王野会因为他的大嘴巴来找麻烦，因为王野本身就不是个藏着掖着的人，没什么不能直来直去说的。

但他和林雾一起去长白山这件事，葛亮总觉得透着蹊跷。

葛亮是无意中给王野发信息，就在寒假结束前的两三天，想约他出来玩，才知道对方和林雾上了长白山。

可当葛亮随口一问：这大冷天的去长白山旅游？

王野却回复：不是旅游。

等葛亮再问：那你俩去干啥？

王野那边就没信了。

葛亮等啊等，等到开学，都没等来答案。

原思捷不知道其中的百转千回，他单从刚刚的对话中去理解——

已知：葛亮说王野最近很兴奋。

已知：葛亮说王野和林雾一起去长白山住了好几宿。

得出结论：王野因为和林雾一起去长白山住了好几宿所以很兴奋。

逻辑流畅，答案严谨。

带着这种心情，原思捷再去看王野，薄薄的单眼皮下，眸子里满是"你终于开窍了"的欣慰。

门外走廊上一直有凌乱脚步和拖拉行李箱的声音，都是晚间才返校的同学。

原思捷和葛亮交谈的时候又压低了声音，所以王野并没有注意他俩在说啥，而是一直沉浸在自己的思绪里，直到感觉哪里不对，才回过神，然后就发现原思捷正在用一种非常奇怪的眼神看自己。

"嗯？"王野微微挑眉。

原思捷浅笑着摇头："没事。"

王野定定看了他片刻，忽然坐直："算了，和你说吧。"

原思捷一怔，他知道王野向来直接坦荡，但没想到在感情问题上也……

王野说："你想真的变成花豹吗？"

原思捷说："啥？"急转弯太猛，原思捷就是有豹的柔韧度也被闪得不轻。

王野却很认真，这一晚上，不，应该说从长白山下来他就在琢磨这件事。因为他是确定无疑地想，但林雾并不是，所以他想听听其他人的想法。

"你想吗？"

"这不是我想不想的问题，"原思捷道，"根本没可能吧？"

王野问："如果有可能呢？"

假设提问不算泄密，林雾在签完保密协议后细致地给他分析了其中的底线和模糊空间。

"如果……"原思捷想了一下，"看大环境吧，要是和觉醒一样，大家都能变，那我就跟着变。"

随大流，最有安全感的选择。

王野思忖着，又问葛亮："你呢？"

葛亮确认王野没听见他先前的八卦泄密了，多少安心一点："我变哈士奇可以，但得先买房，拆自己家不用赔啊。"

王野："……"问半天，没一个有用的，他看向唯一还算靠谱的江潭。

水蚺江同学用被子将自己裹得跟木乃伊似的，一晚上直挺挺地躺在床上，眼睛半闭半睁，安静得像空气。

王野："……"

随着王野一起看过去的葛亮和原思捷："要不……咱们还是别打扰他了。"

冬三月，随着气温回升，暖气供应进入最后阶段，热度逐渐降低。宿舍楼这边降得狠了些，在屋内坐久了，手都会凉。

温血动物们，如东北虎、哈士奇、花豹，都可以自己调节体温，抵御寒冷；冷血动物们，如水蚺，体温只能随着环境一起变，环境冷，它体温也低，再冷，就直接冬眠了。

当然，江潭同学毕竟还有人类体温系统，没完全水蚺化，所以顶多就是比以前更怕冷一些，加点"物理保温"措施，还是挺得住的。

但想不想真的变成水蚺？葛亮和原思捷可以保证，江潭绝对百分之二百想做人。

林雾睡了整整一个白天，到了下午五点晚点名的时候，精神抖擞，看昏黄夕阳都是旭日光辉。

全系的夜行性同学基本和他一样，都铆足了劲儿，等着体验双教学模式下的夜间第一课。

晚上八点，夜班课堂正式开始。

原本只有环工1、2两个班一起上的公共课，变成全年级三个专业、五个班一起上的大课。

林雾走进阶梯教室时，前排已经被提前到的同学占满了，第一堂夜课，大家都想近距离感受。

他四下环顾，寻找空位，突然听见有人喊："林雾——"循声而望，是同班的刘慕在向他招手。

刘慕的科属是刺猬（夜行性），可林雾走过去，才发现他旁边还坐着邓茶茶和邹凯。

邓茶茶，科属：梅花鹿（昼行性）。

邹凯，科属：黑犀牛（昼行性）。

阶梯教室的座椅都是一长排，林雾和他们打了招呼，在刘慕另一边坐下，才低声问他："什么情况？"

刘慕凑近他："班长过来旁听，说是要了解夜班情况，以后夜行性同学要是有什么上课的问题，她也知道该怎么解决和协调。"

林雾惊讶，既是佩服她的责任心，又有点感动。

大学里有这样一个班长，还挺幸福的，他们环工1团结友爱的班级氛围，很大一部分原因要归功于班长邓茶茶。

但邓茶茶越闪光越衬得旁边的邹凯画风诡异。

邹凯是班里有名的火暴脾气，和他的科属相称得严丝合缝——黑犀牛，非洲大陆上最危险的动物之一，攻击性最强、脾气最暴躁的物种。

这位同学，简而言之一句话，不是在打架，就是在打架的路上。

所以他能像现在这样安稳地坐在课堂，还是根本不属于自己的夜班课堂，实在是匪夷所思。

"别看了，"瞧见林雾总瞥邹凯，刘慕直接解惑，"陪班长大人来的。"

林雾说："陪邓茶茶？他俩……"

刘慕说："嗯。"

林雾说："他俩?!"

刘慕说："你小点声！"

八卦到自己班同学身上了，林雾实在克制不住："什么时候的事？"

刘慕说："开学就这样了，肯定是寒假呗。"

林雾情不自禁又偷瞥了眼那两位完全不搭的同学，觉得缘分这事，真的很奇妙，很说不清。

"行了，"刘慕拿书本挡住他的脸，"咱们这种单身狗，少看成双成对的，扎心。"

说话间，老师进来了，是一位没有见过的新老师。

"同学们好，我是这学期开始教大家的……"新老师开始在黑板上做自我介绍。

双教学模式下，老师也要组成昼夜两套班子，各院系的教师都不够，所以寒假期间，学校专门扩充了教师队伍。

林雾正在认真听老师的开场白，手机忽然在口袋里振了一下。

王野：哪儿呢？

林雾被这问题打败了，无力撑住额头，单手在桌下面回复：上夜课啊，同学。

王野：问你在哪儿上课。

林雾：德馨楼。

王野：啥？

林雾：教学3。

王野：早这么说不就完了。

林雾：……

费心给各栋教学楼取名字的老师能气晕。

林雾：你呢？

王野：教学2。

这两栋教学楼正对着，林雾下意识看窗外，果然，对面楼的每个窗口灯都亮着，就是不知道王野在几楼几教室。

林雾：好好上课，别玩手机。

王野：没玩。

林雾：……没玩你现在干啥呢？

王野：和你聊天。

林雾：和谁聊天都叫玩！

王野：那行，不聊了。

十分钟之后。

王野：[小程序] 王野邀请你参加百兽森林卡牌大战，分享给五个好友，即可获得珍稀SSR动物卡！

林雾：……你转发分享的时候就不能屏蔽我吗？

王野：[分享给五个好友.jpg]

王野：葛亮，江潭，原思捷，屏蔽你就不够了。

林雾：加我也才四个！

王野：你算两个。

林雾：……

王野：但是游戏没认，说分享好友数不够，不给 SSR 卡。

林雾：咋办？

王野：破游戏，卸了。

新来的老师风趣幽默，讲着讲着就甩一个时下最时髦的"梗"，逗得大家前仰后合。

刘慕乐得哈哈的，转头想和林雾找共鸣，结果发现林雾是在笑，但是是低头对着手机乐，那个笑容怎么形容呢……不是听段子的乐，而是像夏天吃了一口冰淇淋，凉凉的、浅浅的、甜甜的。

"你这跟谁聊呢？"刘慕嗅到了一丝危险的味道，他这刚和林雾组的单身狗阵营要垮啊！

"哥们儿。"林雾收了手机。

刘慕怀疑地眯起眼："真是哥们儿？"

"真是，"林雾哭笑不得，"机械院的，我骗你干啥。"

刘慕见他说得真诚，终于安心地舒了口气。

环境院男多女少，每多一位男同学脱单，都是对他们这些单身狗的打击。

午夜十二点，四节课圆满结束。

睡了三节半课的邹凯，一脸"终于熬到头了"的解脱，跟着邓茶茶一起往教室外走。

大班里还有几对，也是一起上课、一起撤。刘慕看着这一双双背影，心酸感慨："青春真好。"

林雾调侃："底下还有一批等着对象下课吃夜宵的呢，咱们做好心理准备。"

刘慕欣慰地拍拍他肩膀："兄弟，幸亏还有你。"

说话间，两人走出教学楼。果然像林雾预测的那样，好多没课或者同样刚下课的同学，都在门口等自己的对象。

但是人影交错的路灯下，好像有一个身影很熟悉……

"王野？"林雾以为自己看错了，再走近一点，还真是，"你在这儿干啥？"

王野一脸"这还用问"的表情："饿了，吃饭。"说完就伸手把人揽过来了，根本没看见旁边的刘慕。

但林雾不能扔下自己同学不管啊，连忙道："哎，这是刘慕，我同学……"

王野停住，定睛看过去，还真有一位同学，便客气地点点头："王野，机械院的。"

"机械院？"刘慕带着这个似曾相识的院系印象，望向林雾。

林雾秒懂，立刻点头："对，就我刚才聊天的。"

刘慕摇头，微信聊天不是重点："你之前说什么来着？"

林雾说："之前？"

刘慕说："我说'青春真好'，你说……"

林雾说："底下还有一批等着……"等着对象下课吃夜宵的呢，咱们做好心理准备。

"祝你幸福，再见。"刘慕转身离开，留下单身狗孤独而倔强的背影。

林雾心道：不是，你听我解释啊！

今天是食堂第一次在夜间开放。

本以为只是集中开几个窗口，满足夜班同学的基本餐饮需求，没想到是全面开放，白天能吃到的，夜餐一样不少，如果忽略外面的夜色和室内的灯光，此刻食堂的情景和平日里的午餐时间几乎没任何区别。

林雾睡了一个白天，就晚点名的时候吃了两口饭，现在又上了四节课，早就饥肠辘辘了。刚下课的时候感觉还不强烈，一进食堂闻到菜香，就彻底走不动了。

"这都不能算夜宵，得算午饭。"和王野一起拿了餐盘走到窗口，林雾看哪个菜都透着可爱诱人。

王野目标明确，上来先打了一份熘肉段。

林雾赶紧跟上，打了肉段旁边的蒜香排骨，王野再打一份红烧鸡块，林雾跟着打一份孜然牛肉。

餐盘一共四格，两份菜再加一份米饭，只剩一格地方了。虎狼两位同学交换眼神，默契地一齐走向凉菜、熟食区。

林雾要了凉拌西蓝花，终于有点绿色了。再一看王野，人家完全没负担地又要了蒜泥肘花。

在食堂里，同学们之间的科属很难保密——都写在餐盘上了。

餐盘里是素菜加水果，食草性科属无疑；全是肉的，或者万肉丛中一点绿的，自然是肉食性科属；而看鱼肉蛋菜都有，营养最均衡的，通常是杂食性科属的同学。

林雾以前其实还挺喜欢吃青菜的，但觉醒之后，再吃青菜就怎么都觉得难以下咽。

好在科学家们已经研究证实，对于饮食口味的改变，觉醒者顺其自然就可以，觉醒基因会促使身体对这些摄入的成分和能量进行消化调节，保持身体的良性运转。

"这好像是我第一次和你在食堂正经吃饭。"端着餐盘在空桌坐下，林雾说。

这么一提，王野才意识到，还真是，之前都是夜游结束，过来买个早餐鸡蛋饼就走。

食堂的餐桌不大，两个人面对面，同时低头都容易碰着。

所以王野不喜欢和人在食堂一起吃饭，和509的那仨，他也很少约着一起，要么独自行动，要么从食堂买了带回宿舍。

但今天他想都没想就拉着林雾一起过来了，然后现在近距离看着桌对面的林雾，他不仅不觉得拥挤，还觉得这样挺好的。

林雾说完话，没见王野回应，以为对方懒得搭理自己，一门心思吃饭呢。

结果他这边刚收声，埋头吃两口，就听见王野道："你课表给我。"

林雾困惑抬头："你要我课表干吗？"

王野说："省得每天都得问你在哪个楼。"

林雾问："什么意思？"

王野说："意思就是你以后的夜宵我承包了，零点下课，准时会合，食堂吃饭。"

林雾说："什么你就承包了……"

王野说："包接包送。"

林雾说："翻译过来不就是'一起上下课'吗！"

其实王野没觉得这算什么事，他以为自己一说，林雾一答应，就完了。

没想到林雾磨叽半天不给准信。

王野问："你想啥呢？"

林雾说："想明天怎么给刘慕解释，以后午夜下课你都会在楼底下等我。"

王野问："刘慕是谁？"

林雾说："我刚在楼下给你介绍完。"

"哦。"王野想起了那位同学，虽然不知道这有什么可解释的，但如果林雾觉得麻烦，他是很好说话的，"那就你到我楼下等我。"

林雾问："啊？"

王野说："下课铃一响就赶紧往我这边跑，听见没，别我下楼了你还没到呢。"

林雾说："不是……"

叮咚。

王野说："课表发你了。"

人生的大起大落来得太快。

林雾茫然地拿筷子夹起一粒饭送到嘴里，嚼着嚼着，到最后也没想明白，自己这地位怎么就从"楼下有人等"沦落成了"去楼下等人"。

不远处某桌——

同学 A 说："那个好像是王野。"

原思捷说："嗯。"

同学 A 问："和他一起吃饭的好像是环境院的吧，就是夜游时总和你俩扎堆那个？"

原思捷说："嗯。"

同学 A 问："那你为什么不过去和他俩一起吃饭？"

原思捷说："三影名。"

同学 A 问："啥？"

原思捷说："以前是三个人的电影，但现在我已经没姓名。"

同学 A："……"

昼夜双班模式因为配套工作的周全，开展得十分顺利，夜行性同学再不需要用夜游来消耗自己过剩的精力，也不会再因为白天的困倦影响学习。

唯一有点问题的就是同宿舍的作息相处，因为昼夜不同，难免发生摩擦。

为此，学校在双班模式运行一周后，就及时下发通知，想换宿舍的同学都可以发出申请，由学校统一协调更换。

但是 333 和 509 都没有这样的需求。

四月，冰雪消融，初春的风带着凉意。

让大家一直心心念念的"身份证更换"，终于有了消息。

【环境学院群】

李老师：[通知] 本周六、日两天，相关部门会进校给各位同学办理新身份证。环境院办理时间为周日上午 8:00—10:00，请各位同学做好准备，届时旧身份证需要回收。

收到这条通知时，正值周四傍晚。

夏扬他们下课回来，林雾也已经睡醒，333 宿舍的窗外，机械的轰鸣声仍在远处未歇——操场已经翻修半个多月了。

"可算让我等到这天了！"夏扬激动得一蹦五尺高。是真的五尺高，头差点撞到天花板。

李骏驰说："换个身份证，你不至于吧。"

"不至于？"夏扬转身到柜子里把自己旧身份证翻出来，"啪"地往桌上一拍。

三位兄弟凑过去。

就是一张很正常的身份证，正常的个人信息，正常的……爆炸头证件照。

夏扬精致的五官，在这样灾难性的发型面前，黯然失色。

可能他自己也感觉到了，于是照片里的他，神情异常严肃，沉静里透着煎熬，冷漠里蕴藏绝望。

林雾说："能介绍一下你当时让 Tony 老师烫这款头时的心路历程吗？"

夏扬说："我不想说话。"

李骏驰说："当时美发店里就没有一个人出来阻止？"

夏扬说："我不想说话。"

任飞宇说："这回你打算怎么弄？"

林雾、李骏驰齐声说："他不想说话。"

"我要说！"夏扬虽然拒绝回忆过去，但必须展望未来，"爷儿们，我为嘛拿出自己的血泪史和你们分享，为嘛把昔日伤口翻出来再血淋淋地划上几刀，就是想用过来人的经验告诉你们，拍身份证照犹如高考，一照定十年，多的定二十年，一个没照好，甭管你多青春多靓丽多英俊多潇洒，拿出身

268

证你就现原形知道吗?!"

"我们懂……"

"不,你们不懂!"

林雾、李骏驰、任飞宇互相看一眼,纷纷回去摸出了自己的身份证,依次举到自己胸前。

林雾的:两颊消瘦,神情低落,看着像连续在网吧通宵了好几宿。

李骏驰的:皮肤比现在的小麦色还要再黑上两个色号,头发凌乱,理论上应该是打理过了,但看着就跟刚经历过强风过境似的。

任飞宇算是相对正常的,但也不知道是不是为了拍照格外鼓足气势,看着没有平日的蔫头耷脑,倒是一副挑衅镜头的样子,横看竖看都不像好人。

夏扬依次浏览过,心情复杂。

身份证,真是人生拍照生涯的一个大坎儿。

周日这天,夏扬三人早早就起床,林雾则是一夜没睡,到早上依然精神。

四位同学洗头的洗头,打发蜡的打发蜡,给自己收拾得板板正正的,互相看过,觉得这回应该能给青春留一张看得过去的证件照了,才并肩出发。

然而到了地方,真正开始拍照……

"下 个。"

林雾赶紧走过去,乖巧坐下,对着单反相机……

"好了,下一个。"

风驰电掣的按快门速度,根本就不给你酝酿精气神的时间啊!

算了,听天由命吧。

下午两点,早回了宿舍的林雾,给王野发信息:你们开始了吗?

机械院办身份证的时间在下午。

王野:排着呢。

林雾:发个照片。

王野：[图片]

林雾：同学，不是让你拍现场，是让你拍你自己。

王野：拍我干啥？

林雾：看看你收拾得精神不。

王野：没必要。

林雾：随便拍一张就行，我还能帮你看看哪儿不合适，身份证照片很重要的。

王野：[我下线了.jpg]

林雾：……

这家伙到底有多讨厌拍照！

林雾拿着手机气得牙痒痒，又无可奈何。

夏扬同样在床上捧着手机聊天呢，不经意间看见林雾气鼓鼓的，疑惑道："怎么了？"

林雾扯扯嘴："没事。"总不能让一跳羚去帮他揍东北虎吧。

夏扬好奇心被挑起来了，因为很少见到林雾这样，像跟谁闹别扭似的，有点幼稚的孩子气："到底怎么了，你要急死我啊。"

"王野，"林雾和王野关系近，在333也不是秘密了，"让他来个自拍，死活不干。"

"我当嘛事呢，"夏扬胸有成竹一甩头，已从栗色长回黑色的微卷发蓬松飘逸，"等着。"

语毕，他拿起手机咔咔就是一顿按。

不一会儿，林雾这边手机响了。打开一看。

原思捷：[照片][照片][照片]

原思捷：都是偷拍，所以距离有点远，要是还不够，我就豁出去了再帮你拍一张特写。

林雾：……

夏扬什么时候和原思捷这么熟了！点开照片。

的确都是偷拍，而且从模糊的对焦中，可以感觉到偷拍者强烈的求生欲。

幸好，还有一张清晰的。

王野果然没特意收拾，就是平时上夜课的样子，眼神说好听是慵懒，其实就是困的，林雾再清楚不过了，他甚至可以想象，这家伙八成是在宿舍睡午觉呢，然后被 509 另外三位负责任的同学硬从床上拉起来的。

不过话说回来，其实王野也不用刻意收拾。

林雾发誓自己没带任何滤镜，单纯实事求是：王野真挺上相的，哪怕在这样一张偷拍里，看着都特顺眼。

林雾在床上醒来，鼻尖微微地凉。供暖刚停，宿舍里格外冷。

下午两点的阳光从窗户照进来，洒落一地明媚，却还是无法驱散全部的寒意。

林雾人是醒了，但思绪好像还在将醒未醒中飘着、荡着。

夏扬他们都上课去了，宿舍里只有他一个人，空气安静而冷清。刚睁眼那一刻，恍惚中，他还以为在自己的公寓。

寂寞感来得毫无防备。

林雾以前很讨厌这样，因为一旦被乘虚而入，他要用很长的时间才能从这种令人低落的负面情绪中脱离出来。

可最近，他获得了一个"法宝"，一个一刀就能斩落 9999 个寂寞小怪的"神级战士"。

从枕边摸来手机，林雾熟练地调出表情包：[起床啦～上学啦～读书啦～.jpg]

王野：干啥！

林雾：睡觉呢？

王野：[从我想削你的回复语气中还看不出来吗！ .jpg]

林雾：睡着还这么快回我？［只要我笑得够可爱，你就舍不得拿脚踹.jpg］

王野：……

王同学不搭理他了。

但是林雾很快乐，不是从寂寞深渊里爬出来的快乐，是从寂寞深渊里爬出来又在太阳底下撒欢跑了半天最后咕噜咕噜喝掉一瓶冰镇汽水的快乐。

这就是他最近刚发现的宝贝——

英雄：［王野］

技能：［百分百秒回信息］［寂寞毁灭者］［寂寞毁灭者Ⅱ］

绝技：［百兽之王的暴走］（该技能触发时敌我不分，请谨慎使用）

509宿舍里，英雄王野正在自己的上铺翻来覆去，濒临绝技触发。

他想再睡个回笼觉，奈何闭上眼，脑袋里就全是林雾最后发的那个嘚瑟的表情包。

这也就是林雾，换另外随便谁，敢吵他睡觉，吵完了还敢不怕死地发表情包，他都能把对方团成一团塞表情包里。

"嗡。"

刚放下的手机又振了。王野继续闭眼，假装没听见。

一秒。两秒。假装失败。

王野烦躁地睁开眼，索性也不睡了，直接一个鲤鱼打挺坐起来，拿过手机。

林雾：［困.jpg］

表情包里打哈欠的Q版小人儿，脸蛋圆圆的，看得王野这叫一个手痒，简直想伸进屏幕里狠狠捏两下。

王野：困就睡觉！

王野中午才睡，现在困得抓狂。

林雾：可又睡不着……

王野：睡不着你就折腾我，是吧？

林雾：那以前你晚上睡不着的时候，我还给你唱歌呢。

王野：……

野性的直觉带来一种不祥的预感。

林雾：现在换你催眠我了，随便唱什么歌都行，我不挑。

林雾：[来吧，是时候展现真正的技术了！ .jpg]

果然。

王野抬眼环顾509。

葛亮在床上刷手机，原思捷在床上打电脑，江潭穿着三九天的厚羽绒服坐在桌前看专业书——今天下午没课，509阵容齐整。

总算找到个还算冠冕堂皇的理由。

王野：宿舍有人。

林雾：我当时宿舍也有人，还都睡觉呢，我不也跑走廊上偷偷给你录了！ [哼 .jpg]

王野：……我不会唱歌。

林雾：我也是现学的。

王野：鬼哭狼嚎是本能，你有基础。

林雾：虎啸龙吟也不赖，你有天赋。

王野：[上一个这么跟我撩闲的，坟头草已经三尺高了 .jpg]

一分钟的安静。

王野：嗯？

王野：人呢？

王野烦躁地胡噜一把自己脑袋。

王野：[音乐分享]大自然的声音 - 森林

王野：我以前睡不着的时候就听这个，你试试。

另一头装死的家伙终于有了动静。

林雾：哦。

王野看着那个明显意兴阑珊的"哦"，简直想把人拖过来揍一顿。

没人知道，早在觉醒之前，在高中，王野就已经有过很长一段时间的失眠了。

当时的王野因为睡不着，脾气越发暴躁，又因为暴躁，就更睡不着，几乎是陷入了一个恶性的死循环。后来无意中在网上听到这张专辑，听那些从大自然中收录的声音，听风，听雨，听森林里的鸟鸣和兽叫，他才终于能在午夜时分，找到一点内心的宁静。

森林篇，是整张专辑里王野最喜欢的。这是他最珍视的东西之一，并且从来没打算和任何人分享。

王野不知道自己到底抽了什么风，林雾那边一不吱声，他就担心自己是不是太凶了，然后就想往回找补，就想把所有的好东西都拿出来。

结果他这上赶着给了，那边就一个"哦"，根本不觉得是什么好玩意儿。

铺位相接的原思捷和葛亮，一个从笔记本前抬头，一个放下了手机。

不是他俩有默契，而是室内的气压急剧下降，他俩想感觉不到都难。

两双眼睛方向一致地去望王野，只见后者一言不发地坐在床上，手机丢在一旁，脸色沉郁，周身散发着"老子现在心情很不爽"的王霸之气。

默默收回视线，葛亮和原思捷面面相觑，以口型交流。

葛亮："咋了？刚才不还挺乐和的吗？"

原思捷："某人的天空就像孩子的脸，说变就变。"

葛亮："你能不能别啥都套上你的理论？他和林雾是处哥们儿又不是别的，哪那么多事。"

原思捷微笑。

葛亮："为什么你看我的表情就像在看一个傻子。"

"嗡。"旁边的手机又振了。

原思捷和葛亮条件反射地转头。

王野已经重新拿起手机。

林雾：好舒服，好放松，我喜欢这个！［意外惊喜.jpg］

王野：［哼.jpg］

林雾：不许偷我表情包。

王野：想睡了？

林雾：嗯。

王野：那还废什么话。

林雾：［嘿嘿］

林雾：［月亮睡觉了.jpg］

聊天结束，王野神清气爽，放下手机，也重新躺回去，大长腿一跨，半抱半骑地搂住被子，舒舒服服一秒入睡。

低气压？葛亮和原思捷现在从王野嚣张放肆的睡姿里，只能看见桃花依旧笑春风。

葛亮看回原思捷。四目相对，两人几乎同时出声。

原思捷说："信了吧？"

葛亮说："野哥是不是中邪了？"

朽木不可雕也。

原思捷深呼吸，放弃。

葛亮盯着原思捷，却忽然想起另外一茬："怎么最近听不见你拿手机喊宝贝了？"

原思捷奇怪地看他："上学期就分了，你不是知道吗？"

"上学期那个我当然知道，"葛亮说，"我问的是这学期的，你没再找？"

原思捷摇头。

葛亮怀疑地眯起眼："空窗期这么久，不是你风格啊。"

原思捷温柔一笑："收心了。"

王野做了一个梦。

梦里，他回到了长白山那个夜晚，月光如霜，火炕滚烫。

王野在炕上醒来，林雾就躺在他旁边，整片后背对着他，从肩胛骨到腰线，在最美的那一束月光里，触手可及。

王野轻轻伸出手，像在碰一只脆弱的蝴蝶。

蝴蝶微微发抖，颤抖翅膀。

这却只能撩拨野兽的狩猎本能。

蝴蝶仿佛感受到了危险的临近，忽然挣扎起来。

野兽猛地扑过去，狠狠压住猎物……

毫无预警，王野从梦中惊醒，腾地坐起来，呼吸轻微地急促。

十五分钟前才看他香甜入睡的原思捷和葛亮，一个眼神微妙，一个一脸懵圈。

原思捷暧昧挑眉："啧，你梦见什么了？"

葛亮说："跑一万米？"

原思捷："……"

林雾没梦见长白山。

但这天傍晚，在听着王野发来的大自然声音，美美睡了一觉后，他收到了来自长白山的"平安信"。

赵里：一切都好，放心。

离开长白山后，林雾不想打扰陶其然，总是忍着不给他发信息。赵里像知道这些似的，每隔一段时间，就会这样报一下平安。

林雾很感谢他：山上还冷吗？

赵里：还好。

这个天气，城市里都乍暖还寒，何况山上。

林雾对这个"还好"实在怀疑。

不过小舅冷了还有赵里一起睡，再不然兽化也御寒，林雾倒也不是那么担心。

林雾：赵里哥，你怎么样？

赵里：老样子。

那就是兽化觉醒还没有进展了。

林雾不知道该怎么说，好在那边主动问回来了：你怎么样？

林雾：挺好的，前一阵刚办了新身份证，五月份应该就能下来了。你们办了吗？

赵里：还没。

林雾：你俩在山上，肯定没有我们这里快。

赵里：学校有什么变化吗？

林雾莞尔一笑，这语气分明是替自家小舅问的。

林雾：分了白班夜班上课，我现在白天睡觉，晚上上课，彻底地夜行性了，其他的变化暂时还没有，但以后也说不准。

野性觉醒对社会带来的改变是根本性的，没有人可以预料未来还会发生什么，很多改变也要在漫长的时间里才会一点点显现。

赵里：照顾好自己。

林雾：嗯，你们也是。

简短的通信就这样结束了。

因为保密协议，关于兽化觉醒，或者兽控局的话题，都是不方便在聊天软件里讲的。

但其实也没什么好讲的，陶其然和赵里平安，自家小舅找到了理想的桃花源，就够了。

放下手机，林雾躺回床里，望着天花板，渐渐地，仿佛又回到了长白山的冰天雪地里。

雪豹飒爽，白狐狸可爱，下一秒却又化身办公人员，录信息、签协议。

相隔才一个半月，再想起来，恍若一场冬日里的梦。

"那么这个问题要怎么来理解呢……"宽敞开阔的阶梯教室里，流体力学老师正在讲台上侃侃而谈，背后大屏幕上是投影的 PPT。

夜班课就这一点好，投影的时候不用挡窗帘，窗外早一片漆黑。不过教室明亮的灯光，还是让投影画面稍有一点发白。

这是晚上九点多，夜班的第二节课。

林雾坐在教室第一排，眼睛认真看着投影，藏在桌下的手却拿着手机，老师讲的每一个字他都听得很清楚，但其实根本没往脑子里去。

不是不想去，实在是难以集中精神。

林雾喜欢和王野微信聊天，可是仅限于非上课时间。

首先，他常年坐第一排，低头玩手机很容易被老师发现；其次，不管坐第几排上课都不能玩手机好不好！

但王同学的课堂信念里显然没有这一条纪律。

王野：嗯？

王野：人呢？

他这边才一分钟没回，王同学又急了。

林雾心累，趁老师不注意，飞快低头敲字：*上课禁止发微信！*

王野：*无聊。*

林雾：*无聊就认真听课！*

王野：*不爱听。*

林雾：*……*

就这样的，每年期末竟然还不挂科，还都能低空通过，太不科学了。

对于王野，林雾已经放弃共同进步的天真想法了：*玩游戏吧，你手机里不是下了一堆吗？*

王野：*没音效，不带劲。*

林雾想打人。不单是因为王野欠揍，更因为前方讲台上的老师已经开始往他这边瞥了，那眼神分明带着"坐第一排竟然还敢给我开小差"的愠怒。

林雾在急速攀升的求生欲里，疯狂敲字，感觉手指头都要起飞了：*那就*

刷新闻、刷微博、刷论坛、刷朋友圈，下课之前不许再回我了！

发完，他直接把手机塞进桌下的书包里，再不看一眼。

说不看就不看死也不看了。因为一旦王野真的我行我素，继续回复，他只要看见，就绝对忍不住蠢蠢欲动聊下去的小手。

不是王野有毒，就是微信有毒！

不远处的另一栋教学楼里，王野看着聊天屏幕上的"最后通牒"，十分不爽。

他最烦的就是别人用命令口气和他说话。但，心情很嚣张，身体很诚实：关掉微信，打开学校论坛，刷。

一直到下课，王野都快把论坛里近期的帖子回个遍了。

他们班今天晚上就两节课，前排的原思捷收拾好书包，走过来问："一起回宿舍？"

"不了。"王野起身，把书包往肩上一甩。

原思捷一看这就是又要去寻人了，随口问："林雾今天也两节课？"

王野说："四节。"

原思捷愣住："那这才十点，你去哪儿？"

要等林雾第四节下课，得午夜十二点了。

王野无所谓道："随便转转。"

为了等个人，提前两小时就开始在附近转悠？

"行吧，那我回了。"原思捷拍拍他的肩膀，然后一步三回头地离开了教室。每一回头，那眼神都像是在瞻仰情圣。

夜晚十点的风，已经开始凉了。

林雾所在教学楼的一侧小路两旁种满了桃树，四月正好，枝头满簇的桃花。

树下一排长椅，隔几米，便一张。

王野躺在桃花最盛的一棵树下，年轻的身体和长椅一并隐匿在花叶繁茂的阴影里。

第三节课才开始。

王野的新闻、论坛都刷完了，林雾给的"时间消磨法"里，只剩最后一项，刷朋友圈。

进入微信。

好友列表里一共不超过二十人，还有十几个被他屏蔽了朋友圈。

所以当王野再点开朋友圈时，画风就变得十分单调——

葛亮（9 小时前）：今天下午只有两节课哈哈哈！[欧耶 .jpg]

葛亮（10 小时前）：食堂新开的窗口也太好吃了吧！[照片][照片]

原思捷（昨天）：你微微地笑着，不同我说什么话。而我觉得，为了这个，我已等待得很久了。——泰戈尔《飞鸟集》

葛亮（昨天）：哥们儿今年必须脱单，必须脱！

江潭（2 天前）：[今日分享：人生必读的 100 本书]

葛亮（2 天前）：你们这些人就非得在宿舍楼底下等对象吗？能不能考虑一下单身同学的感受！[生气][生气][生气]

原思捷（2 天前）：你总有爱我的一天，我能等着你的爱慢慢地长大。你手里提的那把花，不也是四月下的种子，六月开的吗？——罗伯特·勃朗宁

江潭（2 天前）：[转发：为什么坚韧的意志是人生的基石？浅谈野性觉醒带来的生命哲思…]

葛亮：……

葛亮：……

葛亮：……

王野往下翻了半天，眼睛被葛亮"吵"得生疼，一直翻到不知多少天

前，才终于看见——

　　林雾：大自然的声音，好听。

　　忽来一阵强风，吹落几片粉白花瓣。王野在簌簌摇曳的花影里，微微勾起嘴角。

　　"哎呀，你烦人……"娇嗔的女声幽幽传来。

　　王野一怔。

　　"亲一下，就一下。"另外一个男声亲昵地哄着。

　　王野起身，无声无息。

　　旁边树下的长椅上，两位正在热恋中的同学，正抱在一起，亲了又亲，旁若无人。

　　也可能他们真没看见这边还有人。

　　王野现在理解葛亮了，看着这种是有点闹心。

　　为什么？学生的任务当然是学习！

　　理直气壮的王野同学，踏着东北虎安静的步伐，悄然离场。

　　但接下来去哪儿？春天来了，万物回春，王野环顾四周，总觉得每一个晦暗不明的角落都不可靠，都有暧昧在那里蠢蠢欲动。

　　不知不觉，王野晃荡到了林雾正在上课的教学楼前。他抬头看着一溜灯火通明的教室。

　　瞅来瞅去，就这里正经、踏实。

　　三楼，阶梯教室。

　　通常上完一门课，都要换教室再去上另外一门，但今天例外，环工夜班的同学们，连续两门，四节课，都安排在了同一个阶梯教室里。

　　所以林雾还坐在第一排的位置。

　　后两节课是环境工程原理，讲课的是一位深沉儒雅的教授，环境院这学期新聘任的。

　　教室出现异动时，教授正低头等着刚刚突然蓝屏的电脑重启。

林雾原本也认真等着，却听见身后窃窃私语——

"哪个班的……"

"不知道啊……"

"长得还挺帅……"

林雾疑惑地回头。

只见教室的最后一排，不知何时多了一位圆寸头的男同学。最后一排，也是地势最高处，该同学那典型猫科动物的慵懒眼神，淡淡往下一瞥，就跟睥睨天下似的。

林雾："……"

讲课的电脑终于重启成功，投影里电脑桌面渐渐清晰，教授重新插入U盘。

林雾赶紧低头，飞快发信息：你过来干吗？

王野优哉游哉地摸出手机，打字：等你。

偌大的教室，第一排和最后一排，隔空发微信，留下满教室依旧在茫然中交头接耳的同学。

等他？

林雾知道王野今天晚上就两节课，也知道王野应该会照例在十二点找他吃饭，但怎么也没想到，王野能提前这么久过来等他。

说不高兴是假的。

可王野这么做，在平时没什么，毕竟阶梯教室那么大，多一两个同学，只要不影响课堂纪律，老师通常都不会在意。但这节课不一样。

林雾：快跑。

王野在这没头没脑的两个字里抬起头，迷惑地望林雾。林雾快急死了。

林雾：别问。

林雾：赶紧跑。

林雾：除非你想认真学习环境工程原理！

王野终于从林雾发信息的速度里，嗅到了一丝不寻常的危险。

把手机塞回口袋，利落起身。

"最后一排的同学请留步——"

王野："……"晚了。

林雾："……"完了。

教授露出谦和的笑容："这位同学是来旁听的吗？"

王野不着痕迹地瞥第一排。

林雾隔空皱眉，微微摇头：千……万……别……认。

王野收到："走错教室了。"

教授和蔼道："已经上课二十分钟了。"

王野："……"

二十分钟，才走错教室，的确有点牵强。

"我是想找个教室自习。"

林雾同情地看向王同学，这理由都能想到，也是难为他了。

不过话说到这儿，教授应该也就放行了。林雾和王野都这样乐观地想。

然而——

教授说："既然来了，就坐下一起听吧，也可以给我的教学提些意见和建议。"

王野说："不了，我又不是这个专业的。"

教授说："也是，这门课的专业性确实比较强。"

王野说："那我……"

教授说："同学你哪个专业的？"

王野说："机械工程，那我就先……"

教授说："机械工程？那正好，其实很多工程学科都是相通的。"

王野说："不是……"

教授说："同学你不要站那么远，来前面坐下，太远了看不清楚课件，会错过知识点，也不利于咱们课堂的互动……"

王野："……"

林雾："……"

全夜班同学："……"

没有一个踏入环境工程原理课堂的同学，能在下课铃响之前，提前脱身。从来没有。

两分钟后，王野在第一排坐下。

因为林雾主动和老师说，我可以借这位同学教材一起看。

王野从来没想过，自己在大学里听得最认真的一堂课，竟然是环境工程原理。

教授："……那么，这位坐在第一排的新同学，我刚刚讲过，用管道输送水和空气时，流速会对什么产生影响？"

王野说："流动阻力和管径。"

教授说："在经济方面呢？"

王野说："直接影响系统的操作费用和基建费用。"

教授说："因此，较为经济的流速范围是多少？"

王野说："液体流速取 0.5—3m/s，气体为 10—30m/s。"

关键是还都学会了！

林雾背过脸，不是不忍心看王同学刻苦学习，主要是怕自己笑得太放肆，容易被一虎爪拍扁。

一连两节课，王野连逃跑的机会都没有，生生在环境工程的学海里徜徉到午夜十二点。

"铃——"

王野从来没听过这么悦耳动听的声音。

那是下课铃吗？不。那是身体在欢腾，是灵魂在绚烂，是无涯学海终于松开它的怀抱，让迷途的同学挣扎上岸。

"欢迎下次再来我的课堂。"教授关闭电脑，收好课件和教材，送给王野一个饱含鼓励和希冀的笑容。

王野："……"

林雾见同学都走得差不多了，试探性开口："老师……能问您一个问题吗？"

教授看过来："当然可以。"

林雾实在太好奇了："您的科属是？"

教授微笑："边牧。"

破案了。

边牧，边境牧羊犬，具有强烈的牧羊本能，绝不让任何一只羊掉队。

一直到走出教学楼，王野同学的神情都有点恍惚。

林雾拿胳膊轻轻碰了碰他："你还好吧？"

非常不好。

王野停下脚步，伫立在夜风中，缓了又缓，依然难以驱散脑内顽固的环境工程知识。

林雾有点愧疚："那个，一会儿去食堂，你想吃什么随便点，我请。"毕竟人家是过来找自己，才一入环工深似海。

王野看着林雾真挚的眼睛，总算找回点精气神："食堂不行。"

在非专业知识海洋里蛙泳、蝶泳、自由泳地扑腾了快两个小时，食堂哪能抚平透支的身体。

"那就去外面？"林雾说，"但你不能挑太贵的啊，我这个月生活费快见底……"

"行了，这顿先欠着，"王野一胳膊把人揽到身边，不由分说往校门去，"今天你就跟着我吃肉吧。"王野劲太大了，林雾根本挣不脱，每次被这么揽着，他都感觉自己像被捕猎者擒获了似的。

"去哪儿啊？"

王野说："全沈阳最好吃的烤肉。"

出了校门，林雾以为会打车，不料直接被王野带到了学校附近的收费停车场。

然后林雾就看见了那辆熟悉的黑色越野。

"你什么时候把车停这儿的？"寒假之后，林雾压根没再见过王野开车。

"开学。"王野解锁，上车。

"开学？"林雾跟着坐进副驾驶，"然后就一直停在这里了？从三月份到现在？"

越野车开到出口，王野刷二维码支付，而后升降杆抬起。

林雾没看见王野付了多少钱，但看得很清，旁边入口处硕大的牌子：5元／小时，6—24小时30元，超过24小时按照上述标准重新计算。

也就是说，一天30元，3月1日入场，今天4月27日，一共58天，累计1740元……林雾脑内自动计数，根本停不下来。

就算王野中间开车出去过——其实以他俩的聊天频率和在一起的时间，林雾真不觉得王野有长时间开车离校的机会——但就算有吧，总体打个八折，还一千三百多呢。

"你要经常用车？"除此之外，林雾实在想不出需要把车开到学校旁边的道理，在家里停着不好吗？

王野目视前方，驾驶越野车汇入主干道："开学之后，第一次开。"

林雾："那你把车停学校干啥！"

"想用的时候用不到多闹心，"王野理所当然道，"像今天，就很方便。"

林雾服了："同学，你家是有矿吗？"

红灯，王野将车缓缓刹停。

"没有，我家做机械的。"

"机械？"

"机械设备。"

搞实业的，林雾现在相信王野家里真有矿了。

其实仔细想想，才大二就开这么好的车，然后寒假车被划成那样，一点都没见他心疼，就该猜到这位同学是有家底的。

午夜的道路，车辆并不比白天少，路灯将街道照得亮如白昼，沿途两侧的店面招牌在车窗上留下飞驰的绚烂光影。

车里很安静，只有车载音响播放着大自然的声音——热带雨林。

雨水刚过，飞鸟在鸣叫，兽类又远远地发出低吼，还有树叶间的响动，是某些树栖动物在嬉闹、玩耍。

林雾发现王野的头发长了。

还是圆寸，但稍微长了一点，少了冲击感，让他看起来没那么凶猛了。

"你瞅啥呢？"王野想看林雾那边的后视镜，结果发现副驾驶的同学直勾勾地盯着自己。

林雾说："你头发长了。"

王野还以为什么事呢，原来就这："哦。"

林雾安静一会儿，又道："该剪了。"

王野趁着等信号灯，奇怪地看了他一眼。

林雾眨一下眼睛，又单纯又无辜。

信号灯变绿。王野重新看向前方："有时间就去剪。"

林雾心满意足。

上学期，要是有谁说，林雾，你迟早会觉得王野的圆寸顺眼，又凶猛又可爱的那种顺眼，林雾只会觉得说这话的人有病。

现在不用别人，林雾主动病了。

夜空晴朗，一颗一颗的星星都能看得特别清楚。

风从后车窗放下的空隙吹进来，吹进热带雨林的鸟兽虫鸣。

四十分钟后，王野将车停在一条饭店林立的巷子口。巷子的隔壁，是一所高中。

夜晚，高中里还有同学在活动，教室灯火通明。校门没开，但临近巷口的这边有一堆炸串、烤冷面、铁板鱿鱼什么的，不断有同学跑到这边，从学校的铁艺围栏空隙里伸手机出来扫码买夜宵。

也可能不算夜宵，林雾想，应该是和他们大学一样，高中也分成了白、夜班双模式，所以这个时间出来，对于夜行性的同学们，都是正餐。

无意中，林雾看见主教学楼外墙上的学校名称，蓦地想起，葛亮说过他和王野就是从这所高中毕业的。

"这是你们高中？"

王野点头，但眼前的美食街才是重点："这条街上所有的饭店我都吃过，带你去的绝对是最带劲的。"

"全都吃过？"林雾故意找碴，"在你上大学之后新开张的，你也吃过？"

王野说："开业两年以上的。"

林雾得逞地乐，从停好的车上跳下来："赶紧的，我饿死了。"

王野带林雾往巷子里走，一路走，一路介绍："这家酱大骨一绝，这家烤羊腿最好，这家是正宗的铁锅大炖菜……"

"停，"林雾口水都咽好几回了，赶紧让他打住，"真正坐下来开吃之前，不许再馋我了！"

王野就喜欢林雾看不惯他又拿他没辙的样儿，后面简直跟报菜名似的，恨不得在每一家店门前都驻足介绍一番。

林雾最后实在受不了了，踹了他一脚。

不重，王野这种常年打架的，挨一下就知道对方是真动手还是闹着玩。

然而闹着玩的，王野也烦，准确讲，所有跟他动手动脚的，他都烦。

但是林雾例外。

王野也不知道原因，反正等他意识到的时候，林雾已经是这个例外了。

"天王星烤肉……"林雾抬头看着这个也不知道该说浮夸还是该说胸怀宇宙的店名，再一次和王野确认，"这就是全沈阳最好吃的烤肉？"

"多说没用，吃完你就知道了。"王野推开店门。

店门一开，里面的人声鼎沸扑面而来。

林雾跟着王野走进去，发现这家店门脸看着不起眼，装修也很普通，但里面食客满座，觥筹交错，热闹非凡。满屋都是木炭炙烤下的肉香，不饿的人都能被勾得食欲大动。

"欢迎光临，两位里面请——"二人一进来，就有服务员上前，小伙特有精气神，声音也洪亮。

落座，菜牌就拿上来了。林雾全权交给王野。

王野翻开菜牌，轻车熟路："秘制肥瘦，牛五花，三味肋条，厚切雪花……"

林雾刚想说四盘肉差不多了，就见王同学合上菜牌，还给服务员："一样两盘，再加两碗冷面……"

"一碗！"林雾按住他的手，用力握住，希望能将强烈的心情传递过去，"一碗就够了，真的。"

八盘肉，他要还能吃下冷面，他就不是丛林狼了，那是史前巨鳄（饿）！

王野真觉得这家的冷面值得一尝，错过比较可惜，但低头看了看林雾握住他的手。行吧，自己大方点，一会儿冷面来了，分他两口。

服务员在下单之前，又多看了他俩一眼。

林雾知道服务员的意思，遂缓缓点头："我们真是只有两个人，但是菜你照下，他敢点，就肯定能吃完。"

王同学从来不干没把握的事，除了撸猫。

沈阳满街都是烤肉店，一般来说，口味都差不到哪里去。但能让王野说这家是最好吃的，林雾还真的有点期待。

没多久，服务员就来上了炭，再然后，肉也一盘盘端上来了。就是正常的烤肉，也没搞什么花里胡哨的摆盘。

林雾已经饿得前胸贴后背了，和王野二话不说，开烤。

薄厚均匀的肉片在烤网上发出嗞嗞的声响，炭盆里用的是果木炭，烧起来烟小，还有一种独特的香，和烤肉的香气混在一起，完美。

第一片烤好的肉送进嘴里时，林雾终于明白王野为什么说这里是全沈阳最好吃的烤肉了。

肉好，炭好，蘸料也好。

他没办法像美食纪录片那样，用无数的词去形容，最直观的感受就一个词——幸福。

和最好的朋友，吃最香的烤肉，幸福。

不知不觉，八盘肉消灭了四盘，再加上从王野冷面碗里捞的几口，林雾摸摸肚子，九分饱了。

放下筷子，林雾有一搭没一搭地喝着大麦茶，准备缓缓再吃最后一份。

喝着喝着，余光里忽然看见一个人频频往他和王野这边瞅。

林雾转头看过去。

是邻桌的邻桌，大桌面，一桌七八个全是和他们年龄相仿的男生，看着像同学或者哥们儿间的聚会。

瞅他和王野的是其中一个卷毛，头发染过，半黄不黄的。

林雾一看过去，卷毛就把眼睛移开了，假装什么都没干。可等他收回视线，再用余光去瞥，那人又鬼鬼祟祟看他俩。

林雾仔细分辨，那人的眼神方向，似乎是奔着王野去的。

"王野。"林雾低声呼唤对面埋头苦吃的同学。

王野抬头："嗯？"

林雾轻摆下巴，往卷毛方向示意："那个卷头发有点黄的，你认识吗？"

王野皱起眉头，盯着卷毛看了几秒："不认识。"

不认识？

意料之外的答案，让林雾情不自禁转头，这回是直接大大方方地观察卷毛，难道是自己看错了？

卷毛没有再回避视线。但看的依然不是林雾，是王野。

四目相对。

卷毛突然站起，深吸口气，像下了某种决心似的，大踏步走过来：

"王野……"

林雾唰地看王野："还说不认识？"

王野茫然："真不认识。"

卷毛来到他俩桌前，正好听见王野这话，差点儿背过气去："你什么记性啊，我，刘长磊！"

王野继续茫然。

林雾直觉这人是真认识王野的，但应该是在野性觉醒发生之前，所以没办法用科属代替自己的姓名，在王野同学心上留下印象。

刘长磊突然转身，回到自己桌，和同桌的一个男生说"帽子借一下"，就把人家鸭舌帽摘下来扣自己脑袋上了。

再次顶着鸭舌帽回来，刘长磊弯腰凑到王野面前："现在呢，认出来没？"

王野定定看了他良久，恍然大悟："栗子皮。"

林雾："……"啥玩意儿？

可能林雾的表情太明显了，刘长磊看过来，替自己解释："我高中的时候头发一直染的栗子皮色儿，然后到哪儿都戴个鸭舌帽。"

所以帽子才是本体。

林雾点点头，终于明白王野是怎么把人认出来的了。

哎？不对，等一下。林雾问："戴着帽子还怎么看头发染的颜色？"

刘长磊伸手比画到自己鼻尖："我那时候刘海到这儿。"

没毛病了。

林雾问："所以你俩是高中同学？"

刘长磊说："不是。"

林雾问："补课班同学？"

刘长磊说："不是。"

林雾迷惑了，难道是朋友？可是以王野对朋友的义气，不至于才高中毕业两年，就把人忘了吧。

"别瞎猜了，"王野放下筷子，揭晓答案，"我和他干过架。"

"野哥，那不叫干架，那叫你单方面揍我。"刘长磊拉开椅子坐下来，语气透着心酸。

王野瞥他："你不找碴，我能揍你？"

刘长磊说："那你揍一次就行了，后来我们都躲着你了，你还揍啊。"

我们？林雾默默看王野，你这是揍了多少人啊。

换平时，王野才懒得和这家伙扯这些高中的事，但林雾在呢，王野不想背个到处堵人揍人的锅。

"你们躲什么躲了，都到我们学校门口了，那叫躲？"

刘长磊说："哥啊，我们到你学校门口，是堵别人的。"

王野说："我碰见了，就算你们上门找碴。"

"……"刘长磊想哭。

林雾虽然不认识这位同学，但就是能体会对方心里的苦。瞧把孩子逼的，这都高中毕业快两年了，还一眼就能在烟熏火燎的烤肉店里认出王野，而且提起往事，仍然满腔酸涩涌上心头。

"你好，我是林雾。"聊半天了，林雾才正式自我介绍，也算缓和气氛，"王野大学同学。"

"哦哦，你好。"刘长磊刚注意到，这位同学有着一张和王野截然不同的友善和气的脸。

此时，林雾才闻到对方身上的酒气，难怪情绪有点激动，敢情是喝飘了。

拿个新的空杯倒了大麦茶，林雾递过去："喝点水。"

"没事，不用，"刘长磊回头看了眼自己原本的桌子，和林雾说，"我也是跟大学同学出来聚，正好看见野哥了，就过来唠两句。"

林雾："……"

开场还王野呢，追忆完干架时光，就彻底变野哥了。

只要感情有，喝啥都是酒。

一杯大麦茶下去，刘长磊更上头了，拉着林雾就开始讲野哥的光辉历史。

"……我一听，那能行吗，必须给那小子一点颜色看看！当时我就叫了一帮小弟，直奔这儿，就守在这个巷子口，一直守到他们放学全出来，都不用问谁是王野，拿着手机照片挨个对比，他打那边一走一过我就认出来了……"

林雾听得认真，随时不懂就问："打断一下，你手机里怎么有他的照片？"

"我妹给我发的，"刘长磊提起来就"恨妹不成钢"，"她偷拍的，一天看八遍，她看我都没这么仔细过！"

林雾问："所以你到底为啥要上门堵王野？"

刘长磊说："他把我妹拒绝了啊，就因为他，我妹对早恋都有阴影了，一直到高中毕业都没再谈过对象。"

林雾："……"又是告白被拒。

林雾默默看向王野，这么有魅力的吗？前有学妹念念不忘，后有校花真情告白。

难道真是不好惹的凶猛气质比较圈粉？

王野没注意林雾，这会儿专注盯着刘长磊呢，眼底酝酿着龙卷风，随时准备打包把人卷走。

刘长磊捕捉到王野眼里的风暴，立刻忆起了被野哥支配的恐惧。

但又瞥一眼，野哥从刚刚到现在，一直酝酿，一直酝酿，但好像总有一股看不见的力量挡在最后爆发的阀门上。

自己没有让野哥忌惮的本事，野哥本人也没有忍耐的习惯，这桌一共三个人，除去他俩那就剩……

刘长磊的目光再次回到林雾身上。

这是个定海神针啊。

为验证自己的判断，刘长磊撸胳膊挽袖子，继续给林雾讲："我当时带了五个人，就在这个巷子里，六打一啊，你猜最后啥样？"

林雾说："啥样？"

刘长磊说："我们哭的哭跑的跑，有一个小子后来都跟我绝交了，说以后再也不打架了，要好好学习，你说野哥下手有多狠？"

"嗞啦——"烤盘上忽然被放了一片浸满油的牛肉，油滴落到木炭上，火苗呼啦蹿起老高，映出野哥黑云压顶的一张脸。

刘长磊挺直腰板，假装没看见："那是我第一次在打架上吃亏，之前谁敢惹我啊，回去我就打听，王野谁啊，这么支棱，结果所有认识野哥的，都给我同一个忠告，不想放血，别惹王野。"

"嗞啦啦——"

整个烤盘都开始冒火，火光之后，野哥正在看你。

附近的服务员见状，连忙过来道："给您换个箅子（烤盘）。"

新烤盘放上，一切归于平静。

刘长磊看着安然无恙的自己，确定一定以及肯定，林雾这位王野的大学同学就是把他给制住了。

刘长磊不管林雾是怎么制的，反正他就是高兴。

酒上头，茶上头，快乐更上头，少年悲愤终纾解，青春策马要扬鞭——王野，你也有今天！

刘长磊最终是被他那桌同学架走的，走的时候东倒西歪，嘴都瓢了，还亢奋地嚷着："我当时就是没觉醒……要像现在这样觉醒了我肯定能和你干个平手……"

架住他的同学苦笑，说："你们这是给他喝啥了啊？"

林雾把见了底的透明茶壶往前一推："真的只是大麦茶。"

同学蒙了："喝茶还能喝成这样？"

林雾真诚点头："茶不醉人人自醉。"

闲杂人等走了，王野终于清净了："你和他聊那么多干啥。"

林雾收获一堆"野哥黑历史"，嘴角往上："我就想知道你高中什么样。"

王野说："那你问我不就完了。"

林雾说："你在高中为什么那么爱干架？"

王野："……"

林雾眨巴眼睛："你让我问的。"

"叛逆期。"王野把烤盘上的肉翻了个面，"就是一天天看谁都不顺眼，七个不服八个不忿的。"

林雾扑哧乐了："你现在也这样啊。"

王野挑眉，一晚上的忍耐终于到了极限：气焰这么嚣张，必须收拾一顿了……

"但是藏得好，"林雾伸手摸摸他的头，"王野同学，你长大了。"

王野："……"算了，他一百兽之王，不跟小破狼计较。

圆寸扎得手心痒痒的，可又有点舒服，林雾来回摸了好几下，才在王野逐渐危险的气息里，及时收手。

这是一个四月里最普通的夜晚。

风凉，花开，果木炭香，大学的林雾认识了高中的王野。

五一放假前的最后一天，新身份证发下来了，比预想中快。

新身份证和老身份证在设计上几乎没有区别，仅仅是将个人信息重新调整，加入了"科属"，乍看就像根本没换过。

可每一个拿到新身份证的人都知道，完全不一样了。

身份证的更换，就像一个全新社会开启的仪式，它的改变不仅仅在于身份证上多加的那一行字，而且在于更长远、更深刻、更不可预知的东西。

已经发生的无法逆转，将要发生的不可抵抗，所有人都只能在巨大的惯性下，随着社会的齿轮前行。

所以还是关心一些更微末却也更直接的事吧。比如，新身份证上的新照片。

333宿舍里，林雾看着刚领回的身份证，照片中的自己神情严肃，目光阴沉，感觉像是要么全世界都欠他钱，要么他欠全世界钱。

室友们也没好到哪里去。

夏扬打理了一早上的头发，在照片里看着像刚起床："好嘛，未来二十年我算是又毁了，我都对不起我妈给我生的这张脸——"

任飞宇在照片里的模样则比平时还要丧十倍："这就是我，我就长这样。人啊，不能和命较劲……"

兄弟们你嚎一嗓子我叹一口气，悲伤了半天，才发现有一位咋那么安静呢。

六道目光集中到李骏驰身上。

后者正对着身份证，满意微笑。

"你这是没拍砸？"夏扬不太相信地问。

李骏驰起身，拿着自己的身份证，绕着宿舍环场一周，以便让每一位兄弟都能近距离欣赏。

只见照片中的李同学：天庭饱满，地阁方圆，双目有神，青春元气，就连小麦色的皮肤都呈现出年轻的活力与张扬。

林雾："……"

任飞宇："……"

夏扬问："你是有祖传的拍照技巧吗！"

李骏驰答："我可是当过淘宝模特、国风模特、试衣模特、男朋友模特的人。"

夏扬说："好嘛，你这接的单也太杂了……"

林雾问："且慢，'男朋友模特'是啥？"

李骏驰答："单身雇主拿我的照片充当男朋友发给告白者以达到彻底断了对方念想的目的。"

林雾、夏扬、任飞宇都无语。

"嗷呜——"

一声低低的狼嚎成功让333的空气安静下来。

任飞宇吓得一激灵。

李骏驰茫然四顾:"我刚才是幻听了吗?"

就夏扬锁定了林雾的手机,一脸生无可恋:"哥哥,咱换铃声可以,能不能弄点阳间的音乐?"

"不可爱吗?"这可是林雾在几十个狼嚎音频里挑的他最满意的,嚎叫长短适中,意境遥远辽阔。

夏扬看着最近越来越活泼的室友:"我发现自从和王野厮混以后,你变了。"

林雾一愣:"变了?"

夏扬道:"变狂野了。"

林雾:"……"

两条狼嚎,哦不,信息,都是王同学发来的。

王野:哪儿呢?

王野:人呢?

只要第一条发来没回复,王野同学必定在一分钟内追加第二条。林雾有时候想,如果王野真兽化了,就以他这紧迫盯人的执着来看,追捕猎物不会失败的。

林雾:宿舍,刚拿到新身份证。

林雾:你们院发没?

王野:发了。

林雾:[还不快给朕拍一张照片 .jpg]

林雾:别拍身份证信息,不安全,拍上面的证件照就行。

王野:信息没有,照片也没有。

林雾:[重点都给你圈出来了,赶紧照办 .jpg]

王野：[三天不打，上房揭瓦.jpg]

林雾：[人如果没有梦想，和咸鱼有什么分别.jpg]

王野：[我只想问你一个问题，活着不好吗？.jpg]

林雾：……

林雾：[放弃，认输，灰溜溜走掉.gif]

王野：卖惨也没用。

一分钟。

王野：嗯？

王野：人呢？

又一分钟。

王野：[照片]

王野：一秒钟内你给我出来。

林雾：照片收到。

林雾：[团结友爱的笑脸.jpg]

撩虎须这种事必须见好就收。

林雾打开王野发来的照片。

显然王同学知道他要看啥，不是拍的完整的身份证。

证件上，王野直视前方，沉静、桀骜、目光逼人。

他的凶猛，他的攻击性，仿佛都是与生俱来的。

可林雾见过他笑，见过他的慵懒与快乐，见过他对陶其然的羡慕，还有对自己的义气和温暖。

王野：明天有事没？

明天是五一小长假。

林雾：没。

王野：行，一起出去。

林雾：干啥？

王野：剪头。

林雾微怔，刚要再回复，忽然听见任飞宇问："林雾，你呢？"

"啊？"林雾茫然抬头，没注意他们刚才在聊什么。

任飞宇说："我和夏扬想咱们宿舍明天一起出去吃个火锅，但李骏驰说他有二百块钱的大买卖，去不成，你应该没事吧？"

大买卖林雾的确是没有，但他有点不好意思地举起手机："一分钟前刚约了人。"

任飞宇可怜兮兮地看夏扬："明天就只有咱俩一起过节了。"

夏扬趴在床上，幽幽一叹："大宇，记住了，有人约的才叫过节，像你我这种，叫放风。"

五一这天，333宿舍昼行科属的兄弟们上午就出门了，开工的开工，玩耍的玩耍，只有林雾一觉睡到了大中午。

午后的风带着懒洋洋的暖意，还有淡淡的香。

宿舍楼下的花开了。

林雾赖在床上不起来，只从薄被子里伸出一条胳膊去枕头旁边摸手机。

摸到了，拿过来，单手解锁，熟练地进入微信，给今天有约的东北虎同学发一条：[起床啦.jpg]。

这是一条非常不负责任的骚扰信息。

因为林同学自己还没完全苏醒，而以他对王野的了解，对方现在只可能睡得比他还香。

但林雾就是这么发出去了。

和王野发信息，不知不觉间已经成了特别自然的习惯，就像吃饭、喝水、呼吸一样。

不过林雾有时候也会想，自己放肆成今天这样，王野要承担主要责任。谁让他每次不管睡着、醒着，都百分百秒回信息的。

"嗷呜——"

王野：[你再回去给我睡十块钱的 .jpg]

林雾侧躺着看手机，贴在枕边的嘴角微微翘起，心道：你看，就说百分百吧。

林雾：没有回笼觉了，睡不着了。

王野：起来了？

林雾飞快判断了一下自己当前的情况，虽然人还裹着被子躺在床上，但精神绝对是起床了、清醒了，随时可以奔向美好的五一劳动节了。

于是毫不心虚地回复：嗯。

过了会儿，王野没再发来新信息。估计是起床了。

林雾慢悠悠打了个哈欠，终于问了个正经的问题：咱俩几点集合？

他答应了今天陪王野剪头发的。

不料信息发过去，王野那边依然没动静。林雾有点愣了，越等越等不住，最后干脆坐起来，又发了一条：哎？

发完之后，他就坐在上铺等，等了足足十分钟，王野还是没回。

林雾："……"才表扬完百分百秒回信息，就没音了，你还能不能再不禁夸一点！

又等了五分钟。就在林雾准备放弃的时候，回信终于来了。

王野：开门。

简单两个字，林雾却看得一脸迷惑，条件反射发了个问号：？

不承想竟听见宿舍门外传来一声"叮"。

隔着门板，信息的提示音有点失真。

林雾愣了两秒，忽然反应过来什么，连忙从上铺下来，三步并两步走过去，一把打开宿舍的门。

333门外，王野穿了一件白色宽版 T 恤，黑色休闲裤，随性又清爽。

四目相对。

王野的视线从上到下把林雾扫了一遍："这就是你的'起来了'？"

十五分钟前就大言不惭给王野发起床信息的林雾，现在头没梳，脸没洗，浑身上下只穿了一条短裤，修长的身躯在春日的阳光里一览无余。

林雾压根没想到聊着聊着天，直接把人聊来了，有点尴尬地挠挠头："你咋动作这么快。"

眼前大片白皙的皮肤实在刺眼，比长白山月光里的那一抹背影还让人焦躁，王野伸手按住林雾的头往后转："赶紧收拾，别磨叽。"

林雾兵荒马乱地去洗漱，跟背后有大魔王监工似的。

大魔王的确有，但没监工。

为了驱散脑袋里莫名其妙的想法，王野认真参观起 333 来，哪怕它和 509 的结构布局一模一样。

林雾捧了一把凉水扑到脸上时，才意识到，这是王野第一次来宿舍找他。

而他自己，甚至还没去过 509。

他和王野要么是夜课之后在教学楼底下见，要么是约个时间地点集合，以至于林雾都快要忘了，他们其实只隔着两个楼层。

原来这么近。

林雾心情没来由地好起来，刷牙的时候看着镜子里的自己，都觉得今天格外帅。

王野在 333 里转了一圈，便在林雾书桌前的椅子上坐下来。

林雾的书桌很好认，上面的书是全宿舍摆得最高也最整齐的，桌前墙壁上还贴着一张夜间课程表。

林雾洗漱完毕，回来看见坐在自己书桌前的王野，浑身一震，三魂六魄都一个激灵，彻底精神了。

不是王野坐桌前的问题，而是王野这么坐着，林雾才得以看见他白色宽 T 恤的后背。

一头上山猛虎，旁边四个苍劲有力的草书字——虎虎生风。

林雾："……"

他竟然天真地以为这只是一件平平无奇的纯白宽版 T 恤，他对不起这么狂放的设计师！

王野回过头来，气势比他背着的猛虎还虎："瞅啥呢？"

林雾重重叹口气："我在想，该穿什么才不会给你非凡的气势拖后腿。"

"穿什么都没用，"王野直接打消他的念头，"你就不是这一挂的。"

林雾愣住："哪一挂？"

王野答："猛兽。"

"我怎么不是，"林雾不乐意了，"我的科属可是狼。"

王野道："丛林狼。"

林雾说："那也是狼。"

王野答："哦。"

林雾："……"

这种欠揍的反应还不如不"哦"呢！

林雾决定暂时屏蔽某王姓同学，不然今天的出行容易在宿舍区就夭折。

王野看着林雾气呼呼的样子，心里有一种很奇妙的感觉：欣然、放松，还有连他自己都没察觉到的柔软，一如窗外的春天。

林雾刚穿好衣服，手机忽然响了一下。

王野抬眼。

林雾从床上把手机拿下来，是赵里。

他昨天给赵里发信息，问他和自家小舅最近怎么样，赵里应该是今天才看见。

还是一如既往的回复：一切都好，放心。

林雾喜欢赵里的一成不变，因为越是这样，越说明岁月静好，要是哪天赵里真发来不一样的，他反而要担心了。

"是赵里哥，"放下手机，林雾和王野说，"他和小舅都很好。"

王野有些意外，若有所思了一会儿，问："赵里最近怎么样？"

林雾纳闷地看他："不是刚说了都挺好的吗。"

"我问的是兽化。"

"哦，好像没什么进展，"林雾说，"不过赵里哥挺平常心的，就说顺其自然。"

王野不言语了，眉心微微皱起。

林雾观察了他一会儿，有点迷惑："你怎么看着比赵里哥还失望。"

王野耸肩："如果他在山上都失败，那我们更没戏。"

"你还惦记这事呢？"林雾以为兽化的事，王野早翻篇了。

"当然。"王野想都不用想，那表情仿佛在说：还有比这个更重要的事吗？

林雾眯起眼睛，怀疑地问："你该不会还在宿舍里自己试了吧？"

王野答："没。"

这还差不多。

王野继续道："宿舍、操场、回廊那边我都试了。"

林雾："……"他就知道！

"宿舍床上、地上、操场草坪上、回廊树丛里……"王野将自己尝试过兽化的地点一一道来，逐个点评，"其实在宿舍床上的感觉最好，你可以想象一切你想要的环境画面，操场和树丛里人工痕迹太多，离真正自然的感觉差远了。"

林雾满心想吐槽，可又莫名想知道："你具体是怎么试验的？"

兽化的事陶其然都说不清，林雾实在好奇王野的操作流程。

王野大方分享："趴着，闭眼睛，想象你是一只丛林狼，躺在深山老林里。"

林雾问："没了？"

王野答："没了。"

那能成功才怪！

而且——

林雾问："你一只东北虎，为啥要想象自己是丛林狼？"

王野答："我想的时候是老虎，现在只是为了方便你理解。"

林雾本能地后退一步："为啥要方便我理解？"

王野答："这样等一下你试验的时候更容易操作。"

林雾后退两步："我又不想兽化。"

王野定定看他："不试，怎么知道想不想？"

林雾后退三步："我在长白山上试着感受过了，身体没变化。"

王野说："你再往后躲，信不信我直接把你压床上。"

林雾："……"

今天的内容不是只有出去剪头发吗！

　

阳光安静地照在林雾身上，林雾更安静地趴在床铺上，闭着眼，四肢舒展，脸侧着贴在枕头上，不像小狼，倒像一只认命的浮游生物。

王野站在床边，一对一语音指导。

"你想象自己在一个深山老林里，到处都是树，都是各种动物，你不是人，方圆百里也没有人……"

林雾闭着眼睛磨牙："那你是谁？"

"我？"王野给自身定位很明确，"你就当我是画外音，动物纪录片里不都……"

"闭——嘴。"林雾凭心底残存的最后一丝友爱，才没睁开眼睛揍人。

王野立刻消音。

林雾都这么配合地做试验了，现在试验员最大。

时间一分一秒过去。

宿舍静得连两个人的呼吸都听得清楚。

林雾尝试着走入想象中的山林，让思绪带动身体一并沉浸。

渐渐地，他好像真的能听见穿过林间的风，看见阳光艰难突破高大茂密的树木，在低矮灌木上投下一束浅淡的影子……

王野不知道林雾想到了什么，又感受到了什么。

他只能看见对方静静地趴在床上，侧枕着的脸对着床外，看起来像睡着了，特别乖。

王野走向床边，悄无声息。

当一只猫科动物想要靠近猎物，它不会发出任何响动。

林雾并没有真的睡着。

来到床前，靠得近了，王野才看清，林雾的眼睛一直在眼皮下微微转动，每动一次，睫毛就跟着轻轻地颤。

在淡金色的阳光里，漂亮极了。

林雾想象了无数个山林，无数个化为丛林狼的自己，但身体并没有一丝一毫真正的变化。

终于，他认输放弃。

睁开眼，王野的脸近在咫尺。

林雾吓了一跳，眼睛瞪得溜圆。王野怔了怔，开口，声音有一点低哑："我看看你是不是睡着了。"

林雾舒了口气，白了他一眼："我得是多没心没肺，做这种试验还能睡着。"

王野问："咋样？"

林雾忽然觉得两人的脸离得太近了，下意识坐起来，才道："失败。我把我这辈子的想象力都用完了，身体没任何反应。"

"算了，"王野转身，"剪头发去。"

"这就完事了？"以王野的执着，林雾以为自己至少也得被押着试验个三五回呢。

"不弄了，"王野催他，"赶紧下来。"

林雾无语，从上铺跳下来穿鞋。

王野伸手扯一把 T 恤领口，带起一点凉风。

林雾看他一眼："你热啊？"

身上只套一件单 T 恤的王野面不改色："穿多了。"

林雾以为王野说的剪头发就是在学校周边若干美发店中挑个顺眼的，毕竟他那个圆寸对于理发师实在没有太高要求。

不料，发型对理发师是没有要求，但王同学有。

越野车在沿河的马路上行驶。车窗外绿树成堤，随风摆动的柳条间隐约露出波光粼粼的河面。

沿河路的尽头是一片繁华街区，高档楼盘聚集，各色商铺林立。节假日，满目车水马龙的热闹景象，想在路边找个停车位都难。

王野却轻车熟路地左右穿梭，七拐八拐，最终停在了一家门脸极其气派的理发店门前。

有多气派？

就是它家店面宽到可以在门前范围内规划出来足够满足顾客需求的停车位。

"就是这家？"林雾透过挡风玻璃看富丽堂皇的门店装修，问王野，"你确定就是剪个圆寸？"

这么大阵仗不来个洗剪染烫吹一条龙，都感觉对不起里面的 Tony 老师。

王野停好车，转头瞥他："你觉得我还能干点啥？"

林雾对着他那还没有两寸长的头发，凝望片刻："算了，也的确没什么发挥空间。"

就王野现在这个发型基础，唯一能让 Tony 老师一展才华的，只剩剃光头了。

于是问题又回到了原点。

林雾问："你一直在这家剪？"王野对周边地形的熟悉程度可不像第一次来。

"嗯。"王野解开安全带，下车。

林雾跟着下车："你咋找到这儿的？"离学校也太远了吧。

王野答："离家近。"

林雾愣住，下意识环顾周边，没想到是这个原因。

不过现在都开学了，林雾问："你就不能在学校附近设立第二个理发点？"

王野说："没必要。"

林雾问："你的头发半个多月就得一剪吧，总过来不嫌麻烦？"

王野答："习惯了。"

林雾随口道："你还挺长情。"

说这话的时候，两人正前后脚走进理发店。

林雾这句随口的调侃，和理发店学徒迎上前的"您好"重叠到一起，声音并不真切。

王野脚下却一顿，回头看林雾。

林雾停步不及，差点撞他身上，好不容易站稳，问："咋了？"

"没事。"王野又把头转了回去，继续往店里走。

林雾迷惑，这是抽什么风？

王野也觉得自己抽风了，刚才那个瞬间，他竟然想问林雾：那你觉得我这样是好还是不好。

哪样？长情。

一个王野以前从来没想过，但从林雾嘴里说出来，又好像特别浪漫的词儿。

王野向来不屑于浪漫，更不屑于去问别人对自己的看法。

但刚刚回头那一霎，他两样全占了。

店里客人很多，理发师都在忙碌，林雾和王野的到来，让他们出于职业习惯，纷纷抬头望过来一眼。

大部分人看完之后，又低头继续干活。

只有其中一个身材健硕的大哥见到王野，很自然地跟他打招呼："来了。"

王野点头，问："还有几个？"

"没了，"大哥说，"下一个就是你。"

很显然，这就是王同学的固定 Tony 老师了。

林雾看着大哥的寸头和小臂上的文身，一点都不怀疑王野凶猛的圆寸是出自这位老师之手。

问：以王野为例，一句话概括打造出完美发型的秘诀？

答：理发师、顾客、发型、气质四合一。

领他俩进来的学徒是新人，并不认识王野，见状才看明白他有相熟的理发师，是老顾客了，便直接进入下一流程："二位先跟我到这边洗头……"

王野说："他不剪。"

正准备跟上去的林雾连忙表明意向："我剪。"

王野皱眉："你不是陪我来的吗？"

"来都来了，就剪了呗，"林雾捏起一绺自己的刘海，给王野看，"你不觉得我的头发也有点长了？"

王野一秒犹豫都没有："不觉得。"

林雾又往他面前凑了一点："你再看看，都挡眼睛了。"

离得太近了，林雾的眼睛像雾气朦胧的湖水。

王野有一刹的失神。

但很快他就醒过来，干脆伸手把林雾的刘海全撩了上去。

掌下的发丝柔软又乖巧。果然，还是长一点手感好。

"不长，没必要剪。"王野松开手，睁眼说瞎话一点都不心虚。

林雾皱眉，他就不信了，头发是他自己的，他还不能做主了："剪。"

王野道："没必要。"

对视着僵持数秒，林雾语气忽然放软，带着点可怜巴巴："头发挡眼睛特别难受。"

王野：“……”

围观全程的学徒在心底默默叹息：有些人表面看着凶猛，其实被人拿捏得稳稳当当。

洗完头发，健硕大哥那边也接待完了上一位顾客。

王野坐过去，林雾找了另外一个理发师，就坐在王野隔壁。

店里放着轻音乐，舒缓、温柔。

林雾看着镜中的自己和王野，几乎同步被理发师围上了遮挡的围布，只剩脑袋露在外面，跟幼儿园里并排坐一起系上围兜开餐的小朋友似的。

没忍住，偷偷弯了嘴角。

可还是被王野捕捉到了。

“乐啥呢？”

“没，”林雾说，“我在想剪什么头型。”

王野问：“想剪啥样的？”

林雾看着他，忽然心痒得被勾起了一丝冲动：“圆寸咋样？”

王野说：“不行。”

林雾问：“为啥？”

王野说：“不适合你。”

理发师拿过风筒准备给林雾吹头发，闻言笑道：“圆寸是最考验颜值的，但我觉得你没问题。”

林雾得意地瞥了镜中王野一眼，看见了吧？

王野没看林雾，透过镜子，瞥了林雾的理发师一眼。

理发师：“……”怎么总感觉自己被瞪了。

吹风机打开，嘈杂淹没了一切声音。

理发师一边给林雾吹头发，一边透过镜子看身旁的健硕同事。

因为同事已经用眼神提示他好几回了。

理发师询问挑眉：嗯？

健硕大哥的眼神拼命往自己身前的王野这里示意：听这位顾客的。

理发师：他自己剪了圆寸就不让哥们儿剪圆寸了？没道理啊。

健硕大哥：道理不重要。

理发师：那啥重要？

健硕大哥：我这位办卡了。

理发师：懂了。

几分钟后，风筒关掉，重新被安静的轻音乐环绕。

林雾的头发半干不干，理发师拿手理顺："想好剪什么样了吗？"

"就圆寸吧，"林雾下定决心了，"我想试试。"

王野的眉头都快打结了，要不是现在被封印在理发座椅上，他绝对要把林雾拉到小黑屋里单独聊聊人生和审美。

可还没等他开口，理发师先出声劝了："要不你再考虑考虑？其实你剪圆寸本身没太大问题，你五官立体，我觉得剪完也能挺清爽精神……"

林雾越听越糊涂了："那问题在哪儿？"

理发师说："我觉得吧，你和你朋友各有气质，没必要非整成一个头型，看着跟双胞胎似的。"

林雾："……"

双胞胎这一形容，成功阻止了林雾大胆的想法。

"那就看着剪吧。"林雾其实对发型不太挑。

"行，"理发师松了口气，语气立刻轻快起来，"我就在你原来的基础上，稍微修一修。"

林雾说："主要是刘海，剪短点。"

理发师说："没问题。"

林雾给了他一个信任的笑容，安静下来，全权交给对方了。

王野很满意。

健硕大哥看见王野满意，自己也就踏实了。

其实说心里话，他帮着王野，不是冲着对方办了大几千块钱的卡，主要是他作为一个资深发型师，对熟客重感情。

嗯，特别重。

在之后的时间里，林雾和王野就这样相邻坐着，看着镜中的自己，偶尔又互相看看，悠闲而惬意。

林雾感觉自己整个人都慵懒下来。

懒得去想跟家人的关系，懒得去想觉醒的未来，懒得去烦恼，懒得去忧虑。这一分、这一秒，他心里一片宁静。

只有午后的阳光、温柔的轻音乐、隔壁咖啡店的香气，还有身旁的王野。

从理发店出来的时候，林雾和王野都清清爽爽。

林雾的头发并没有剪太多，但刘海利落不少，露出了漂亮的眼睛和一点光洁的额头。

地上像是刚下过雨，灰白色的地砖染成了淡淡的深色，空气里有雨水的湿润。

可明明天空中还阳光明媚。

林雾抬头，疑惑地自言自语："下雨了吗？"

送他俩出来的学徒正要关玻璃门，闻言道："刚下了一点，是太阳雨。"

话音刚落，林雾鼻尖就感到一点凉。

雨滴又落下来了。

可又不是连续的，间隔很久，才又落下两三滴，就像天上负责雨水的人也偷了懒，想起来就甩落几滴，优哉游哉地闲适着。

春日的太阳里，雨滴落在地面，散发莹莹的光。

头发忽然被人揉乱了。

"带你吃好吃的去。"王野说。

林雾问："现在？"

"走吧。"王野率先转身。

"哎？你不开车了？"林雾跟上去。

王野道："很近，就几步路。"

林雾喊他："你别走那么快——"

王野说："你走太慢了。"

林雾："……"

太阳雨里，两个人一前一后，走在长长的街道上。

最漂亮的雨，最好的朋友，最无忧无虑的假日。

林雾忽然很希望这条街道没有尽头，他和王野可以一直这样走下去，走过一整个青春。

夜游的碎片时间

碎片1

王野不喜欢人多的地方，所以格外向往黑夜。比白昼安静、空旷，少了人类吵闹喧嚣，大自然的蓬勃都更为生动。

发现自己失眠的第一夜，他快乐洋溢，溜出宿舍的步伐都轻快得像跳圆舞曲。

然而幸福总是短暂的。

树影里、花坛后，长廊迂回，曲径通幽，看得清的看不清的，全是失眠同路人。

黑夜最可贵的冷清气质被打破，野哥很不爽，果断决定打道回府，转身，看见了熟面孔。

一个他曾在校医院有过一面之缘的男生，个子挺高，眼睛漂亮，不说话的时候有点淡淡的冷，一开口倒挺能咋呼，但又有点虚张声势的感觉，像小奶猫。

王野很少会对只见过一次的人记这么清楚。

王野喜欢猫。

碎片 2

尾随这种行为王野第一次干，以夜色为掩护，仗着脚步够轻，不远不近地跟着林雾。

彼时他还不知道林雾的名字，但机会是留给有准备的人的。

圆月当空，一颗颗烟花映亮苍穹。

对方不期然转头，四目相对，王野顺水推舟："哎。"

王野不习惯主动跟别人打招呼，自认语气和表情可能稍微有那么一丝丝僵硬，但你也不用装听不见吧！

烟花结束，夜重归暗与寂静。

某人跑了。

碎片 3

"你怎么跟鬼似的，走路都没声！"

"你跑什么？"

"嗯？我没跑啊。"

"没跑？我刚才跟你打招呼在那儿。"

王野曾被不止一个人说过，你唠嗑就好好唠，能不能别总像要揍人似的？王野当时很不解：我口气凶吗？

现在看着林雾一脸想揍又不敢动手的样子，第一次悟了。

"喵。"一只"胖橘"打破"社死"现场。

后面发生的不必赘述，无非是在王野厚到足以媲美词典的撸猫败绩中，又添了一笔。

但他知道了林雾的名字，也想起了为何总觉得在医院之外，还见过那双蒙了雾一样好看的眼睛。

原来两人第一次见，不在病房内外，是在墙上墙下。

碎片 4

第一次有人在阖家团圆的中秋，和王野说：节日快乐。

王野讨厌中秋，但今年，今夜，这一刻，可以例外。

碎片 5

夜游队伍一天比一天壮大，生生把万籁俱寂搞成了午夜嘉年华。

王野在回廊的边边角角里都找不到消停地儿，只好强迫自己专注于手游，忽略周遭的锣鼓喧天鞭炮齐鸣红旗招展人山人海。

王野问："你是什么动物？"

林雾："我怀疑自己觉醒的是狼，但这玩意儿也没法确定。"

王野："狼……挺好。"

虽然王野一直觉得林雾应该是猫。

妥协对王野来讲是一件很难的事，但在林雾这里，神奇地就变得很容易。比如接受回廊里令人烦躁的吵闹环境，因为这个夜游地点遇见林雾的概率比较高。

再比如，小狼，也挺好。

碎片 6

《小狼版神庙逃亡》。

《动物餐厅》。

《松鼠小姐的茶话会》。

《侦探鹿先生的推理剧场》。

林雾说："为什么你的游戏都是小动物版的？"

王野说："不可爱吗？"

林雾："……"

《侦探鹿先生的推理剧场》。
《侦探鹿先生的推理剧场》。
《侦探鹿先生的推理剧场》。

林雾说："为什么你最近都不换新游戏了？"
王野："……"
林雾说："爱上这个了？"
王野："……"
林雾说："哎哎别选土拨鼠啊，凶手是熊！"
王野说："为啥？"
林雾说："我真是服你了，你要盘逻辑啊，这么这么，那么那么……"

王野拿着手机，林雾要挤过来一起看屏幕，不时还得伸手在线索上滑来滑去，帮他回顾推理细节。

这就是野哥不换游戏的理由。

碎片 7

"喵。"
"喵喵。"
"呼噜……"
林雾说："你是不是属猫薄荷的，咋总能引来猫？"
一共三只，都冲着王野面子来的，全围在林雾脚边。
王野充分认识到了自己工具人的属性——他负责引，林雾负责撸。

夜色喧嚣，月光如水。
王野站在林雾身后，看着他摸摸这个后背，挠挠那个下巴，再把第三个鼓捣得舒服得翻出肚皮给你摸。

316

校园里有很多猫，黑的、白的、花的、橘的……王野每只都见过，从来没有成功撸到过其中任何一只。

但是现在无所谓了，小狼的手感应该比猫更好。

图书在版编目(CIP)数据

大雾 / 颜凉雨著 . -- 长沙:湖南文艺出版社,2021.9

ISBN 978-7-5404-9106-2

Ⅰ. ①大… Ⅱ. ①颜… Ⅲ. ①长篇小说—中国—当代 Ⅳ. ① I247.5

中国版本图书馆 CIP 数据核字(2021)第 167342 号

上架建议:畅销 · 青春文学

DA WU
大雾

作　　者:颜凉雨
出 版 人:曾赛丰
责任编辑:吕苗莉
监　　制:邢越超
策划编辑:王小岛
营销支持:文刀刀　周　茜
封面设计:吴思龙 @4666 啊
版式设计:李　洁
插画支持:你好好好菌　夏　杪
内文排版:百朗文化
出　　版:湖南文艺出版社
　　　　　(长沙市雨花区东二环一段 508 号　邮编:410014)
网　　址:www.hnwy.net
印　　刷:三河市中晟雅豪印务有限公司
经　　销:新华书店
开　　本:640mm×915mm　1/16
字　　数:280 千字
印　　张:20
版　　次:2021 年 9 月第 1 版
印　　次:2021 年 9 月第 1 次印刷
书　　号:ISBN 978-7-5404-9106-2
定　　价:49.80 元

若有质量问题,请致电质量监督电话:010-59096394
团购电话:010-59320018